目次

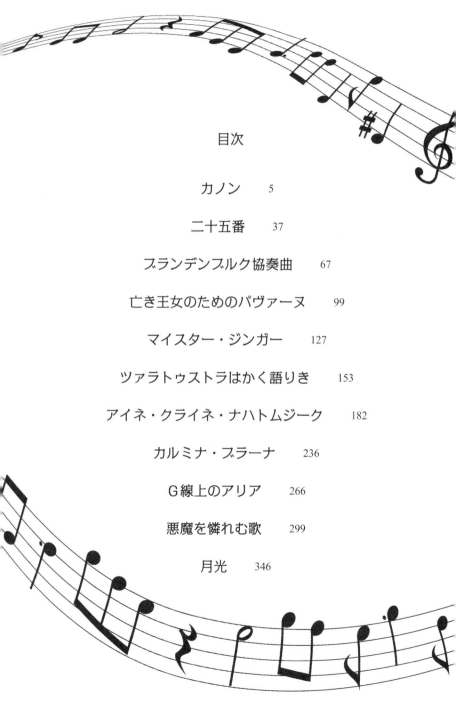

カノン

だいぶ日が延びたな。

僕は公園のベンチで缶ビールを飲みながらふと、そう思った。

でもそれは、ただの思い過ごしなのかもしれない。最後に夕陽を見たのはいつのことだろうか。よく思い出せない。ただ、この風景のなかにいると、なんとなくそんなふうに思えてしまうのだ。

それは長いあいだ誰にも邪魔されず、静かに抽斗の奥で眠っていた遠い過去の記憶のように色褪せていた。それでも、ずしりと重く、特別な存在感を放っていた。そして、それを取り囲んでいるのは、目を細めてしまうくらいの閃光のような眩しさだった。暖かみを帯びた光はやがてぬくもりへと変わり、小さな風はどこかから懐かしさを運んだ。

僕はたぶん、その中心にいた。

頭のなかは、すっかり涸れてしまった井戸のように、空っぽでしんとしていた。僕はただ夕暮れの公園にひとりで、夕陽が地面に吸い込まれていく様子をじっと見守っているだけだった。

目で追っている時は感じないが、気づいた時にはそこまでやって来ているといった速度で、季節は左から右へと移動していった。僕は手を伸ばし、指先の一番敏感な部分で、それらを形成している粒子のひとつに触れてみた。

（だいぶ日が延びたな）

思いもよらず、そう口に出していた。でもそれは自分の声には聞こえなかった。まるで聞き覚えのない別の誰かの声みたいだった。そしてその言葉は不自然なほどに響き、あたりの中空をあてもなくただ彷徨っていた。

僕はそういった場面に発生するある種の気まずさを胸の奥にしまい込みながら、残りのビールを飲んだ。

ビールの季節というものがあるとするなら、いくぶん早い気がしたけれど、それは心地のよい刺激となって咽喉から身体の奥へと伝わっていった。

やがて夕陽は森の向こうに完全に姿を隠し、ずっと出番を待っていたとでも言いたそうな表情をしたいくつかの星たちが、その小さな光をこの世界に降り注ぎ始めていた。

どこからともなく眠気がやってきた。まるで夢の国の軍隊が、川を渡り関を越えて押し寄せてくるようだった。僕は誘われるようにして、ゆっくりとそのなかに入っていった。

完璧だった。何もかも。完全で完璧だった。いかなる大砲をもってしても、びくともしなかった。その素晴らしさにしばらく身動きがとれなくなりそうなくらい。

——ほんとうに僕は身動きがとれなかった。

誰かの声が聞こえた。何かの合図のような短い言葉だった。

僕はまどろみのなかに片腕を入れ、その感触を確かめた。それは適度な温度と十分な明るさをもっていた。そして不安よりも期待を抱かせる何かを僕に与えているような気がした。

ゆっくりと、確実に目を閉じた。

——そして何度か短い夢を見た。

主任と呼ばれるその男は、やや小柄でずんぐりとした体型をしていた。歳は四十代の半ばくらいで、血色のいい肌をしていた。適度にカットされたふさふさの真っ黒な髪は、ほぼ真ん中で左右に綺麗に分かれていた。また、ほんのちょっとだけ間違った方向に向いている神経質そうな顔は、見る者を不快にさせるような野心を、たっぷりと吸い込んでいるようにも思えた。

そもそも個人的な付き合いというものがなかったので、彼のことはほとんど何も知らないと同じだった。

一度だけ偶然にデパートの食品売場で会った時は、職場で見る印象とだいぶ違った感じがした。もっと若々しく、そして紳士的に見えた。美人とはいえないまでも、感じのいい奥さんを連れていた。彼は僕と僕の連れに気さくに声をかけ、短い会話を交わした。それは社交辞令にしては、よそよそしさがいっさいなかった。もしかしたら主任は僕が思っているよりもいい人なのかもしれない。

毎朝決まった時間に主任はやってきて、その日のスケジュール表みたいなのを置いていった。そういう時に、僕たちのあいだで交わされる会話は、挨拶も含めてとても簡潔で事務的なものだった。あらかじめ言うべき言葉が用意されていて、僕たちは台本通りに演じるだけでよかった。休日のデパートの食品売場的な会話は、けしてそこには含まれていなかった。

僕たちがここにいるかぎりは、永遠に続くだろうと思われるその普遍的なやりとりを終えると、主任は決まって、急に大切な用事を思い出したような態度を装い、忙《せわ》しなく部屋を出て行ってしまう。

スケジュール表には、注文の入った商品リストが、冥王星の三ツ星レストランのメニューみたいに、整然とプリントアウトされていた。僕はそれをざっと眺め、日付が間違いなく今日のものかを確かめてから、そっと机の上に置いた。

その机はどこにでもありそうなありふれた事務机だった。頑丈なスチール製で、とてもシンプルに作られていた。最小限の機能しか備えていそうになかったけれど、それで十分だった。そして僕は、その机をけっこう気に入っていた。だいたい事務机にたいして他に何を望めばいいのかよくわからない。

机上には、ひと目で年代物とわかる古びた時計が置いてあった。真鍮製の針は、時々ネジを巻かないと、その活動を停止させてしまう。その朝も僕は、背面にあるクリスタルの把手のついたそのネジを回し、新しいエネルギーを吹き込んでいった。

部屋の大きさはおおまかにいってそれほど広くはないし、また狭くもなかった。それは、おそらく部屋の大きさというものを意識させない広さということだろう。たいていは、この部屋でひとりで仕事をしていた。

出入口の反対側の壁一面には、まだ完成されていない商品が入った棚があって、それはバースデーケーキの箱ほどの大きさの抽斗に入っていた。天井は高く、そこに取り付けられた大きめの窓から見える空は、目の覚めるような青さでよく晴れわたっていた。

僕は小型の冷蔵庫からよく冷えたプーアル茶を取り出し、イッタラのグラスに注いだ。布張りのカウチに座り、それを半分くらい飲んだ。そしてローテーブルの上に置き、部屋を見渡した。

落ち着いた雰囲気のいつもの仕事部屋だった。いろんなものが少しずつ馴染んできて、少しずつ古くなっていった。そして少しずつ何かが失われていくような、そんな感じがした。

今日も仕事が始まる。それは昨日の続きだった。昨日はその前日の続きだった。そして明日は今日の続きで、明後日もまたその続きだった。途中に短い中断があるとしても、きっとそれは永遠に続くのだろう。

遠くの空を一羽の鳥が飛んでいた。どこに向かっているのかはわからない。まっすぐに伸びた翼は風を捉え、無限とも思えるその空間を自在に巡っていた。規律とか束縛、制限や法則……そんなものが地上で小さく揺らいで見えた。僕は目を閉じたまま深呼吸をした。全身の力を抜いて自分の内側に意識を集中させる。思いきり歩幅を狭めて、ゆっくりとそのなかに踏み込んでいった。

最初に色がその世界を埋める。それは空の色だった。向こう側が透けて見えるくらい透明度のある青。風景はそれだけで完成する。それからこの世界がひとつの世界として、完結されたものになるように、一揃いの秩序を配置していく。そして余計な部分を切り取ったり、削ったりしながら修正を加える。そのようにしてイメージ通りのものができたら、最後に主役を登場させる。

その鳥はとても遠くに、そしてずっと奥にいる。初めは小さな黒い点でしかない。意識を集中させ、こちら側に少しずつ引き寄せていく。ゆっくりとできるだけその鳥のイメージを崩さないように、またこちらの存在を悟られないように慎重に糸を手繰り寄せていった。やがてこちら側にやって来る。そのことによって、鳥は完全に生命のひとつとして、こちらの世界に存在することになる。

——それは僕の手のなかにあった。

できあがった商品をプラスチック製のカゴのなかに入れ、検品前と書かれた表示のある台車の上に並べた。そして伝票に必要事項を記入して、それをカゴに貼り付け、控えを事務机に置いた。そこまで終えると、僕は一息入れることにした。

さっきまで見ていたものが幻影のように、頭の内側をぐるぐると回っていた。それを、グラスのなかにできた小さな渦と重ね合わせてみる。夕陽を映した水面のような色をした液体は、想像の世界をゆっくりと溶かしていった。僕は残りを一気に飲み干した。

この仕事を始めて数年が経過したが、いまだに慣れることはなかった。そのあいだに、仕事に対する熟練度といったものが成熟されていったのかどうかも実感できないでいた。どんなに仕事をこなしても、自分が最初の自分を追い越せないという感覚が、絶えずつきまとっていた。僕の想像力は先天的にある程度決まっていて、その範囲内でなんとかうまくやりくりしていくしかなさそうだと、そう思うこともあった。

僕が想像した鳥たちは、こちらの世界でどんなふうに存在していて、そしてどんな意味をもっているのだろう。僕にはよくわからなかった。ただ、他の誰かにはきっと、とても意味のあることのように思えた。そういう確信はもつことができた。あるいはそう思うことによって僕はぎりぎりのところでこちらの世界に留まっていることができるのかもしれない。

まったくといっていいほどに飾り気のない木製のドアは、何のまえぶれもなくこちら側に開いた。細長く切り取られた光が、壁面に必然的に現れ、そしてすぐに消えた。この時間帯に誰かが訪ねてくることはめったになかったから、僕はほんの少しの驚きと、ごく自然な好奇心をもって一瞥した。

彼女は部屋に入ると、気まずそうな感じでそこに立っていた。僕の思い違いでなければ、確か彼女は羽を縫い付ける部署で働いていた。でも見かけることはあっても、会話をしたことは一度もなかった。

服装はゆったりとした白いコットンシャツにデニムパンツ、モノトーン調のデッキシューズを履いていて、短めの髪からわずかに覗く耳たぶと、控えめに開いた胸元に小さなアクセサリーが弱々しく光を受けていた。

「おはよう」と彼女はやや緊張した声で言った。

「おはよう」と僕はできるだけ穏やかな表情をしながら言った。

彼女は少し微笑んだ。手にはランチボックスくらいの大きさの飾り気のない木製の箱を大事そうに持っていて、それがここを訪れることになるのに関係していることは、すぐに理解できた。でも会話を取り戻すまでは、しばらくの時間を要した。

「あのね、ちょっとお願いがあるんだけど……」と彼女は不安げに、そう切り出した。

僕は彼女の手にある箱を見ながら、ゆったりと構えて続きを待った。

「こんなこと言うと、ヘンだと思われるかもだけど……死んだ鳥を生き返らせてほしいんだけど……できる?」

「それは、ほんもの?」

「うん。ほんもの」

そんなことができるのだろうか、考えてみた。でも考えるまでもなくそれは無理だろうと思えた。なぜなら、それは僕たちの鳥ではない。もしそれが可能ならば自然の摂理に逆らうことになってしまう。それに僕は優秀な科学者でもなければ、偉大な宗教家でもない。ただの想像する職人だった。

「やっぱり、ムリだよねぇ」と彼女は僕の心を見透かすように言った。

「どうだろう。やってみないとわからない」と僕は曖昧な笑みを浮かべながらそう答えていた。

彼女の視線はまっすぐに僕を捉えていた。それはまるで僕しか頼る人がいないといった感じで、とてもせつなく僕の胸に届いていた。

事務机に置いてあった時計を見た。長針と短針、秒針がまるで申し合わせたみたいに区切りのいい組み合わせを示していた。そしてその動きが止まったかのように見えた。僕は一瞬、それらが永久に固まったままでいるような錯覚に囚われた。

でもそれは、やはり錯覚だった。ネジを巻かずとも、彼らは何事もなかったかのように活動を再開していた。

「やってみるよ」と僕は、ほんの少しだけ力を込めて言った。

「ほんとに？　ありがとう」

そう言って彼女は、いくぶん親しみを込めた表情で微笑んだ。

そして持っていた木箱を僕に渡した。それは弁当箱ではなかった。ひんやりとしていて、薄い膜に覆われた、捕まえることのできないほんものの「死」そのものであった。

「じゃあ、よろしくね」

そう言い残して、彼女の短い訪問は終わった。

彼女が行ってしまうと、その部屋には、いつもの沈黙と、僕のささやかな好意と引き換えに、彼女の残していったわずかな希望とが入り混じっていた。

それは気の遠くなるような歳月のなかに、ひっそりと身を隠すようにして存在する神秘的な雰囲気をもった湖だった。

僕と彼女は向き合い、互いにそれぞれのいる風景を見ていた。

湖水は全体的に薄い灰色で、なかを覗くことができないくらいとても濁っていた。小さな波が大きな揺れを誘発して、不規則に僕たちの乗ったボートを揺らしていた。やや強めの風が上空で舞って、遠くにある森や山々が霞がかって見えた。

知らないうちに岸からだいぶ離されていた。

僕はオールから手を離し、身を乗り出すようにして彼女に近づいた。そして不安そうな表情を浮かべる彼女の手を、そっと握った。

彼女は口もとに小さく笑みを浮かべ、目にも同じくらいに涙を浮かべていた。

僕はさらに彼女に近づいて、もうひとつの手でその頬に触れた。そこからはいろいろな感情が読み取れた。不安と恐怖があり、好意と憎悪、信頼とやすらぎがあった。そしてそれらが複雑に入り混じって、僕たちを繋ぎ止めていた。

——僕は想像する。

鳥はたった今、飛び立ったばかりだった。澄みきった青い空に直線的な軌道を描いた。身体はとても軽く、思いどおりに動いた。風をうまく捉え味方にすることができた。どれだけ飛んでいても、まったくといっていいほど疲れを知らなかった。

空はどこまでも果てしなく広がり、無限とも思えるほどだった。邪魔をするものは何ひとつなかった。完璧な自由で、完璧な孤独だった。まるでそのふたつがそこを埋め尽くしているかのようだった。

僕はいつまで飛び続けるのだろうか。どこまで行けばいいのだろうか。そもそも僕はどこに向かっているのだろうか。

ふと、彼女の声が聞こえてきた。でも何を言っているのかよく聞き取れなかった。僕は耳を澄ましてその声に意識を集中させた。

彼女は「行かないで」と言っているようだった。

「どこに？」と僕は彼女に向かってそう言う。

「どこにも」と彼女は言った。

「よくわからない。どこに行けばいいのか。どうしていいのか。ほんとうにわからない」

水と空以外の風景がどんどん小さくなっていった。僕たちのボートは、もう後戻りできない予感も一緒に乗せていた。

僕はしっかりとオールを掴み、力いっぱいにボートを漕いだ。しかしボートは思っている方角には進まなかった。大袈裟に水しぶきが上がって、彼女の髪と服を濡らした。

「どこにも行かなくていいの」と彼女は落ち着いた声で言った。「ここにいればいいの。どこも目指さなくていいのよ」

――その鳥は飛ぶことをやめてしまった。

それは大きな力に身を任せていた。地上の景色がどんどん近づいてきて、勢いよく飲み込まれそうだった。やがて固い地面がすぐそばまでくると、その大きな力に少しだけ抵抗して、風船のようにふわりと身体を浮かせ、採点競技ならば、高得点をとれるくらいの着地に、見事に成功した。

諦めて目を開けた。想像したとおりいつもの仕事部屋のいつもの光景が見えた。とくに変わった様子はなかった。僕は少しだけ安心した。でもその鳥は不完全な姿でこちら側の世界に来てしまっていた。

結果的に僕は、余計なものを想像の世界に持ち込んでしまっていたのかもしれない。そんなことは今までになかったことだった。そのせいでうまく生命を吹き込むことができなかった。

その鳥を手にしながら、おそらく商品になることはないだろうと思った。羽をやさしく撫でながら、申し訳ない気持ちになった。僕は部屋の壁を見つめた。壁は何も言わずに、ただ僕たちを無表情で取り囲んでいるだけだった。

その公園は工場の敷地内にあって、野球のグラウンドが二面分くらい収まるくらいの大きさだった。

僕は公園を取り囲む、綺麗に舗装された遊歩道をぶらぶらと歩いていた。風はほとんどなく、陽ざしが気持ちよかった。

頭のなかは彼女と、その変わった依頼のことでいっぱいだった。でも、どちらかというと彼女の存在そのものに、考えが集約されていった。あの、死んだ鳥を生き返らせるという彼女の願いは、とうてい叶えられそうにはない。彼女はきっとがっかりするだろう。僕はできればそんな彼女を見たくなかった。

園内の真ん中にある噴水の前に立って、僕はそこから見える景色を眺めた。それははっきりとした輪郭をもつ現実的な眺めだった。僕のなかにある世界とはぜんぜん違っていた。そこには現実的な空が広がり、現実的な木と建物が立ち並び、現実的な工場の煙突からは現実的な煙が立ち上っていた。

そのなかに鳥の姿を探してみた。でも、ただの一羽も見つけることができなかった。彼らはどこにもいなかった。まるでそこでは、幻想という空間だけに存在する伝説上の生物のように思えた。そして僕は鳥を想像することによって現実と幻想のあいだを行ったり来たりしていた。

僕は時々、そのふたつを取り違えてしまうことがあった。現実と書かれたラベルが貼り付けてある瓶に、明け方に見た夢を詰め込んでみたり、幻想と書かれた瓶からは、以前付き合っていた彼女との思い出を引っ張り出そうとしていた。

どうしてそうなってしまうのか自分でもよくわからなかった。多少の混乱はあったのかもしれない。まるで僕が僕ではなくなるような。そして僕は、ほんとうの僕というものがもう失われてしまっているのかと思う時、たまらなく悲しい気持ちになった。

来た道を引き返した。そろそろ仕事に戻らなくてはいけなかった。

それからいつもと同じように仕事に取りかかった。それはスケジュール表に従って順調に消化されていった。その日はホオアカの色違いと、ツバメとヒバリの亜種を数種類、小型のカササギを想像した。失敗したのは小型のカササギだった。

やがて陽が傾き部屋を赤く染め始めた頃、検査の引き取りが来たので商品を渡すことにした。ほどなくして製造ラインから未完成品がやって来て、僕はそれらを受け取った。

業務日誌をつけ終えると、カウチに座り新商品のカタログをぱらぱらとめくりながら、ローテーブルに置かれた、あの木箱のことを考えた。僕は少々、迷っていた。それでも何度か彼女の顔を思い浮かべるうちに、小さな決断を下すことができるようになった。

静かに箱を開けると、微かな匂いがした。わずかな光が暗闇のなかに吸い込まれていくような絶望的な死の香りだった。

その小さな鳥――コバルトブルーのセキセイインコだった――はそのなかで安楽な表情を少しだけ残しながらうずくまっていた。

それはほんとうに、疑いようもないほんものの「死」だった。実際に見ているのは鳥の死骸ということになるが、そこに宿っていたであろう魂というものが、こちらの世界から、あちらの世界に向かうまでのあいだ、そのまわりを彷徨っているのを見ているような気がした。

死というものに形があり、大きさがあるとするならば、今ここにある死はどんな形でどんな大きさなのだろうか。僕はふと、そんな意味のないことを考えていた。そして明確に死を捉えようとするのは、非常に困難なことだと思った。

――僕はゆっくりと目を閉じ想像の世界へと入っていった。

瞼の内側に暖かい光を感じた。無限の空間が広がり、やがて宇宙の闇に覆われた。輝く恒星たちは巨大なエネルギーを解き放っていたが、ここからはその影響を感じ取ることができなかった。それはあまりにも遠くにあって、どんなに手を伸ばしてみても決して届くはずもないものだった。

小さな鳥は飛び立つどころか、身を震わせることもなく、ぴくりともしなかった。

僕は目を開け窓の外を眺めた。燃えるようなふたつの太陽が街並みのあいだに揺れていて、同じ種類の鳥たちが数羽ずつ、ばらばらの方角に飛び去っていくのが見えた。

彼女は就業時間が終わってしばらくしないうちにやって来た。朝来た時と同じ格好だった。違ったのはチェーンストラップのバッグを肩からさげていることだけだった。

「こんにちは」と彼女は言った。

「こんにちは」と僕も言った。

僕は彼女をカウチに座らせ、ファイヤーキングのカップにプーアル茶を注いで差し出した。彼女は礼を言って、それをひとくち飲んだ。

「あの鳥なんだけど……」と僕は事務机の回転椅子に座って、左右に小さく揺れながら言った。「試してみたけど、やっぱりだめだった」

「やっぱりダメだよね」と彼女は言った。その表情は思ったよりも穏やかだった。「ヘンなこと頼んじゃってごめんね。わたしのことバカみたいに思ったでしょ?」

「そんなことないよ」と僕はほんとうにそう思っているという感じで言った。もちろん、ほんとうにそう思っている。

「やさしいね」

そう言って彼女は微笑んだ。僕はそれに対して何も答えず、ただ彼女を一瞬見つめただけだった。

「あの鳥ね、隣の家の男の子が飼ってた鳥なんだけどね。すごくかわいがってたみたいで、朝起きてカゴのなか見てみたら、動かなくなってたって言うの。それで、半分泣きながらわたしに頼みに来たの。元のとおり動くようにしてって。あの子、わたしが鳥の工場で働いてること知ってたから」

僕は小さく頷き、黙って聞いていた。

「でね、ちょっとかわいそうってのもあったんだけど、その場の雰囲気でつい、わたしに任せてって言っちゃったの。そしたらね、その子泣き止んですごく嬉しそうな顔するの。弱っちゃったなぁ。だって、その鳥はほんものの鳥で、わたしたちが作ってる鳥とは見た目は一緒だけどぜんぜんちがうでしょ。だからムリなのはわかってたんだけど、まぁ、しょうがないかなぁって」

「その子はいくつ？」と僕は訊いた。

「春に幼稚園に通いだしたばかり」

「その頃って、どんなふうに感じてたんだろう。死に対して」

彼女はしばらく、まだローテーブルに置かれてある木箱を見つめていた。

「たぶんね。そういうことは誰にでもあるんじゃない。わたしは飼ってた犬が死んじゃったけど、その時はよくわからなかった。死んじゃった、悲しいって気持ちはあったけど、同時にものすごく理不尽で、そんなことは絶対に起こってはならないことだって思ってた。少なくともわたしのまわりではね」

　僕は黙っていた。そして幼かった頃の自分を思い出してみたが、そういった過去は思い当たらなかった。あるいはあったのかもしれないが、記憶として留まっていないだけなのかもしれない。

「同じ種類のを探してきて、すり替えるっていうのは？」と僕は提案してみた。

　しかし彼女は首を横に振って、あっさりとそれを却下した。

「わかると思うけど、鳥って同じ種類でもぜんぜんちがうのよ。人と同じように。それにそんなふうにあの子を騙したくないよ」

　僕は頷いた。そしてまっすぐに彼女を見つめた。

「僕にそんなことができると思って来たの？」

　彼女は困惑の表情を浮かべた。そして少しうつむいて「そうは思ってなかったけど……もしかしたらっていうのもあったけど、でもほんとのところはよくわからない」と言った。

「もしかしたらか」

「そう、もしかしたらね」彼女は肩をすぼめた。「ほんとはここに来るのけっこう悩んだの。

こんなこと頼むのってやっぱりヘンでしょ。それもぜんぜん喋ったことのない人に」

僕は、彼女の薄いピンクに塗られた指先を見ていた。そして意味もなくそのツルツルとした形のよい爪に、何らかの好感を抱いていた。

「そんなことはないよ。ぜんぜん役に立てなかったけどね」

「ありがとう。やさしいんだ」

そう言うと彼女は笑った。春の陽だまりを思わせるような笑みだった。

ものごとをうまく理解できないでいた。いつも何かがちょっとずつずれている、そんな気がした。僕がほんの少しの眠りについているあいだに、まわりのものが少しずつ向きを変えて間違った、本来だったら進むべき方向ではないほうに動き出しているような気がした。

「で、どうしよう?」

「ほんとのこと言うしかないよね」と彼女は言った。「うまく説明できるか自信ないけど」

「そうだね」

その後も、ゆっくり流れる雲のようなとりとめのない会話が続いて、気づくと陽もとっぷりと暮れていて、僕たちもいくぶん途方に暮れていた。

「じゃあ、もう帰るね。今日はいろいろとごめんね」

「いや、こちらこそ」

彼女は立ち上がると少し背伸びをした。そしてゆっくりとドアへ向かった。彼女の立てる靴音が、静かな部屋の床に小さく響いた。

木製の小箱はそこに残されたままだった。それは紆余曲折を経てここにやって来た。それが目指した場所がここであったのかはわからない。そしてこれからどこに居場所を求めているのかもわからなかった。

僕はちぎれた雲の切れ端もない、よく澄んだ空を思い浮かべた。それはいつか見た空だった。でもはっきりとは思い出せなかった。ただ、見覚えのある懐かしい感じのする空だった。

僕はその空に向かって手のなかの小さな鳥を放した。鳥はまばたきよりも速く羽ばたいて、あっという間に彼方へと飛び去っていった。そして小さな黒い点になり、やがて消えて見えなくなってしまった。

「どこにも行かないで」と彼女は僕の目を覗き込んでそう言った。

気づくとカウチで横になっていた。目を擦ると、まわりのものがやけにぼやけて見えた。

まるで巨大なシャボン玉のなかにいるような気がした。僕は眠気を追い払うために、ローテーブルの上にあった彼女が飲み残したプーアル茶を一気に飲み干した。それは思いのほか冷たかった。

空は暗黒の闇に覆われていて、ところどころに銀河の星たちが散らばり、きらきらと弱々しい光を投げかけていた。

僕はもう帰らなくてはいけなかった。それは僕にも帰るべき場所があるからで、もしそれがなかったとしたら僕はずうっとここにいて、ただ星を眺めていたのかもしれない。そんなことを頭の片隅でぼんやりと考えていると、突然、ギギギギィーと聞き覚えのない、何か硬いものが軋むような音が耳に入ってきた。

ギギギギィー、ギギギギィー、ギギギギィー。

小型のカササギはカゴのなかで羽をばたつかせながら狂ったように鳴いていた。僕はカゴのなかからカササギを出してやった。

ギギギギィー、ギギギギィー。

カササギは鳴きながら天井を目指して必死に羽を動かしていた。それでもその哀れな鳥はわずかに空中に浮いただけで、天井まではどうやっても届きそうにはなかった。

僕はカウチに座り、大きく広げた膝に支えられた両腕を力なくぶらぶらとさせながら、それを見ていた。

どれくらいそうしていたのかはよくわからない。ただ、坂道を上るポンコツの自動車のように時間だけは、のろのろと過ぎていった。

やがてカササギは飛ぶことを完全に諦めてしまったようだった。小さな羽毛がゆらゆらと優雅に舞って僕の足元に落ちた。

ギギギギギィー。

その鳴き声は僕の頭のなかで響き続けていた。


翌朝に彼女が再び仕事部屋を訪ねてきたのは、昨日より少し早い時間だった。パステルピンクのブラウスがとてもよく似合っていて、無愛想で心配性なこの部屋に、ささやかな明るい未来を運んで来てくれたようだった。

「おはよう」と彼女は言ってにこやかに微笑んだ。

「おはよう」

「今、忙しい？」

「だいじょうぶだよ」と僕は答えた。事務机には例のスケジュール表とグラスに半分ほど残ったプーアル茶があった。

「仕事前にごめんね。あの後のこと言っておきたくて」

「隣の子はどうだったの？」

「べつにたいしたことじゃなかったみたい」と彼女は安心した表情で言った。「あのくらいの子供って、ひと晩かふた晩眠れば忘れちゃうのよ、きっと」

「そんなものかなぁ」

「うん。でね、今度は熱帯魚買ってもらうんだって」

「羨ましいね」

「そう？　熱帯魚好きなの？」

僕は彼女の形のいい耳たぶに輝く小さな石に気をとられながら言った。

「とくに好きじゃないけど、ただなんとなくね」

僕は昔からペットというものがそんなに好きになれなかった。とくに理由はなかった。自分から欲しいとは思ったこともなかった。なので、それにまつわる過去のエピソードも、持ち合わせていなかった。それは資質に関わる問題であって、僕にはその資質が決定的に欠けていた。だから、その資質のある男の子を羨ましく感じたのだろう。

「わたしは……こんなこと言うのもヘンだけど、命って全部の総量みたいなのがある程度決まっていて、新しく命が生まれる時には、どこかでそれに代わる命が失われているの。だから無駄な死なんてなくて、死んで生きての繰り返しで、世界はそうやって保たれているって、そんなふうに思うの」

僕は黙って聞いていた。

「時々ねぇ、こう思うの。鳥の羽を縫い付けてる時ね、自分の命というか、魂というものが少しずつ吸い込まれていってしまって、いつか自分が空っぽになってしまうんじゃないかって、そう思うの。なんかうまく言えないけど」

「それはわかるような気がするよ」と僕は言った。

その時、カゴのなかでカササギが鳴いた。昨日と同じ声で同じ鳴き方だった。

ギギギギギィー、ギギギギギィー、ギギギギギィー、ギギギギギィー。

彼女は少し驚いた様子でカゴのなかを覗き込んだ。

「わぁ、ちっちゃいカササギだ」

「うん」

「面白い鳴き方するね。ゼンマイで動いてるみたい」

「なんか、うまくいかなくて。飛べないんだよね」

「ふぅん」

彼女はその小型のカササギに興味をもったらしく、カゴの前にしゃがみ込んで、しばらくその様子を見守っていた。

僕はそのあいだにスケジュール表を眺めていた。

「失敗しちゃったの？」

彼女は僕のほうを見ないで、カゴのなかに視線を残したまま言った。

「まぁ、そうだね」

「落ち込んでる？」

「少しはね。始末書も書かなけりゃなんないし」

「ねぇ、ここから出してあげてもいい？」

「いいよ」

彼女はカゴの扉を開き、片手を差し出して「おいで」と言った。カササギはなんの疑いも見せずに彼女のやわらかそうな手のひらに乗った。

「ギギギギギィー」とカササギは鳴いた。

「ギギギギギィー」と彼女も鳴いた。

なんとなく僕は笑ってしまった。そして彼女も笑った。

「青い鳥は近くにいたんだね」

そうかもしれない。と僕は思った。


夕暮れ時の公園は人の気配がまるでなく、出来立ての緑色の葉をつけた大きなサクラの木が陰鬱そうに佇んでいた。太陽は西に傾き、いくぶん弱まったその熱を短く刈り取られた芝生の上に投げかけていた。時折風が乱れ、小さな茂みを揺らしていた。

僕は木と木のあいだのやわらかそうな土の部分を、シャベルで手首が収まるくらいの深さに掘った。そして木箱のなかの鳥の形をした完全な「死」というものを、その暗闇のなかに葬った。

「ごめんね。こんなことまでしてもらっちゃって」と僕の隣で彼女は言った。

風が僕たちのあいだを通り過ぎ、彼女の短めの髪を揺らしその横顔を隠した。

「これは僕がやるべきことだったんだよ。初めからそういうふうに決まっていたんだ」僕は土を被せて地面をならした。

「自分を責めてるの？」と彼女は言った。

彼女が何にたいしてそう言っているのかよくわからなかった。

「僕はだれも責めないし、だれからも責められない」

僕たちはしばらく沈黙した。そして、それぞれ死にたいしての距離を測り直しているようだった。その空間は不思議とこころが休まるようなものだった。

僕は彼女のやわらかい手を握りたい衝動に駆られた。そしてその体温を感じたかった。繊細な指先から伝わる感情の揺れのようなものを、この手で受け止めてみたかった。

遠くで誰かが誰かを呼び出すアナウンスが聞こえた。

「もう、戻ろうか」と僕は言った。

希望という太陽は沈みかけていた。

「ねぇ、あのカササギどうするの？」と帰り道で彼女は訊いた。

「もう飛べないしね」

「やっぱりそうなんだ」

「あそこで飼うことにするよ」

彼女は少しうつむいて、ためらいがちに言った。

「時々、会いに行ってもいい？」

その対象が、飛べないカササギのことなのか、あるいは僕のことなのか確信はもてなかったけれど「もちろん、いいよ」と僕は明るく答えた。

「あのね。カササギが飛べなくなっちゃったのは、わたしのせいだと思うの。あんなこと頼まなければ、きっとうまくできたでしょ。だからとっても申し訳ないと思ってるの。ほんとうにごめんなさい」

「ううん」

僕はゆっくりと首を横に振った。


いつもの事務机の椅子に座り、溜まっていた書類を整理した。あいかわらず僕は僕で、仕事は仕事であり続けた。僕はやがて消えていくかもしれないかけがえのないものを思い続けた。仕事は絶えず運ばれてきて、棚のなかに詰め込まれていった。

湖水に浮くボートは、時に方角を変え、時には同乗者を乗せて進んでいった。

死はすぐ近くにあり、また遠くにもあった。それは手で触れれば消えてなくなってしまいそうなくらい、脆くて壊れやすいものだった。

完全で完璧なものなんてどこにもないような気がした。すべてのものが不完全で完璧ではなかった。僕たちはどこにでも行けるし、どこにも行けなかった。

鐘の音が響いていた。どこかのデパートのショッピングバッグのデザインみたいに地味な鐘の音だった。でもそれはいつまでも僕の耳に残っていた。目を閉じると、誰かがその鐘を鳴らしていた。とても立派な教会の大きな鐘だった。

それは何を告げる鐘なのだろうか。僕にはわからなかった。

その誰かは何かを伝えたくて鐘を鳴らしているのだろうか。誰かとは、僕の知っている人のようにも思えたけれど、誰でもないような気もした。

僕はそのまま眠ってしまった。目覚めた時、どんな景色が広がっているのだろう。そんな期待をこれから見るであろういくつかの夢に託しながら。

眠り慣れたベッドのなかで、洗い立てのシーツに皺を刻みながら、新調した枕を腕に抱えたまま……。

二十五番

ほぼ満席に近い状態の、昼間のレストランでのことだった。

僕は誰かと——どうしても名前が思い出せない。あるいは初めから名前を知らないのかもしれない——食事をしていた。

僕は白身の魚料理とたっぷりと盛られたサラダ、それにグラスビール。相手は長靴くらいの大きさのオマールエビとカルフォルニア産の赤ワインを、それぞれの胃袋に放り込んでいた。

店内は明るくとても広々としていた。そして、出来上がったばかりのような新鮮さとともに、光沢のあるツルツルとした輝きが、そこかしこに満ち溢れていた。もしかしたら、このレストランは昨日できたばかりなのかもしれない。

向かい合って食事をしている男に、僕はそう尋ねてみたかった。でもすぐにその考えを引っ込めた。彼はそんなことはどうでもいいというような、ある種の威圧的な雰囲気を漂わせていたからだった。その代わりに、持っていたナイフとフォークにでも訊いてみようかと思ったが、もちろん、実際にはそんなことはしなかった。

　そもそもなぜ僕はこの男とともに食事をしているのか、皆目見当がつかなかった。まるで季節の変わり目に吹く突風のように。あるいは数学者が何かのひらめきによって偶然に発見された数式のように、何のまえぶれもなく目の前に現れた状況だった。

　もちろんそれは、そんなにドラマティックなものではなかった。どちらかというと平板で退屈なものだった。そしてそれが僕をたまらなく不安な気持ちにさせた。なぜだかわからないが気づいた時、僕はレストランにいて、名前の思い出せない男と食事をしていた。

　レストラン自体の居心地は決して悪いものではなかった。ほどよい高級感があるわりには堅苦しいところがないし、料理の見た目も味も、サービスもそれなりによかった。もし街頭で人気投票でもすれば、きっと上位にランクされるだろう。

　しかし妙に気になることがあった。それは店内がまるで二万マイル彼方の海の底にでもあるかのように、おそろしく静まりかえっていることだった。壁に取り付けられたデンマーク製のスピーカーからは、耳を澄まさなければ聴き取れないほどの、わずかな音量のバロック音楽が流れていたが、その他の音はほとんど聞こえてこなかった。

周囲の客を見渡すと、それぞれに楽しそうに食事をしているように思えたが、そこには本来はあるべきであろう会話というものが、まったく含まれていなかった。あるのは、カタカタと食器同士が触れ合う時に立てる、ごく小さな音だけだった。

僕は自分の耳がおかしくなってしまったんじゃないかと思った。そこで持っているナイフに必要以上に力を加え、それが皿に当たる音を確かめてみた。音は予想に反して、びっくりするくらいに大きく響いた。何か気まずい感じを覚えたが、でもそれには、一緒に食事をしている男も含めて、とくに誰も注意を払おうとはしなかった。また、時々見かけるこれといった印象も薄いウェイターは、上質に違いない制服を着ていて、感じのよい笑顔と丁寧なお辞儀はするが、ひと言も声を発していなかった。

僕はフレンチドレッシングのかかった新鮮なレタスをフォークで口に運んだ。そういえばまだ、同席しているこの男と言葉を交わしていなかった。はたしてこの状況が言葉を発することもなく整えられるものだろうか。僕はいったいどうやって料理をオーダーしたのか思い出せなかった。僕たちはひとつの四角いテーブルに向かい合って、食べるためだけに口を動かしているだけだった。

「なかなかいけますね」と僕は言ってみた。電源の入ったばかりのマイクをテストする時のように、ややぎこちない声だった。

言葉はその場にうまく馴染まなかった。いっせいに人々の冷ややかな視線が、こちらに向けられたような気がした。名前の思い出せない男は意識的にか、無意識的にか、どちらともいえない態度で、僕のその発言を無視した。

僕は少々苛立った。ここでは声を発すること自体が、何かの犯罪に問われるのではないかといった、どこか重々しい空気と、説明のつかない滑稽さが全体を覆っているようだった。まるで悲劇の主人公がいつのまにか喜劇を演じているような。

どうしても名前の思い出せないその男は、実に丁寧に手際よくオマールエビを食べていた。無駄と思える動きがいっさいなく、見ていて感心するほどだった。身は殻から綺麗に剥がされ、美しい曲線のハサミは、その原型をほぼ留めていた。僕はそこに何かしらの哲学の存在を思わずにはいられなかった。

やがて食べ終えると、彼はおしぼりで丁寧に手を拭き、ナプキンで口もとを拭った。そしてグラスに入った、ただの水をひとくち飲んでから、テーブルの中央に置いてある、小さな花瓶に向かってでも話しかけるように言葉を発した。

「彼女とは別れてくれ。そしてもう二度と会わないと約束してほしい」

言葉はしっかりと場に馴染んでいた。まるで慈悲深い神のご加護によって戒厳令が解かれたみたいだった。それに対して僕はいくぶん気が楽になった。でも言っていることの意味がよくわからなかった。

「それはどういうことなんですか？」と僕はこころのなかで一度呟いてから言った。

彼はまるでシングルプレーヤーがグリーンの芝目を読むような目つきで僕を見た。その視線には、苛立ちが込められているようにもとれたし、また、ある種の余裕みたいなものが含まれている気もした。

男はとても品のある整った顔立ちをしていて、見るからに上等なスーツを見事に着こなしていた。そして育ちの良さを窺わせる独特の雰囲気をもっていた。僕がそういったものの存在に気づき、それを感じ取ったのは初めてだったのかもしれない。

「俺は彼女と結婚することにした。君には突然のことで申し訳ないと思うが、まぁそういうことだ。彼女のことは諦めてくれ」と男は淡々と言った。

しばらく沈黙があった。ただ沈黙といっても、もともとそんなようなものだったからそれは沈黙のなかの沈黙といった奇妙なものだった。僕はそのあいだに、適度に冷えたカールスバーグを飲み、男はジェーピーエスを一本吸った。

僕は頭のなかで何を言うべきかあれこれ考えを巡らせていた。でもこれといって、よさそうな言葉は何も浮かんでこなかった。

「それは政略結婚ですか?」と気づいた時は、そう言っていた。

男は二本目の煙草に火を点けた。そして、ゆっくりと煙を吐き出すと、距離にして、三ミリくらい笑った。

「君は自分が彼女にふさわしい人間だと思っているのかい?」と男はそう言って、今度は七ミリくらい笑った。

無口なウェイターがやって来て、空になった食器を下げていった。運ばれていくオマールエビの残骸は、抜け殻というのにふさわしいものだった。それは向かい合うこの男の手によって、見事に中身を取り除かれてしまったのだ。僕にはそれが何かを暗示しているように思えた。急にこの場を離れたくなった。できればこの男と関わりたくなかった。

店内はあいかわらず静まりかえっていた。まるでボリュームを絞ったテレビか、あるいは無声映画を観ているかのようだった。人々はその無音のなかに、自らの胃袋を満たす欲求を探し、ネモ船長は科学の粋を結集させた船内の計器類を見つめながら、紫煙のなかを彷徨っていた。

彼女が地元の有力者で大金持ちである人物の一人娘だと知ったのは、彼女と付き合い始めて二年くらいたってからのことだった。それまでは、彼女がそんな家の生まれだと夢にも思わなかった。彼女は高級ブランドの服なんて、まず着なかったし、高価なアクセサリーもしていなかった。まるで「そんなものは私には必要ないの」といったふうだった。また、それらのものを身に着けていなくても、彼女は十分すぎるくらいに美しく、とても魅力的だった。

それから、彼女は僕の家の近くの、こぢんまりとしたあまり目立たない洋食屋をかなり気に入っていたし、旅行をする時は、値の張る豪華なホテルよりも、庶民的な安価な民宿のほうを選んだくらいだった。何より彼女は、気取ったところがぜんぜんなかったし、いつも自然体で、へんに構えたところがなく、のびのびと人生を楽しんでいるように見えた。

でも今思うと、もしかしたら、それらのことを必死に隠し続けようとしていた気がした。僕と彼女は表面上において、あまりにも不釣り合いだった。そしていつか離れなければならないことが、彼女にはわかっていた。それによってふたりが、多少なりとも傷つくということを、彼女はずっと先に延ばしたかったのだろう。

ふたりで目覚めたとある朝に、彼女は僕のすぐそばで「このまま時間が止まって、ずっと一緒にいれたら、どんなにかいいのに」と言って、僕の腕時計を人差し指で、こつんと叩いた。もちろんそんなことでは時間は止まらなかったけれど、寝ぼけた目を擦りながら見た彼女のはじけるような笑顔とその言葉は、今の僕の胸に切実に響いていた。

あの夜の彼女はなぜかいつもとは様子が違っていた。妙にしんみりとしていて、話していても焦点が合わず、完全にうわの空という感じだった。時折虚ろな眼差しで、一か所に視線を集めては、すうーっと、ため息をついていた。僕は何度も「だいじょうぶ?」と聞いたが、そのたびに彼女は小さく笑って「ううん。だいじょうぶ」と答えた。

僕たちは行きつけのレストランで食事をして、そのまま家に帰ることにした。彼女はとても疲れているように見えたし、このままふたりでいても、そのモヤモヤとした状況は変わりそうもなかったからだ。

「家まで送ってって」と助手席で彼女は呟くように、そう言った。

それまでは、彼女のことを近くの神社で降ろしていた。それは彼女が望んだことだった。

「この近くだから」といつもそう言っていた。そして、そこから歩いて家に帰っていた。

彼女の案内通りに車を走らせると、やがて前方に大きな白い壁に囲まれた、まるで宮殿のような立派な建物が見えてきた。

「すごい家だな」と僕は見たままの感想を言った。

「ここよ」と彼女は静かに言った。

「ん？」と僕は思わず聞き返していた。

彼女はもう一度、確かめさせるように、同じ言葉を繰り返した。僕はその言葉の響きに、何の感情も読み取ることはできなかった。まるで彼女からいっさいの感情というものが消失してしまったかのようだった。

「もしかして、お姫様なの？」

どうしてそういうことを言ってしまったのだろう。すぐに後悔した。気づくと彼女は、もうすでに泣き出していて、大粒の涙が膝に抱えたバッグの上にこぼれ落ちていた。僕の頭は混乱していた。彼女が泣く姿を見たのは、それが初めてだった。

とりあえず車を、人気のない通りまで移動させて、邪魔にならないよう道の端に停車させた。そこは街灯もなく暗かった。あたりの闇がよりいっそう深まっていき、濃密な時間と空気が重く僕たちの上にのしかかってくるのが感じられた。

彼女は泣き続けていた。僕はその手に自分の手を重ねた。と同時に彼女は僕の肩のあたりに顔を埋めてきて、さらに泣き続けた。好きなだけ泣けばいいと思った。誰にだって泣きたい時くらいあるだろう。でもひとりで泣くことはない。今の彼女には握り返してくれる手と、涙を受け止めてくれる、血の通った温かい身体が必要だった。

彼女の小さく、やわらかな手を握りながら、あの家の白い壁のことを考えていた。壁はどこまでも長く続いていていて、無常にも僕の行く手を遮っていた。そのうえ壁は、見上げるほどに高くそびえ立ち、簡単には乗り越えられそうにもなかった。

僕はその地の果てまで続く壁に沿って歩き続けた。それはどこまで行っても壁であって、白く大きく立ちはだかっていた。そして僕は常にこちら側にいて、彼女はその向こう側にいた。

——彼女は明日見合いをすると教えてくれた。

レストランの住人は誰も口を開いて言葉を発しようとはしなかった。まるで数合わせの、都合のよいエキストラのようにも思えた。——僕と名前の思い出せない男を除いては。

追加注文したと思われるビールが運ばれてきた。僕の咽喉はカラカラに渇いていた。呼

二十五番

吸をするたびに、肺のあたりにチリチリと鈍い痛みを感じた。それは深い穴の底にいる、陰気な爬虫類のように、薄気味悪く、いやらしさをともなう痛みだった。デカンタにはまだ、たっぷりとワインが残されていたが、向かい合う男は、それには手をつけなかった。

テーブルの片隅には、紙ナプキンや調味料、コーヒーシュガーなんかが載った小さなトレイが置いてあった。彼らは自己主張を控え、慎ましくその役割を果たしていた。それはこのレストランにあって、数少ない僕の味方のように思えた。

トレイの上ではちょっとした論争が巻き起こっていた。論題は『平和な街のレストランにおける反時代的考察からみたイロニーの概念について』というものだった。

まず、黒コショウが「真理とは基本的に主観的なものだ」と言って口火を切った。それにたいして「感覚のなかに存在しなかったものは意識のなかには存在しない」とコーヒーシュガーは、やや熱のこもった口調で言った。その隣で、こんなところに置いてあるのがもったいないくらいに洒落た造りのソースさしが、同調するように、こくりと頷いた。

議長役のブルターニュ産の塩が紙ナプキンに意見を促した。彼は厳かな口調でこう言った。

「神は死んだ」

男が次に何か話すまで、僕はじっと沈黙に耐えていた。でも実際のところ頭のなかはひどく混乱していて、何を話していいのかよくわからなかった。それでも沈黙は破られる。男は煙草の灰を灰皿に落とした。それがきちんと正しい場所に行きついたのを確認してから話を続けた。

「君に言っておきたいのは」

僕は男の目を見た。彼はなぜか僕と視線を合わせようとしなかった。

「君は今まで生きてきたなかで、何かを成し遂げようと、真剣に努力をしたことがあるのかということだ。そして、何か自分に誇れるものがひとつでもあるのか？……おそらくないだろう。俺にはわかる。君には主体的な目標もなく、到達すべき目的地もない。ただ、時間だけを無駄にドブに捨てている。いったい自分は何をするべきなのかわからない。……君は無意味で、まったく価値のない存在なんだ。そんな奴に、ほんとうに彼女を幸せにできると思うか？」

名前のない男の前には、殻つきの生ガキが置いてあった。男はフォークとナイフで、その身を手際よく剥がすと、よりいっそう皮肉めいた表情で、口のなかに入れた。そして殻に残っていた真珠を指で摘まんで、ゆっくりとワインの液体のなかに落とした。

「……生きる目的って、何なんですか?」と僕は訊いた。

男はそれには何も答えず、軽く口もとを歪めただけだった。

僕は二杯目のビールに口をつけた。それは生ぬるく、とても苦かった。まるで人生そのもののようだった。ビールの泡はグラスのなかで小さく揺れ、遠く薄れていく記憶のように、少しずつはじけ飛んでいった。僕は彼女と過ごした特別な時間を思い出していた。

目が覚めると同時に、忘れてしまいそうな短い夢から覚めると、彼女はいつのまにか、僕の隣に潜り込んでいた。そして飼い主に甘える子猫のように、身体を摺り寄せてくる。僕たちはやさしく抱き合いながら、互いの肌のぬくもりを感じ取っていた。

彼女の肌はすべすべしていて、とてもやわらかく上品な香りを漂わせていた。その顔はとても美しく、大きな瞳は、吸い込まれそうになるくらいの深淵を湛えていた。彼女は裸を見られるのを極度に嫌がっていた。僕たちは雨戸を閉め、電気を消して布団を被りながら、いつまでも抱き合っていた。

どうして嫌がっていたのかは、よくわからなかった。僕は何度も、その美しい身体を見たいと思ったが、口には出さずに彼女の肌に触れながら、ただ薄暗がりのなかで、想像するほかなかった。そしてそれは、最近の出来事だった。まだ温かく、色褪せてはいなかった。軽く手を伸ばすだけで、すぐにでも手が届くところにあった。

それでも、なぜだか急に、古いアルバムをめくり返しているみたいに、遠いセピア色の記憶のなかに溶け込んで、霞んでいってしまうように思われた。僕は彼女の肌のぬくもりを、伝わってくる生命の鼓動を、そのなかにいる時の恍惚の境地といったものを、うまく思い出せないでいた。

自分の手のひらに向かって問い質してみる。彼女はほんとうに、この手のなかにあって、そのやすらぎのなかで淡い夢を見ていたのだろうか？　こころからその身を委ねていたのだろうか？　その問いは、頭のなかの同じ場所を何度もぐるぐると駆け巡っていた。

男は少しずつ苛立ちを表に出しているように感じられた。

「この結婚は彼女自身が決めたことなんだ」と名前の思い出せない男は言った。

「彼女はやっと、自分の置かれている立場というものを理解し始めた。だからもう君にも会うことはないと言っている」

そう言って吸いかけの煙草を灰皿のなかでもみ消した。

僕にはぜんぜんわからなかった。いや、わかろうとしたくなかっただけなのかもしれない。僕は今、何か僕の知らないとてつもない強い力によって、大切なものを失おうとして

二十五番

いた。

　彼女がこの男と結婚なんてするはずがないと思った。まして、彼女が自らそれを望むなんてことは絶対にありえないと思った。

　僕はこの男がどんな男か知っていた。この男は権力と大嘘でものごとを解決する、あるいは解決したように見せる。時々僕の前に現れて、僕の大事なものを根こそぎ奪い取っていく、非情で冷淡で卑劣なペテン師だ。名前は思い出せないが、そんなものは思い出せなくてもかまわなかった。

　彼女と関わってしまったことで、僕はこういう状況にあるのだろうか。決してそんなことはないような気がした。

　この男は以前から僕の大事なものを奪っていった。そして、おそらくこれからもそうするのだろう。でも、なぜそうするのかわからなかった。僕のことを無価値で意味のない存在だと、彼は言った。だったら放っておいてほしかった。僕の存在を完全に無視してくればいいと思った。だが男は容赦なく攻撃を加える。僕がボロボロになって立ち上がれなくなるまでそれは続くのだろう。まるでそれが、彼の生きる目的のひとつであるかのように。

吐き気がした。スズキのポワレとフレンチドレッシングと、ロメインレタスと苦いビールが胃のなかで、静かに、でも確実に暴れていた。僕はこの場を放り出して、どこかに行ってしまいたかった。そうすれば楽になれるだろうと思った。たとえこの状況が何ひとつ変わらなくても、今よりはだいぶ楽になれるだろう。

でも、それはできそうにもなかった。何とかここに踏み留まって、彼女をこの男から取り戻さなければならない。そんな使命感が、僕には芽生え始めていた。彼女は壁の向こうの孤独な檻のなかで、助けを求めていた。彼女を救うために、僕は戦わなくてはいけなかった。巨大な闇の力から。彼女と僕自身を。

僕はゆっくりと目を閉じた。そしてその内なる闇のなかにやがて浮かび上がってくる光景を、ゆっくりと思い出していた。

眩しいくらい銀色に輝く一台のメルセデスが、見晴らしのいいよく手入れされたその庭に入ってきた時、少年はとうとうその時がやって来たのかと思い、その小さな胸が騒ぐのを、無理やりにでも感じ取っていた。

透明なバケツ二杯分くらいの贅沢を詰め込んだ感のする、その金属の塊は、玄関のほぼ

二十五番

真正面にゆっくりと停車した。それはまるでリヒャルト・ワーグナーの壮大な曲とともに、任務を終えて無事に地球に帰還した宇宙船さながらの光景だった。

よくある日常の静寂を乱すかのような来訪者は、言葉に言い表せない異様な雰囲気を、その場にもち込んでいた。鎖に繋がれた小型の番犬は、激しく吠え続け、ついさきほどまで、平和なさえずりをもたらしていた小鳥たちは、その異変を感じて、にわかに騒ぎ始めた。

運転席のドアが開き、少し前までは、何の変哲もないやや退屈だったその場所に、しっかりとした足取りで、ひとりの人物が降り立った。

男は皺ひとつないベージュの軍服に身を包み、海老茶色のブーツを履いていた。肌は白く、短く綺麗に整えられた髪は金色に輝いていた。胸にはカラフルな勲章が品評会の展示品みたいにいくつも並んでいた。そして色の濃いサングラスをかけていた。

少年はその男がドイツ人であることを瞬間的に悟った。

それはおじいちゃんが口癖のようにいつも言っていたことだった。「いつかここにドイツ人がやって来る。染みひとつないピカピカの車に乗ってな」

そう言っておじいちゃんは、その話をする時はいつもそうするように、遠くを見て不用意に伸びた髭を撫でていた。

「そして私のことを殺すだろう。まぁ、そうなっても仕方がないと思っている。なぜならそれは私自身が引き起こした問題だからだ。責任はいずれとらねばならない……。死ぬのは怖くない。私はもう十分に生きた。この世に未練などこれっぽっちも残っていない」

少年はそれがどういうことを意味するのかわからなかった。おじいちゃんに問い質してみても、詳しいことは教えてくれなかった。想像のなかでは、おじいちゃんは秘密の研究をしていて、ある重大な事実を知ってしまったために、命を狙われることになってしまったのだろう。ということになっていた。

「その時が来たら、おまえは奥の部屋でじっとしているんだ。決して出てきてはいけない。騒いだり物音を立てちゃいけない。いいか、そうすれば後はそれなりにことは運ぶ。特別怖がることはない。何の心配もすることはない」

その日はとてもよく晴れていた。

おじいちゃんの家は小高い丘の上にあって、そこから小さな港がよく見渡せた。小型の漁船が行き交い、水揚げされた魚が網のなかから勢いよく飛び出していた。集まる人々は、笑ったり怒ったり、時には神妙な表情になったりしていた。少年はそこから見える景色が好きだった。眼下に広がる海は、少年のこころのなかの海よりも遥かに広く、とても穏やかで、見ているだけでやすらいだ気持ちになった。

――まさかあんなことが起ころうとは、神様にも思い及ばなかったに違いない。少年はその時のことを、今でもはっきりと思い出すことができる。

メルセデスから降りてきたドイツ人は、その白い顔に無表情という表情を浮かべていた。贅肉のない引き締まった身体をぴんと立てて、機敏な動きで玄関まで行き、何のためらいもなく扉を開けた。

少年は何か言おうとして、おじいちゃんを探したが、どこにもおじいちゃんの姿はなかった。仕方なく奥の部屋に隠れ、言われたとおりにそこでじっとしていた。

そんなに長い時間が経ったわけではなかったが、それはずっと続くのかと思われた。時空が歪められ、薄く引き伸ばされた空間で、少年は震える身体を両腕で抱きしめていた。

おじいちゃんは、ほんとうに殺されてしまうのだろうか。そう思うとその小さな心臓は、バクバクと激しく脈を打った。その音があまりにも大きく聞こえたので、ドイツ人に見つかってしまうんじゃないかと思えたほどだった。

おじいちゃんは今どこにいるのだろう。まだドイツ人に見つかっていないとしたら、そのうちこの部屋にも踏み込んでくるだろう。でも、そう考えてみても少年はそこから動けなかった。今は物陰に身を潜ませているしかなかった。

その時、廊下のほうから声が聞こえた。少年の聞いたことのない言葉だったが、紛れもなくそれはおじいちゃんの声だった。

少年は嫌な予感がした。全身が凍り付くようなとても嫌な予感が。

恐る恐る物陰から声のしたほうを覗いてみた。それはまさにドイツ人が、おじいちゃんをピストルで撃ち抜く瞬間だった。少年は恐ろしさのあまり声をあげることも、目を閉じることさえもできなかった。そしてそれらの光景がはっきりと脳に刻まれていくのを感じ取った。

銃声は短く響いただけだった。少年にはそれが運動会の徒競走で鳴らされる、あの弾の出ないおもちゃのピストルではないかと思えた。でもおじいちゃんは撃たれたと同時に床に倒れてぴくりとも動かなくなっていた。

これは嘘なんだ。少年はそう思おうとした。おじいちゃんは僕を驚かそうとして手の込んだ悪戯をしただけだ。きっと、今に立ち上がるに違いない。そして笑いながら「すまんな」と言って髭を撫でるはずだ。

その時、ドイツ人がこちらを見てにやりと笑った気がした。まるで少年がそこにいることを最初から知っていたかのように。でもそれは少年の思い過ごしかもしれない。なぜならドイツ人は濃いサングラスをかけていたからだった。

そもそもそれがドイツ人であるかもわからなかった。少年は実際にドイツ人を見たことがなかったし、ドイツ車の詳しい知識もなかった。もしかしたらオランダ人であったのかもしれないし、セントビンセント・グレナディーン人かもしれなかった。

太陽が揺れていた。そして陽光によって世界が溶かされかけていた。少年は走り出していた。窓から抜け出し裸足のまま裏庭に出て、港の見える丘のほうに向かった。

走りながら泣き出していた。何が何だかわからなかった。溜まった涙が光を受けてキラキラと輝いていた。少年は海が見たかった。すべてを飲み込み、すべてを知っている、あの金色に輝く海を。

「彼女と別れる気はありません」と僕は吐き気を堪えながら言った。僕の言葉は少しずつその場に馴染んできているような気がした。

名前の思い出せない男が指をぱちんと鳴らした。

まもなくウェイターが料理を運んで来た。それを黙って男の前に置き、ステンレス製のドームカバーを外すと、軽くお辞儀をして去っていった。それは料理ではなかった。そこには何の飾り気もない木製の箱が残されていた。その物体は自ら志願して、この場所に辿り着いたように思えた。大きさはウェブスターの英和辞典くらいだった。

彼はお祝いの贈り物を確かめるみたいに、ゆっくりと蓋を開けた。箱のなかには、ピカピカに磨き上げられた小型のピストルが納められていた。

「人間はふたつに分けられる」と男は言った。

「強者と弱者だ。強者は社会を発展させ、それを高め歴史を切り開いてきた。その一方で弱者は強者の下で尽くし、さらなる社会の発展を強者に託さなければならなかった。人間は平等だ、というのは弱者のうわごとだ。世の中を動かしているのは誰だと思う。力のある者が力のない者と一緒にされてしまうなんて不公平だと思わないか」

言い終わると男は、おもむろに木箱からピストルを取り出し、その感触を確かめ、十分に手に馴染ませた。そして安全装置を外し、ゆっくりと慎重に狙いを定めるように、銃口を僕の心臓に向けた。

（これは脅しではない）

僕はそう思った。ピストルは見るからにほんものだった。こういう状況だからかもしれないが、ほんものより、ほんものに見えた。

男はいつでも僕を殺すことができて、たぶんそうするだろうと思われた。事態を収拾させるには札束なんかより、こちらのほうが迅速でより効果的だった。僕を消してから然るべきところに札束をばら撒けばいい。そして僕はこの男から解放される。でも人生の終わりがこんなのでは、あまりにも悲しすぎはしないか。

僕は彼女のことを思わずにいられなかった。彼女は僕の人生のほぼすべてといってもよかった。彼女のいない人生なんて考えられなかった。彼女はなぜ僕を選んだのだろうか。そして僕は彼女の何に惹かれたのか。そこには言葉でうまく言い表せない「何か」があった。その「何か」は彼女が僕にたいして感じる「何か」であると同時に、僕が彼女にたいして感じる「何か」でもあった。

僕たちは最初に出会った時から、お互いに「何か」の存在に気づいていた。そして、それを確かめ合いながら、僕たちは手を取り合い、深く立ち込める霧のなかを歩いてきたのだった。と同時に僕は彼女のことを、ほとんど何も理解していなかった。彼女を取り巻く一連の環境や、その内面に燻り続ける弱々しい仄かな明かりの灯る、小さな秘密の小部屋のことも。

彼女はその小部屋にこもってひとり泣いていた。そして待っていた。誰かがドアをノックしてやさしい言葉をかけてくれるのを。それができるのは僕しかいなかった。あの夜、彼女が僕の前で泣いた時に、秘密の小部屋はすぐそばにあった。今思えば、僕はそこから彼女を連れ出して、巨大な白い壁を越えて行くべきだったと思った。

――それは遅すぎた。何もかも、致命的に。

銃口の先には僕の心臓があった。そしてそれは激しく脈を打っていた。その音は静かなレストランで、取り残された迷子の叫び声のように、空気を震わせていた。

脇腹を生暖かいひとすじの汗がゆっくりと流れていくのを、はっきりと感じ取ることができた。咽喉は灼熱の砂漠のように渇いていたが、とてもビールを飲む気にはなれなかった。唾さえも飲み込めなかった。

名前の思い出せない男は僕に向かって、「何か言いたいことはあるのか」というような視線を投げかけ、わざとじらすように、ゆっくりと引き金に指をかけた。無口なウェイターがその様子に気づいたようだが、見て見ぬふりをしていた。他の客たちは目の前の食事にすべての情熱を傾けているといった感じで、まったくこちらに注意を払おうとしなかった。

レストランはあいかわらず混んでいた。もしかしたら、僕が来た時よりも混んでいたのかもしれない。それでも、騒々しさはなかった。人々はまるで、栓で蓋をされたみたいに黙り込んでいた。

男は僕の言葉を待っていた。どうやらそのくらいの慈悲はあったようだ。そして、おそらくそれは僕の最後の言葉になるのだろう。僕が何かを言い終わるのと同時に、男は口もとを少しだけ動かして、引き金を引くのだろう。その恐るべき予兆は呼吸とともに吐き出され、レストランを支配する静寂と混ざり合って、あっという間に拡散していった。

僕は今の自分に何ができるのか冷静になって考えてみた。でも、できるわけがなかった。目の前には死への入口がぽっかりと空いていて、その奥では鋭利な鉛の塊が、僕を捉えるのを今か今かと、待ち構えていた。はたしてこんな状況で僕はいったい何をすればいいのだろう。

もし白旗を掲《かか》げて命乞いをするならば、男はピストルを下ろすのだろうか。そして手切れ金として、僕の前に札束を放り投げるのだろうか。そんな考えがふと思い浮かんだが、とても実行する気にはなれなかった。男は確実に僕を殺すだろう。また僕が命乞いなどしないことも確実に知っていた。

このままほんとうに死んでしまうしかないのなら、今僕は何を思えばいいのだろうか。僕には彼女のことを思うしかなかった。彼女の未来はどんな形をしていて、その景色はどんな色に染められていくのだろうか。僕はそこに立ち会いたかった。こころからそう願った。

海底のレストランは沈んだままだった。ノーチラス号は浮上する動力を完全に失っていた。

叫びたかった。何でもいいから叫びたかった。でも声が出なかった。咽喉は古びた井戸のように干からびていた。僕はもうじき僕ではなくなる。できることなら、人生を振り返るのには、大海原を見渡せる、よく晴れた日の芝生の上がいいと思った。大きく息を吸って、身体のなかのいろいろなものと一緒にそれらを、ゆっくりと吐き出したかった。

僕は思いつくかぎりの最大の侮辱の言葉を探した。そして僕の短い人生のなかで、面と向かって誰にも口にしたことのないその短い言葉を、名前の思い出せないペテン師に投げつけた。

言葉はやっと、この場所にふさわしい格式を備えたものとなって、心地よい響きをもつものとなった。まるでそれが残された唯一の救いであるかのように。

二十五番

その公園はすでに人々で埋め尽くされていた。気温はまだ、前の季節の面影を十分に残していて、頬に触れる夜風がひんやりと感じられた。非対称に並ぶいくつかの石段を駆け上り、賑わう人混みのなかを掻き分けながら、やっとの思いで僕はその仲間のうちに加わった。

東西に立ち並ぶサクラの木は、いずれも満開に咲き誇り公園を飾り立てていた。時折吹く風で花びらが幻想的に舞い、忙しない日常を忘れさせてくれるような演出に、一役買っていた。また、それを眺めるのには絶好の時期でもあった。

宴会はすでに始まっていて、僕は遅れてきた理由とやらを同僚に弁解している最中だった。そこへ彼女が缶ビールをもって来てくれた。

彼女は「お疲れさま」と言って、にこやかに微笑んでくれた。僕は短いお礼を述べてそれを受け取り、ひとくち口をつけてから、ネクタイを緩めシャツのボタンをひとつ外した。

ビールは心地の良い春の味がした。僕はその時ほどビールというものがおいしく感じられたことはなかった。その苦みが、体内に溜まったいろいろな澱《おり》のようなものを中和させてくれるような気がした。

でもそれは、また春がやって来たとしても、もう味わうことのできないものだった。僕がビールを飲む時、あの夜のことが思い出されることはあっても、その味までは忠実に再現されることはなかった。そして、それはたいてい苦かった。

途中でトイレに立った。ほろ酔い気分で辿り着くと、入口付近にある水道のところに、最初に僕にビールを渡してくれた彼女がいた。僕たちは目が合い、互いの存在に気づくと自然に笑い、そして、自然に話をしていた。彼女はその年に入ったばかりの新入社員で、僕とまともに会話をするのはそれが初めてだった。

僕は彼女と話しているとなぜか、昔からの知り合いのようなある種の親密さが、ふたりのあいだに存在しているような気がしてならなかった。それはたんなる好意とか恋とかいったものとは違っているように思えた。僕は今まで誰かにたいしてそんなふうに感じたことは一度もなかった。

――それは紛れもなく「何か」だったのだろうか。

戻った時誰かが「次にどこ行こうか」と言っていた。それにたいして同僚のひとりが「カラオケ！」と答え、その意見にみんなが賛同した。僕はそれには行きたくなかった。もっと彼女と話がしたいと思った。彼女となら話題が尽きることはないだろう。何時間でも話していられるような気がした。そしておそらく彼女もそう思っていたに違いない。

薄灰色の鉛の弾丸は、僕の心臓を寸分の狂いもなく貫き、珪藻土で塗り固められた白い壁にめり込んでいった。その瞬間、僕は目を見開いて名前の思い出せない男の顔を見ていた。それはのっぺりとした表面にふたつの穴とひとつの口がついているだけだった。

——何かが終わって、また新しい何かが始まろうとしていた。

僕の人生はじつにあっけなく幕を閉じることになってしまった。痛みを感じることはなかった。ただ、ゆっくりとその場に倒れ込んでいった。それはよくできた抜け殻のようだった。僕はそれをどこか遠くの誰もいないところからじっと眺めていた。でもそこにいるのは僕のようでもあり、違う僕のようでもあった。僕は細胞分裂でもするようにふたつに分かれてしまったのだろうか。——よくわからなかった。

レストランにはすでに男の姿はなく、客もいなかった。ウェイターの足音が微かに聞こえたような気がしたが、やはり彼は現れなかった。テーブルの上には、蓋の開いたままの空っぽの木製の箱が残されているだけだった。

そこには何もなかった。怒り、悲しみ、喜び、痛み、あらゆる感情が消失したかのようだった。僕と彼女を隔てていた、あの白い壁さえも見当たらなかった。

あるのは意識だけだった。そしてその意識は事実を知っていた。

――これは夢の中なんだ。

僕はその夢の中で偶然ここに迷い込んでしまっただけなのだ。道に迷い歩き疲れ、辿り着いた先にはいかにも怪しげな建造物が、僕を待ち受けていた。

僕は扉を開けて奥に進み、そこにある数々の見てはいけないものを眺め、触れてはいけないものを手に取っていたりした。

その代償は高くついた。それはあまりにも高すぎて、僕はその巨大な重圧に押し潰されてしまいそうなくらいだった。

「これは夢なんだ」とひとりの僕が言った。

「そう。悪い夢なんだ」ともうひとりの僕も言った。

夢なら早く覚めてほしい。

ブランデンブルク協奏曲

「それで、彼女と仲良くなりたいんだね？」と道化師は言った。

「できればそうしたいんだけど、どうすればいいかなぁ？」と僕は答えた。

「うーん」と言って、道化師は腕を組んでしばらく考え込んだ。

穏やかなさざ波のような風が、僕たちのところにやって来て、何かを語りかけながら、まっすぐに通り抜けていった。その季節は、長い昼と短い夜とを、ジリジリと焼けつくような太陽を、まるで忠実な番犬のように従えて、すぐ近くまでやって来ていた。

僕は勢いよく背筋を伸ばすと、そのまま後方の地面に身体を倒した。母なる大地の感触を背中に感じた。草の匂いがして、頭のすぐ近くを、一匹のカラフルな羽をした蝶が、ヒラヒラと優雅に、まるで踊りを楽しんでいるかのようにして飛んでいた。

道化師の表情は真剣そのものだった。それはあまりにも真剣なので、思わず吹き出してしまいそうなくらいだった。彼は真っ赤に塗られた、顔の下半分を埋める大きな唇を真横に結んで、やや前方に首を傾け、両腕をきつく組みながら、友だちの恋の悩みについて、あれこれと考えを巡らせていた。

道化師は、じつにいろんな表情をもっていた。それは僕が知るかぎりでも二十七種類くらいはあったと思う。どの表情も、ちょっと大袈裟すぎるくらいにわかりやすかった。まるで漫画のなかからそのまま飛び出してきたんじゃないかと思えるくらいだった。

僕はそんな道化師の表情がとても好きだった。と同時に少し羨ましくも思っていた。どうしてかはよくわからないけれど、その表情ひとつひとつには、僕には絶対に真似することができない、奥の深い芸術性が潜んでいるんじゃないかと、僕なりにそう感じていたからだった。

「そうだ、こうしよう」

左手の拳で右手の手のひらを軽く叩いて、道化師は何か名案が浮かんだ時にするような表情をした。

僕は飛び起きて彼の話に耳を傾けた。

「今度の土曜日は何の日か知ってるかい?」と道化師は訊いてきた。

「さぁ……わかんないなぁ」と僕は答えた。

「夏至のイブ。または聖ヨハネの夜」

「ふぅん。それで？」

「だから、その日学校が終わったら、キミの家の庭でパーティーをするんだ」

「聖ヨハネの夜だから？」

「うん。そこに彼女を招待して一緒に踊るんだよ。キミは踊りは得意かい？」

そう言って道化師はニコニコしながら、何かを抱えているように両手を身体の前に差し出して、見えない相手と踊っていた。

「家の庭でパーティーするのはいいんだけどさぁ、彼女は来るかなぁ」と僕は半信半疑で言ってみた。

「だいじょうぶだよ」と道化師は自信満々に言った。

「たいていの女の子は甘くておいしいスイーツと同じくらいにパーティーといったものが大好きなんだよ。それに、誰かに誘われて自分が求められてるってことに、ものすごく興味があるんだ。だから彼女もきっと誰かの誘いを待ってるはずだよ」

「そうかなぁ」と僕は力なく言った。

「きっと、そうだよ」と道化師は励ますように言った。

唐突すぎて、かなり古典的なその提案に、僕は多少の戸惑いを感じたけれども、女の子に関してはたぶん、道化師のほうが僕よりも詳しいのだろうと思いながら、その話に乗ってみることにした。

ふと、見上げた空に、小型の飛行機がキーンと音を立てながら、横切っていくのが見えた。

「ほんとに、だいじょうぶかな」と僕は出来立ての不安を隠さずに言った。

「キミならやれるよ」

そう言うと、いつもながらに大袈裟な仕草で、道化師は僕の両肩に、それぞれの手を置いた。さっきまで、まとわりつくようにして吹いていた風が止んで、羽をいっぱいに広げた蝶が、道化師の大きな鼻の頭に止まった。

「やってみるか。ダメでもともとだ」と僕は膝を叩いて、そう言った。

「じゃあ決まり。パーティーの準備は、キミが学校に行っているあいだに、ボクがしとくよ。キミは彼女と友だちを連れてくればいい。とっても楽しみだね」

「ありがとう」と僕はお礼を言い、腕時計をチラッと見た。

「そろそろ行かなくちゃ」もうすぐ授業が始まる時間だった。

「ひとつ言っておくよ」と道化師は言った。

「キミはぜんぜんダメなんかじゃないよ。歌のなかのケンとメリーのように、ボクはキミと彼女がうまくいくと思ってるんだ。これはボクの勘だけど、ボクの勘ってけっこうよく当たるんだよ」

　僕は立ち上がって、服についた土埃と小さな草を手で払った。そして道化師に向かって親指を立てると、校舎のほうへ走り出した。

　道化師はおどけて片目を瞑った。


　最初にその話を、僕はフランクにすることにした。彼は常に成績が上位にあったばかりでなく、スポーツのほうも得意だった。でも目立っていたのはその性格のほうだったのかもしれない。とにかく陽気で話し好きで、お祭りが大好きで、それでいて思慮深く、とても会話が上手だった。彼と話していると、何でもない話題が、どうしようもなく笑えるものになっていたり、わりと深刻な話がいつのまにか、感動的な話にすり替わっていることがあった。

チリチリした長めの髪を撫でながら、「面白そうだねぇ」と言って、フランクはパーティー参加を快諾してくれた。

次に声をかけたのは、学年で一番もてると噂が絶えることのない美男子の、マルコだった。彼は男である僕の目から見ても、美しいと思えるほど整った顔立ちをしていた。身長も高いほうで、おまけに着る服のセンスもよかった。まるでティーン雑誌の表紙から抜け出してきたかのようだった。といっても、彼は自分のことを自慢して鼻にかけるようなタイプではなかった。

少し冷淡なところがあるけど、謙虚で公平でやさしい男だった。ものすごくもてるわりには、女の子に対してはわりと淡白で、学校一の美人のこととか、付き合った人数がどうとかといった話には、まるで興味を示さないばかりか、頑なに拒絶しているんじゃないかと思われるほどだった。

そんなこともあってか、彼のことを快く思ってない連中もけっこういたけど、それはたんなる僻みからきたものだろう。もちろん僕は好意的に思っていたけど。それから幼少期から付き合いのある、トオル君も誘った。

これから吾が術は破れ、この身に残る力は生まれながらの現身の、真にはかなき境涯、真の話、御見物の御意次第、この地に留まるとナポリへ赴くと、この身に否やはありませぬ。出来ます事なら、こうして領地を二たび手に入れ、吾を欺きし輩を許したからには、かかる裸島に留まりとうはありませぬ、何とぞ皆様の呪いをお解き下さいますよう。（中略）祈りはやがて天の扉を叩き、神の慈悲を動かし、この身の犯した過ちもすべて許されましょう……天罰を免れたときは皆様とて御同様、されば、そのお心にてこの身の自由を。

（『夏の夜の夢・あらし』福田恆存 訳／新潮文庫）

プロスペローは最後にそう言って、『テンペスト』の幕は下りた。僕はそのキリンの首を思わせるほどの長さの台詞を、くしゃくしゃに丸めて、しばらく目立つところに飾っておいてから、引き伸ばしてみて、丁寧にしわを伸ばしてから、再び読み返してみた。

ウィリアム・シェイクスピアは確かに偉大だった。ということを誰かが言っていた。その誰かは忘れたけど、シェイクスピアの名前さえ忘れなければ、きっとそれでいいのだろう。数ある彼の作品のなかから、これを繰り返し読んでいるのは、なぜなんだろう？　うまく説明なんてできそうもないけど、それは説明する必要なんかないんじゃないかと思えたりした。

たぶん七回目くらいになると思うけど、その『テンペスト』を読み終えると、授業の終わりを知らせる、あの気持ちのいい響きのするチャイムが、狭い教室の小さなスピーカーから鳴った。印象の薄い地味なジャケットを着て、同じく地味なネクタイを締めた物理の先生は、ややくたびれた表情を浮かべて、静かに教壇から降りていった。

——幕が下り、次にそれが上がった時には、新しい場面が現れる。プロスペローは容赦なく策略を巡らせ、エアリアルは自在に魔法を操る。ミランダは千年に一度の恋に落ちて、キャリバンはすべての不幸を嘆き悲しむ。

僕は恋に悩み、道化師に相談し、友だちに協力を求め、彼女を誘おうとしている。解放された教室の片隅で、教科書とノートと一緒に、その薄っぺらの文庫本を机のなかに放り込むと、僕は憧れの彼女に会うため、隣のクラスに急いだ。次の幕が上がろうとしていた。

彼女は何人かの仲の良さそうな女友だちと、何やら話をしていた。それはどの学校のどのクラスにもある、ごくありふれた光景だった。まるで全国テストの一問目に出題される、似たような形式問題のように。そして、それが以前見たそれと、とてもよく似ていると、だんだんと気づいていくうちに、僕はささやかな勇気というものを、その辺に置き忘れてきてしまったことにも気づかなかった。

もしこのまま彼女に近づいていって、「ねぇ、今度の土曜日に家でパーティーするんだけど、よかったら来ない？」なんてことを言おうものなら、彼女たちのうすら寒い視線を浴びて、身体が震え、こころが凍り付いてしまうんじゃないかと、そんな情景が胸をよぎった。

だいいち僕は、彼女とまともに話をしたことすらなかったからだ。ただ遠くで彼女のことを想っているだけだった。あえて強引に太陽系の惑星に例えるなら、遥か外側の、冥王星のような存在だった。なので、ふたりのあいだにある距離は果てしなく遠くに感じられた。僕は最初からそうしていればよかったのだけど、そのクラスにいるマルコに、彼女のことを相談することにした。

マルコは「じゃぁ、俺のほうから誘っておくよ」とあっさり言った。

「すまない」と僕は言った。持つべきものは、やはり良き友である。

黒板には、前の授業の痕跡が、まだはっきりと残っていた。そこには数字と記号が、それなりの秩序と規律のもとに、まるで運動会の入場行進のように行儀よく並んでいた。僕はふと、女の子を誘う時に使える方程式のようなものはないのだろうかと考えてみた。でもすぐに馬鹿らしくなった。そんなものがあるとは、とうてい思えなかったし、仮にあったとしても、それはものすごく複雑で、僕なんかにはとうてい使いこなすことなどできないだろう。

僕はマルコに「誰か誘うつもりの人はいるの？」と尋ねてみた。

「まぁ適当に見つけるよ」とクールにマルコは言った。

彼女のことはマルコに任せることにして、僕はその教室を後にした。

――幕が上がって昼休みとなった。

とくに気に入った場所ではないけれど、古い校舎の西側の、変てこな銅像が建っている中庭で、僕はジャムパンとカレーパンとコーヒー牛乳を、やや食傷気味の胃袋に、せっせと詰め込んでいた。イチゴジャムはやたらと甘く、コーヒー牛乳はぜんぜん冷えていなかった。それにカレーパンは馬鹿みたいに脂っこかった。まるで世界中のおいしくないものが、僕の口のなかで一堂に会しているといった感じだった。

それらをなんとか胃袋に収め終えると、仰向けに寝転んで彼女のことをぼんやりと考えていた。向こうに見える広いグラウンドでは、数人の男子が楽しそうにサッカーボールの蹴り合いに興じていた。

彼女がパーティーに来た時のことを想像してみた。はたして僕は彼女に対して、どんなふうに振舞えばいいのだろう。いったい、どんな話をしたらいいのだろう。そして、彼女は僕のことをどう思っているのだろうか。ちょっとでも好意をもってもらえるのだろうか。

ふいに目の前が暗くなった。人影が背後から僕の上に落ちてきた。道化師だった。

「彼女はうまく誘えたかい？」と道化師は明るく言って、僕の隣に腰を下ろした。

強い日差しが僕と道化師と銅像と、その他いろいろなものに降り注いでいた。銅像は巨大な皿のようなものを両手で頭上に掲げていた。その表情は、大皿の重さに耐える苦痛に歪められていたが、いくぶん誇らしげにも見えた。僕にはどうしてわざわざそんなものを掲げなくてはいけないのか、さっぱりわからなかった。

「まぁ、なんとか」と僕は答えた。

「それはよかった。楽しみだね」

道化師はあいかわらず派手な衣装に身を包み、大袈裟な表情を浮かべていた。その目玉焼きの白身の部分のように白い肌は、ほんものの皮膚のように見えた。

「でも、どうすればいいんだろう?」と僕は自分のなかにある不安を、陽光の前に翳してみた。

「彼女と友だちになるんでしょ」と道化師は言った。

「まぁ、そうだけど」と僕は答えた。

「なんか彼女はどうしようもなく遠い存在に思えて……たぶん、実際にそばで話をしていてもそう思うんじゃないかって、……たんに自信がないんだ。彼女に近づけば近づくほど、彼女はもっと遠くに逃げていってしまいそうな気がするんだ。うまく言えないけど、彼女のことを思うと苦しくなる。まともじゃいられない。気が狂いそうになるんだ」

彼はしばらく黙っていた。そして、おそらく僕と同じものを見ていたのだろう。

「彼女が欲しいのかい?」と道化師は言った。

「たぶん」

グラウンドでは、サッカーボールが惑星間を行き交っていた。そのうちのひとりにボールが収まると、彼は蹴り出すと見せかけたのとは違う方向にボールを置いて、寄せてきたディフェンダーを見事なターンでかわすと、そのままの体勢でシュートを打った。ボールは一直線に、ゴール隅に吸い込まれていった。決めたやつはスター選手のパフォーマンスを真似て、全身で喜びを表していた。

「彼女はきっとキミのものになるよ」と道化師はそれを見ながら、静かに言った。

その日の夜に僕たちはトオル君の部屋に集まった。そして女の子の話題でかなり盛り上がった。マルコは彼女の他に、その友だちのふたりを誘うことに成功していた。トオル君には、前から付き合っている彼女がいて、もちろんその彼女を誘っていた。

トオル君は、かなりシャイな性格でもあったため、彼女との関係もなかなか進展していないらしかった。そのことについて、フランクとマルコが冷やかすと、トオル君は顔を真っ赤に染めて、わけのわからない言い訳をし始めた。それを聞いて僕たちは、明け方のアヒルみたいにゲラゲラ大笑いをした。

僕とマルコは家の方角が同じだったので、途中まで一緒に帰ることにした。ところどころにある街灯が寂し気に照らしている、静まりかえった路地を、僕たちはアシカレースみたいな速度で歩いていた。そのあいだに僕たちは煙草を一本ずつ吸った。この季節にしてはちょっと肌寒い夜だった。

「彼女のこと、本気かい？」とマルコは言って、薄暗い闇のなかに煙草の煙を吐き出した。

マルコが煙草を吸う姿はとても様になっていた。そのまま広告看板のなかに収まってもいいようなくらいだった。彼がひとたび煙草を口に咥えると、その空間だけ幻想の世界に引きずり込まれていってしまい、もはやそこにいるのは高校生のマルコではなく、おとぎの国からはるばる一服しにやって来た、美しい王子様のように思えた。

「いつも彼女のことばかり考えているんだ」と僕は言った。

「彼女のことはほとんど何も知らないのに、どうしようもなく、こころをもっていかれる。本気とか本気じゃないかといえば、もちろん本気だけど……でも何が本気で、何が本気じゃないかってことは、はっきりとわからないんだ」

何かに引っ張られるようにして薄く伸びる影と、やけにひんやりとした風が、僕たちをゆっくりと追い越していった。その後マルコはなんの脈絡もなく、空っぽの箱の話をした。

「とっても大切なものが入ってると言われてる箱があるとしよう。だいたいこれくらいの」

そう言って、彼は両手でその大きさの空間を作った。

「もちろん、箱を開けないと大切なものが何なのかわからない。だから開ける。するとその箱のなかからは、それよりほんの少しだけ小さい箱が出てくる。そしてその箱を開けると、またその箱より小さな箱が出てくる」

「そんな人形があったような気がする」と僕は口を挟んだ。

「あぁ、で、箱のなかからはそんなふうにして次々と箱が出てくる」

「それで、大切なものって？」

「うん。ずっと箱が出てくるわけではない。やっぱり最後の箱っていうのはちゃんとある。すごく小っちゃくなってるけどね」

マルコは路地に落ちている、ただの小石を、スルーパスを受けたセンターフォワードのように蹴飛ばした。とても綺麗なフォームだった。もちろん、とてもクールに。

「で、中身は？」と僕は訊いた。

「空っぽ」

「空っぽ？」

「そう、空っぽ。何もないんだ」と言って、マルコは笑った。

彼がいったい何を言おうとしているのか、さっぱりわからなかった。最近よくわからないことが多すぎるような気がした。世界の飽くなき前進に、僕は取り残されていくような不安を感じた。それは身体のなかに留まって、微かな痛みとともに、僕をさらに苦しめた。

「ところでさぁ、彼女かわいいよなぁ」と別れ際にマルコは言った。

「無茶苦茶かわいい」と僕は、同意するしかなかった。

彼と別れてから、僕はぼんやりと、その会話のことを考えていた。マルコの空っぽの箱は、何の飾り気もない木製の箱だった。でもそれは見た目以上に高価なものであるような気がした。木目が綺麗に浮かび上がっていて、ストラディバリウスみたいに何重にもニスが塗られていて、まばゆいくらいピカピカに輝きを放っていた。

「その箱には、ほんとうに大切なものが入っているのかもしれない」と僕は呟いていた。これからの人生でもしそんな箱に出会ったならば、その中身は僕にとって、きっと大切なものなのだろうと思うことにした。それはささやかな決意表明だった。

青白く輝く月が、そんな僕のこころを見透かすように照らしていた。なぜだか急に恥ずかしくなり、ついさっきまで考えていたことを、僕は両手で思いきり振り払った。

何度か日が昇って、また何度か沈んだ。よく晴れた日もあり、どんよりと曇りの日もあった。舞台装置は正確に作動していて、次の幕が開くのをじっと見守っているようだった。

創造主は七日間で世界を造り、地球は約四十六億年かかって現在の国際社会を生み出した。レパントの海戦は二時間余りで勝敗が決し、ヨハネ・パウロ一世の法王在位はわずか三十三日だった。ビートルズは最初のアルバムを二日間で録音し、ワールドカップの決勝でパオロ・ロッシは開始五十七分に先制点を叩き出した。

——やがてどこかの国で、安息日と呼ばれる日がやって来た。

パーティーは、たいていのパーティーがそうであるように、パーティー独特の雰囲気のなかで始まった。それが進行するにつれて変わっていく、パーティー的な親密さを漂わせながらも、たいていのパーティーらしくいちおうの終わりを迎えた。

その時、僕たちは家の裏側にある小高い丘の上にいた。僕は伸びきった不揃いな雑草の生えた地面に、無造作に両足を投げ出し、後ろに傾いた身体を両腕で支えながら、夏至の午後に揺れる太陽の眩しい光を仰いでいた。彼女は僕のすぐそばで、両腕で膝を抱えるようにして座っていた。

「暑いねぇ」と彼女は言った。「でも気持ちいぃ」

彼女は僕の横顔を眩しそうに覗き込んだ。僕の頬を大きな汗が伝っていった。

「ねぇ、どれくらい飲んだの?」

「いっぱい飲んだ。こんなに飲んだの初めて。というか、今までほとんど飲んだことなんてなかったよ」

僕はかなり酔っぱらっているみたいだった。

「信じてくんない？」

「信じるよ」と彼女はやさしく言った。

「ほんとに？」

「うん。だってそうなんでしょ」

彼女のかわいらしい顔と、その深く澄んだ瞳が僕の目の前にあった。僕は遠くのものを見る時のように目を細めた。

「何かついてる？」

「なんでもない。うまく距離がつかめない」

「何の？」と彼女は不思議そうな表情でそう尋ねた。

「いろんなもの」と僕は答えた。

青に、ほんのちょっとだけ白を混ぜ合わせたような色をした空を、クリスマスツリーにでも積もる雪のような雲が、ゆっくりと流れていった。僕の頭のなかはアルコールと彼女のことで、かなり混乱していたみたいだった。

「今日は何の日か、知ってる？」と僕はふいに、思い出したみたいに言ってみた。

「知らなぁい」と彼女からすぐに答えが返ってきた。マルコはいったい、何と言って彼女たちを誘い出したのだろう?

「夏至のイブ」と僕は言った。

「なぁに、それ?」と彼女は少し身を乗り出しながら訊いた。

僕は道化師が言っていたことを思い出してみた。でも彼はたいしたことは言ってなかったような気がした。

「聖ヨハネが……ヨハネは英語読みにするとジョンだけど、でフランス語がジャンで、イタリア語はジョバンニで……」と僕はいったい何が言いたいのかよくわからなかった。

「ふぅん」と彼女は、あまり興味がなさそうに言った。

酒酔いのせいで、全身と頭がフラフラしていた。僕はものすごく煙草が吸いたい気分だったが、彼女の前ではなんとなく気が引けたので我慢することにした。

「ところで、みんなは?」と僕は彼女に訊いた。

「まだ、下にいるんじゃない」と彼女は答えた。

「ねぇ、怒らないで聞いてくれる?」と僕は言った。彼女は黙って頷いた。

「なんで俺たちはここにいるんだろう?」

彼女はクスクスと笑った。そして言った、「さぁ、なんでだろ?」と。

彼女をこの場所に誘ったということを、僕はぜんぜん覚えていなかった。どうやら僕は飲むと記憶を失くしてしまうらしい。だからほんとうに誘ったということに対して、十分な確信がもてなかった。ただ彼女の表情とその態度でなんとなく、そう思っただけだった。

間近で見る彼女は、思っていたよりずっと大人っぽく見えた。学校で友だちとお喋りをしている時は、もっと子供っぽく見えた。僕はその差に少し戸惑っていたのかもしれない。そして初めて、異性というものを強烈に意識していた。それは本質的には、ナポリの王子ファーディナンドが、プロスペローの娘ミランダに惹かれていくのと同じだったはずだ。

——まだ幕は閉じていなかった。

「ねぇ、わたしに何か言うことないの?」と彼女は言った。

彼女のやや長めの髪が風で揺れた。鮮やかなオレンジを基調としたノースリーブのワンピースは、この季節と彼女に、とてもよく似合っていた。

「その服、とっても似合ってる」

「ありがとう。それだけ?」

「他に、なんて言えばいいんだろう」

「質問してもいい？」

「うん」

「わたしのこと、かわいいと思う？」と彼女はほんの少しだけ、頬を赤く染めながら言った。

「思うよ」と僕は即答した。

彼女は「そういうこと」と。そして小声で言った。「せっかく、ふたりきりになれたんだから……」

彼女の僕に対する思いが、好意的なことであるのがなんとなく伝わってきた。それは僕にとって、とても喜ばしいことであったし、同時にふたりの距離がぐっと近づいていくのが感じられた。

「ずっと話がしたいと思ってた。ずっと……」

「知ってる」

「でも……何だか……とても……」

「とても？」

「…………」

僕の意識は、フェイドアウトするみたいに、だんだんと薄れていった。見えている景色が何者かの力によって、両端から引っ張られて、引き伸ばされているかのように見えた。僕の頭部が、彼女の居心地の良さそうな膝の上に倒れていった。それは僕の意思とは違う行動だったけれど、もしかしたら無意識に、僕はその場所を求めていたのかもしれない。

短い夢の中で、僕は誰かと一緒に遊園地のような場所にいた。それは着ている服や髪形からして女の子のようだった。僕たちはデートを楽しんでいた。でも僕には彼女の顔がはっきりと見えなかった。それは常に薄いヴェールのようなものに覆われていた。

僕はその顔が、とても気になって仕方がなかった。しばらく思案して行動に移ることにした。そして、そのヴェールに触れようとしたところで目が覚めた。彼女はまだ僕のそばにいた。

「ごめん。どのくらい眠ってたんだろう」

「十五分くらい」と彼女は何本か指を立てて、そう言った。

「ねぇ、どうしてこんな時に寝ちゃうの？　わたしといると退屈？　それとも安心しすぎちゃうの？」彼女の指の数はだいぶ足りなかった。

「どっちでもない。ちょっと飲み過ぎただけ」と僕は釈明した。

「だいじょうぶ？」

「うん。だいぶ楽になった」

「ねぇ」

「ん？」

「なんか話してよ」

そう言われて、僕は少し狼狽《うろた》えた。そして、とっさに頭に浮かんだ『テンペスト』のことを話していた。


音楽を聴いてたら眠くなって、そして夢を見る。空が割れて宝物がどっさり落ちてきそうになる。でもそこで夢から覚めてしまう。そして泣く。

もう一度夢の続きが見たくて。　（『夏の夜の夢・あらし』福田恆存 訳／新潮文庫）

僕たちがその丘を下りた時は、パーティーはとっくに終わっていて、道化師がひとりで後片付けをしていた。あれほど強かった太陽の光は、だいぶ弱まっていた。

——そして、ひとまず幕が下りた。

それから一週間分の仕掛け時計が動いていた。その短いあいだに、フランクには新しい彼女ができていた。パーティーでマルコが連れてきた女の子だった。トオル君は付き合っている彼女と、パーティーをきっかけにして、より親密さを強めたようだった。彼らはささやかな幸福の円の内側にいた。それはまぎれもなく、あのパーティーのおかげだった。それに比べて、僕はまだその円の外側にいるような気がしてならなかった。

彼女に対しては申し訳ないような、後ろめたい感情をもっていた。せっかく僕に対して好意を示してくれたのに、それをあやふやな態度で応じてしまっていた。どうにかしようと思ってはみたが、僕は殻に閉じこもり、臆病風に吹かれていただけだった。

僕は勇気を出して、円の内側に足を踏み出そうとしたが、いろいろなものが、まるで談合でもしているんじゃないかと思えるほど、僕たちの邪魔をしていた。それは突然の雨降りだったり、理不尽な交通事情だったり、または、意味もなく置かれた、立ち入り禁止の看板だったりした。そのたびに、彼女が少しずつ遠い存在になっていってしまうんじゃないかという不安に駆られた。

マルコはあいかわらずマルコだった。かっこ良くて、やさしくて、いい意味で馬鹿っぽかった。

「あれから彼女とは、うまくいってるかい?」と彼が僕に訊いてきた。

「ちょっと気まずい感じ」と僕は答えた。「ヘンに意識しすぎて、声をかけそびれてる。たぶん、お互いに」

マルコは眉をひそめた。額に小さな皺が浮かんで、思慮深い縦長の扉がそっと開かれた。

「丘の上でなにかあった?」と彼は訊いた。

それは言うまでもなく、パーティーの日に僕と彼女が登った、あの丘のことだった。

「それが、よく覚えてない」と僕は言った。「かなり酔っぱらって……酒であんなになるなんて思わなかったよ」

マルコは仕方がないな、というふうな笑みを浮かべた。

「で、気づいた時は彼女の膝の上で眠ってたらしい」と僕は言った。

「なかなか、やるね」

「俺はほんとに、彼女を丘の上に誘ったのかなぁ?」

マルコはそれに対しては何も答えず「好きな子の前では、アルコールは控えないとな」と言っただけだった。

「恋愛で失敗したことある？」と僕は何気なく訊いてみた。

「あるよ」

「ほんとに？」と僕は少し驚いて言った。

「あぁ、誰にでも失敗はある」

ほんの一瞬だけ彼の顔に翳りが差したような気がした。僕はそれを見逃さなかったが、なぜかその続きを聞く気にはなれなかった。マルコは僕の知らない世界で、僕の想像も及ばない闇を抱えているのかもしれない。その外見上の印象に惑わされて、何か大切なものを見落としているんじゃないかと思えた。

しばらく何ともいえない沈黙が続いたが、それは授業開始のチャイムによって、その場に置き去りにされた。マルコと話した後で、僕のこころは、いくぶん軽くなったような気がした。まるで嵐に出会い、遭難中に偶然、島を発見できたアロンゾー一行のように。

「ダメでもともとだ」と僕は言った。

「キミはぜんぜんダメなんかじゃないよ」と道化師は言った。


——するすると次の幕が上がった。そのあいだに太陽が七回沈み、七回浮かび上がった。

「ボクたちはそろそろここを出て行くよ」と道化師は淋しそうな表情で、そう言った。

そのひと言で僕はかなり動揺していた。その時まで自分でもよく気づいてはいなかったけれど、彼は僕にとって、唯一の、かけがえのない大切な存在だった。強引に例えるなら、僕が地球だとしたら彼女は太陽で、道化師は地球のまわりをぐるぐる回る月だったのかもしれない。

僕は彼のことをほとんど何も知らなかった。出身地や家族のこと、好きな食べ物嫌いな食べ物、どうして道化師になったのかとか、正確な年齢さえも知らなかった。それに僕と道化師のあいだには、友だちと呼べるにはあまりにも共通項が少なかった。

なのに、彼とは親友といってもいいくらいの仲になっていた。少なくとも僕はそう思っていた。そして、その表情豊かな親友を失ってしまうのが怖かった。太陽の光が届かない夜に、僕はいったい何の光を頼りにすればいいのだろう。

「人は夢と同じもので、できてるんだ」と道化師は言った。「そして、人の儚い命は眠りとともに終わるのさ」

大皿を掲げた例の銅像はあいかわらず、まっすぐに青い空を見上げていた。

「サーカス観に行ってもいいかな?」と僕は尋ねた。僕はまだそのサーカスを観ていなかった。

「もちろん」と道化師は、とびっきり上等な笑顔で答えた。「彼女も誘うといいよ」

「もちろん」と僕も笑って答えた。「いろいろありがとう」

道化師は右手でピースサインを作ると、胸の高さで前方にそれを突き出した。


その週末に僕と彼女はサーカスを観に行った。

丈夫な布で作られたそれは、パチパチパチという拍手の音とともに、最後のひと幕として、ゆっくりと上昇していった。

巨大なテントのなかは、すでに大勢の観衆でいっぱいだった。僕はぎこちなくも彼女の手を引いて、ようやく辿り着いた空席に、無事に腰を下ろすことができた。僕たちは瞬きするのも忘れ、食い入るようにして、その色彩豊かな様々なショーを楽しんだ。道化師はいつもと違う赤と黒の縦縞の衣装に身を包み、普段通りの大袈裟な表情で、観客を楽しませていた。僕はそれを見て、何だか誇らしい気分になっていた。

まだ幼い頃、一度だけサーカスを観に行ったことがあった。その時の記憶は、今ではすっかり薄れてしまったけれど、目の前で繰り広げられているこのサーカスは、確かな記憶として、胸の奥の大切な部分に刻み込まれることだろう。少し大袈裟に言うのなら、それは邂逅とも言えた。

「すんごぉく、面白かった！」と彼女は言った。彼女にとってはこれが初めてのサーカスだったらしい。

「うん。すごくよかった」と僕は言った。

「誘ってくれてありがとね」

「どういたしまして」

その後、ふたりであの丘に登り、観てきたばかりのサーカスのことを、飽きることなく延々と話し続けていた。とても濃密で、とろけるくらいに甘い時間だった。彼女の距離が、だんだんと縮まっていくのが感じられた。

「ねぇ、踊ろうか？」と彼女は唐突に言った。

「えっ？」

僕のまわりで一瞬、時間が止まったような気がした。でもすぐに舞台装置は、カタカタと音を立てて動き出していた。

彼女は僕の手を取り、やや強引に、引っ張り上げるようにして立ち上がった。つられて僕も立ち上がった。目の前には彼女の顔があった。口もとに恥じらいの笑みを浮かべ、その瞳は吸い込まれそうなくらい深く澄んでいた。

「見とれてる?」と彼女は悪戯っぽく笑いながら言った。

「少しね」と僕はクールに言ってみた。

「今日は酔ってないでしょ?」

「お酒には酔ってない」

「じゃあ、踊れるね」

「どうやって踊ればいいんだろう」

「そんなの適当でいいのよ。さっきピエロが踊ってたようなのでもいいのよ」

「すごく楽しそうだった」

「うん」

それからしばらく、僕たちは互いの手を取り合い踊った。彼女の髪が揺れ、花柄のスカートの裾が揺れた。また、景色が揺れ、僕のこころも揺れた。それは心地の良い、やさしい陽だまりのようなものに包まれていた。僕の踏む出任せのステップは、そうとうに滅茶苦茶なものだったけれど、彼女のほうも僕に負けないくらい滅茶苦茶だった。

夕陽が僕たちを赤く染め始め、やわらかな風が僕たちを取り巻いていた。僕は確かに円の内側にいる。そう感じ取れた。僕が口を開けば、彼女は聞いてくれる。僕が耳を傾ければ、彼女はそっと囁いてくれる。僕が手を伸ばせば、彼女はちゃんとそこにいて、僕は彼女に触れることができる。

――そして今、僕は彼女とこうして踊っている。

それは他人から見れば、踊りには見えないかもしれないが、ふたりにとっては、そんなことはどうでもいいことだった。ただ僕たちは、自分のなかにあるとても純粋な感情を、素直に出し合っているだけだった。そこには言葉でさえもいらないような気がした。

僕たちは踊り続ける。

小高い丘の舞台で、燃えるふたつの夕陽を背に受けて。

風の音と、下界に広がる街並みからの喧騒、微かに聞こえる虫たちの声を、舞台下にいるオーケストラの演奏に変えながら。

ほんとうに素晴らしい体験だった。身体中のありとあらゆる細胞が、残らずそれを感じ取っていた。そして遥か昔から連なる過去の記憶を、次の世代に残すために、しっかりとその刻印を焼き付けていった。

まるで、温かなベッドのなかで見る、儚くも遠い、それでいて手が届きそうな、淡い夢のように。

亡き王女のためのパヴァーヌ

短い悪夢から覚めた時、僕の全身は汗でびっしょりだった。枕とシーツと下着が、それをたっぷりと吸い込んで、ヌメヌメと湿っているのが伝わってきた。それは僕の気分を、たまらなく不快にさせた。

夢の中の女は背が高く痩せていて、とても髪が長かった。顔立ちは決して美人とはいえなかったが、でもそれは僕が彼女にまったく好意をもっていなかった、ということに関係しているからだと思う。見る人が見れば彼女は美人に見えるのかもしれない。僕はたんに、その女が生理的に嫌いだった。どうしてかはよくわからない。でも生理的に嫌いということは、きっとそういうことなんだろう。

「だいじょうぶ?」と女性の声が聞こえてきた。

その言葉は耳にしっかりと届いていた。それは僕がこころから求めていたものだったと思う。

「また悪い夢でも見たの？」

「……そうみたいだ」

僕はサイドテーブルに置いてあったシングルモルトを、じかにひとくち飲んだ。咽喉の奥のほうが燃えるように熱くなって、その熱が全身に広がっていくのが感じられた。

「よかったらどんな夢か訊かせてくれない？　私に話してどうこうってことじゃないけど、これ以上あなたが苦しんでるの見てられない」

「ありがとう」と僕は答えた。「今はだいじょうぶ。夢から覚めてしまえば平気なんだ」

その僕の言葉を聞いて、妻は少し安心したようだった。カーテン越しに陽光が入ってきた。僕はしばらく眠らなくてもいい。どちらかというと夢を見ている時よりも、眠りにつく前に、これから悪い夢を見るかもしれないと想像するほうが怖かった。

「いつも決まった女が出てくる」と僕は言った。

「知り合いなの？」

「いや、知らない。記憶のなかにぜんぜんない」

「その人が、あなたに何か嫌なことをするの？」

「そうとはかぎらないんだ」と僕は言った。「夢の中だから変なことは起こるけど……たとえば、その女としてることもある」

「そうなんだ」と妻は言った。「で、あなたがうなされてるのはなぜなの?」

「よくわからない。でもその女が出てくると、嫌なことが起こりそうな気がする」

「どんな?」

「そんな気がするだけで、これから何かが起きると思い始めた時に、決まって目が覚める。だから嫌なことは起こらないのかもしれない」

僕は自分でも何が言いたいのかよくわからなくなってきていたが、妻はそんな僕を安心させようと親身に耳を傾けていた。

「専門家に診てもらう?」と妻は言った。

「心配かけてごめん、でもまだそこまでではないと思う。ほんとに限界がきた時はそうするよ」と僕は言った。

「最近いろいろあったから、しばらく何もしないで休んでいてもいいのよ」と妻はとてもやさしくそう言った。

☮

数年間勤めた会社を辞めたのはつい先月のことだった。その理由は簡単にいうと、大学時代からの友人が共同で事業をしようともちかけてきて、それに乗ったからだった。

僕は会社勤めをしながら、ここ一、二年はそのための準備をしていた。そしていざ事業を始めようと思った矢先に、その友人から「すまんが、一度白紙に戻してやり直そう」と言われた。僕は彼のことを自分より遥かに才能があると認めていたし、友人としても信頼していたので、何も言わずにその申し出に従った。

しかしそれは、あまりにも突然のことだった。すでに退職願いは受理されていて、それを取り下げるわけにはいかず、その結果、僕は無職になってしまった。それでも僕たち夫婦に焦りなどはなかった。どちらかといえば質素な暮らしをしていたので、貯金はそこそこあったし、重苦しい住宅ローンを抱えているわけではなかったので、しばらくは働かなくてもよさそうな環境にあったからだ。

会社を辞めたということで、それまではあまりなかったふたりの時間が増えた。僕たちは、ランチに行ったり、買い物に出かけたり、夕食を一緒に作って食べたりした。また、以前から見たいと思っていたオーロラを見に、北欧の旅に出かけたりもした。

僕と妻は、そんな束の間の休息ともいえそうなその時間を、存分に楽しんでいた。

思えば結婚してからの僕たちにはそんな余裕はなかった。どちらも仕事が忙しかったし、妻は妊娠がわかると極端に体調が悪くなり、仕事も辞めて療養生活を強いられるようになってしまっていたからだった。その時期は、いったい何のために結婚をしたのか、わからなくなっていた。でも僕には彼女が必要だった。そして彼女を失わないでいるためには、それが必要だったのだ。

「このままずっとこの生活が続くといいわね」と妻は言った。

僕たちは夕食に自家製のピザを焼いて、家庭菜園で採れたトマトとバジルにオリーブオイルをかけて食べた。そして食後に妻の入れたラテを飲んだ。

「なんで僕たちは、こういう生活を手に入れようとしなかったんだろう?」

「わからないわ」と言って、妻は軽く左右に首を振り、そして微笑んだ。

僕が車を運転していると、後部座席には、その女が乗っていた。彼女は口を閉じ、何も言わず、ただ前方を見つめているだけだった。そして時々不敵に微笑んでいた。

夢の中の女は、僕がどこに向かっているのかを知っているようだった。ただ、奇妙なことに運転している僕には、自分がどこに向かっているのかわからなかった。

それでも僕は自らの意思でハンドルを切ったり修正したりし、自らの考えで道を選択していった。それはもうずいぶん前に通ったことのある道であるように思えたし、まったく知らない別の似たような道にも思えた。

「ところで僕たちはどこに向かっているんだろう?」と僕はその女に話しかけた。

ルームミラー越しに、彼女がわずかに反応を示すのが見えた。

「それはあなたが決めることよ」と彼女は言った。抑揚のない乾いた声質だった。

「そうかもしれない。でもきみはそれを知っている」

「ええ、もちろん」

「教えてくれないか」

彼女はその質問には答えなかった。ただ微笑んでいるだけだった。

「きみは僕にとって、いったい何なんだろう?」

「あなたはあたしにとって、何なのかしら?」

「僕には答えはわからない。でもきみは答えを知っている」

「そのようね」

「そして僕にはそれを教えてはくれない」

「それはどうかしら」と彼女は言った。

僕はその禅問答のようなやりとりをやめることにした。とりあえず運転に意識を集中させた。

だが、そうすればするほど、さっきの彼女の言葉が、その微笑みと一緒に、僕の尖った神経にまとわりついてきた。

(あなたはあたしにとって、何なのかしら)

僕はもう一度ルームミラーに目をやった。そこに夢の中の女は映っていなかった。ハンドルを握る手が汗でぐっしょりと濡れていた。

急に目の前の道が崩れ落ちていくのが見えた。僕は急いでハンドルを切り、それを避けようとした。でもそれには遅すぎたみたいだった。

僕と僕の運転していた車は足場を失い、谷底へと落ちていった。

それはまるで重力の軽い月面にいるかのような、ふわりとした感覚だった。そして何かに到達することなく、永久にそれは続くように思われた。

――もちろん、その途中で夢から覚めることになるわけだが。

☮

僕と妻が出会ったのは会社の取引先で、僕たちはあるプロジェクトを共同で進めている時だった。その頃は仕事が中心の生活だった。信じてもらえないかもしれないが、プライベートの時間を必要としないほどに、ふたりは仕事が好きだった。

そういった意味では、僕と妻はとてもよく似ていた。まるで生き写しのようだった。そして仕事を一緒に進めるなかで、僕たちは恋に落ちた。仕事のパートナーから恋愛の、やがて人生のパートナーになっていった。

僕が生まれて初めて女を買ったのは、妻が流産をした時だった。

妊娠がわかった時、妻はとても素直に喜びを表していた。僕たちの未来は希望で溢れているように思えた。またそれは、僕と彼女が成し遂げることのできた最高の到達点のひとつでもあった。

しかし、彼女の様子は日々変わっていった。精神的に落ち着きがなくなり、些細なことで苛々し、そのせいで怒りっぽくなった。また、しょっちゅうくる悪阻も酷かった。食欲がなくなり、見た目にも健康が損なわれていくのがわかった。

それはまるで、何かの呪いにかかってしまったんじゃないかと思われるほどだった。

僕たちはいくつかの産婦人科と病院を訪ねたが、ついにその呪いを解くことはできなかった。そして最後に訪れたその診療台で、僕たちの希望は絶望へと変わった。切迫流産だった。希望の光を失った彼女は、見ていられないほど気の毒だった。自分を責め、そして僕に八つ当たりをした。

それは僕たちにとって最悪な時期だった。草木は枯れ、大地は凍土と化していった。僕はそんな彼女を支えられずに、自暴自棄になっていた。そして何かの弾みで、自分の魂を売り渡し、その金で女を買った。

そして皮肉にも、その女とのセックスが、肉体的には、それまでの人生で一番といっていいほど興奮したものとなった。それは筆舌に尽くしがたいほど官能的で、今までに経験したことのないくらいの快感をもたらしてくれた。まるで夢を見ているようだった。そんなことは現実では起こりえないことだとさえ思われた。

僕と彼女は、しばらくその陶酔のなかで身動きひとつできなかった。僕の射精は、マグマのごとく熱く、その噴出は激しかった。それを彼女の性器は、絞り尽くすように残らず吸い取っていった。

「正直に言っちゃうけど、こんなにすごいのは初めて」と彼女は、僕の腕のなかで小さくうずくまりながら言った。

僕は黙って天井を見ていた。そしてそこに悪魔が映っているのではないかと、その姿を探していた。

「もし、よかったらまたお願いね」とその女は言って、数桁の番号と名前しか書かれていないシンプルな名刺を差し出した。

年代物の壁掛け時計が、十二時の鐘を打った。それからしばらくして、夢の中の女が訪ねてきた。玄関ドアを開けると、彼女はそれが当然であるかのような態度で部屋に入ってきて、誰の許可をとることもなく接客用の椅子に腰を下ろした。

「約束通り来たわよ」と彼女は言って、三日月のように薄く微笑んだ。

「約束なんてした覚えはないけど」と僕は言った。

「あなたは忘れてるだけなの」と彼女は言った。「そして、あたしはそれを覚えているだけなの」

「用件を言ってもらえるといいんだけど」と僕は静かに言った。

「いいわ。とても簡単なことなの」と言うと、彼女は満面の笑みを浮かべた。

夢の中の女は、持っていた派手なブランドもののバッグから、三個の箱を取り出した。そしてそれを、等間隔にテーブルの上に並べた。

「咽喉が渇いたわ。お水をちょうだい」

僕は黙って台所に行き、グラスに水を注ぎ入れ、彼女に差し出した。

「ありがと」と言って彼女はおいしそうに水を飲んだ。

僕は彼女の向かいに座り、これから始まる何かを待っていた。

「ここに箱が三つあるけど、このなかにはそれぞれ違ったものが入っているの。それはあなたとあたしの運命を変えてしまうかもしれないものなの。どう変えてしまうかはその箱に何が入っているか次第だけど」

「どれかひとつを選べばいいんだろう?」と僕は言った。

「そうよ」と彼女は嬉しそうに微笑んだ。

箱の大きさはどれも同じくらいだった。金箔を貼った豪華な造りの箱、鉄製のいかにも頑丈そうな箱、そして何の飾り気もない木製の箱であった。

僕はそれぞれの箱を眺め、それぞれの意味することを考えた。

彼女は急かせなかった。まるでその時間を楽しんでいるかのようだった。そしてその余裕が、余計に僕を苛立たせた。

「どうせこれは夢なんだろう?」と僕は言った。

「ええ、そうよ」と彼女は言った。

僕はひとつの箱に手を伸ばし、それを開けた。それは僕の予想通りのものだった。そして予感通りそれは夢の中の出来事で、次の瞬間、僕はその夢から覚めた。

☮

あれは大学の最後の年のことだった。僕は偶然にも高校時代のクラスメートに再会した。彼女は、当時の僕の恋人の友人だった。

それは近くのスーパーマーケットで買い物をしている時だった。僕たちは目が合った瞬間に、はっきりと互いに認識し合っていた。でもそれは決して胸が躍るようなことではなかった。どちらかといえば僕は逃げ出したかったからだ。

僕は視線を商品の載った棚に移して、探しものをするふりをしながら、彼女の横を通り過ぎようとした。声をかけてきたのは彼女のほうからだった。

「久しぶりね」と彼女は言った。声は以前のそれだったけれど、外見はだいぶ変わった印象を受けた。しっかりと化粧した、都会的な服の着こなしだった。

「見違えるほどだね」と僕は言った。

「そりゃそうでしょ、私たちはもう立派な大人でしょ？」

「僕もそう見えるかな？」

「あんまり変わってないかもね。でも、そのほうがいいのかもね」と言って彼女は、明るく微笑んだ。

僕たちはちょっとした世間話のようなものをして別れた。そのさい、彼女から食事に誘われた。僕は多少の戸惑いはあったが、それを好意的に受けることにした。

その日は朝から雨が降っていたが、夕刻の僕たちが出かける時になって、雨は止んだ。冷たく湿った空気が、僕と元彼女の友人を包み込んでいた。行った先は、彼女が贔屓にしているという小綺麗なイタリアンレストランだった。

「ここのパスタ、すっごくおいしいの」と彼女はメニューを広げてそう言った。

僕はメニュー越しに彼女の表情をうかがっていたが、なぜ食事に誘ったのか、今何を考えているのかよくわからなかった。

それから料理が運ばれてきて、それが食べ終わるまで、僕たちはひと言も喋らなかった。彼女はイカと小エビのトマトソースパスタを、僕はカルボナーラを食べた。確かにおいしかった。

「今何考えてるの？」と彼女は窓の外を見ながら言った。濡れたアスファルトが街灯に照らし出されて、鈍く輝いていた。

「卒業してから四年もたったんだ」と僕は言った。

「そうね。早いものね」と彼女は言った。

「僕には長かった……」

少しの沈黙がやってきた。僕たちはそのことを、どう言葉にしていいのか迷っているようだった。でも、そのことについて話さなければ、僕たちはここにいる意味がないような気がした。それは今は亡き彼女にとっても。

彼女はストローでアイスティーを掻き回しながら、じっと僕を見つめていた。それは何かを待っているようだった。今まで胸の奥に閉じ込めていた感情が、湧き出てくるような感じがした。

「私、あなたのこと、とても好きだったのよ」と彼女は僕のことを「あなた」と言った。それは君付けで呼んでいたあの頃とは「何もかもが変わってしまったのよ」と言われているような、そんな気がした。

僕は軽く頷いて、話の続きを待った。

「べつに恋愛感情があるとか、そういうんじゃなくてね。あの子がいて、あなたと付き合っていて、とってもお似合いだった。そういうふたりが好きだったの。あなたは私にもやさしくしてくれたし、あの子はあなたと付き合い始めてから、とっても楽しそうだった。そのうち私にも彼ができて、四人で遊べればいいなぁって思ってた。……でもダメだった。あの子が死んでから、あなたのこと、とても憎んだ。そのことであなたに意地悪したわね。私ね、あなたばかりが、みんなに責められるのが許せなかったのよ。だってね、あの子とあなたの付き合いより、あの子と私の付き合いのほうがぜんぜん長かったのよ。あの子は私に何でも話してくれたし、私も話した。なのに、何にも言わないで死んじゃった。……私は、あなただけがそれを知ってるなんて、絶対に許せなかった」

　彼女は窓の外の景色に再び視線を移した。

「でも何も知らなかったんでしょ？」

「あぁ」と僕は頷いた。

「ほんとはね、あなたに声をかける資格なんてないのよ。あなたのこと疑って、ひどく傷つけて。あの時あなたを支えてあげられるのって、私しかいなかったんじゃないかな」

「きみのこと支えてあげられるのも、僕しかいなかった？」

「そうかもね。でもあの時は子供だった。今でもそうだけど、それ以上に子供だった」

「きみはずいぶん変わったよ。すごく大人っぽくなった」

「それ、褒めてるの？」

「実際そうだから」と僕は言った。

「ありがとう。でも中身はいっしょよ。あの時のこと、なかなか乗り越えられないでいるの」

その後、彼女は僕のアパートにやって来て、僕とセックスをした。彼女は処女だった。それがはたして、正しい行為なのか、間違った行為なのかはわからなかった。僕は彼女のなかに、自分を理解してくれそうな何かを見つけようとしていたし、また彼女も僕にそれを求めていた。

僕と彼女は、突然の死と残された者の絶望を、それぞれ胸の奥にしまい込んで生きてきた。僕たちにしかわからない哀しみを共有していた。そして、それだけが二人を結び付けていた。恋人の死と親友の死、癒されることのない孤独、そしてセックス、他には何もないような気がした。

その彼女との関係もそう長くは続かなかった。でもその出会いは、僕の人生のなかで重要な標石のひとつとして、確かに記録されることになった。僕は彼女のおかげで崖を越えることができたし、今日も生きて夢を見ることができる。たとえそれが悪夢であろうと。

そのホテルは静寂のなかにあって、幻想的な風景に包まれていた。まるでおとぎの国に出てくる、湖畔に浮かぶ美しいお城のようだった。

僕たちはその一室で優雅な時間を過ごしていた。趣向を凝らした豪華な建物と、磨き上げられた古風な調度品は、あらゆるものと見事に調和していた。

その女は寝椅子に身体を預け、まっすぐな長い髪を手で撫でていた。素材のよくわからない薄くて軽そうな衣服を、中途半端に着こなし、その気怠《けだる》そうな眼差しはしっかりと僕に向けられていた。

僕は身体の奥で性の疼きを感じた。それはしばらくそこに留まっていたが、女が誘うように胸元を開ける仕草を見せると、抑えられなくなっていた。

ゆっくりと女に近づいていくと、彼女はゆっくりと腰を上げて僕を受け入れた。

僕たちは激しい口づけを交わした。お互いの意識が舌先に集中し、口のなかのあらゆるところに、熱く滑らかな舌を這わせていた。

天井から幕の下りた王宮のベッドで僕たちは交わった。それは七色に変化する海のようだった。寄せては返す波が、静かに穏やかに、時に激しく荒々しかった。

彼女の身体は燃えるように熱く、それと同時に凍えるように冷たかった。大地が揺れ、海は割れた。空が落ちてきて、ダイアモンドは粉々に砕け散った。僕は宇宙の真ん中にいて、彼女はブラックホールのようにすべてを飲み込んだ。

「とてもよかったわ」と夢の中の女は、僕の夢の中で、そう言った。

☮

その当時、僕には付き合っている彼女がいて、同じ高校に通うクラスメートでもあった。

彼女はどこにでもいるような、ふつうの真面目な生徒だった。人目を惹くほどの美人ではないし、頭脳明晰な秀才でもなかった。どちらかというと目立たないおとなしい生徒だった。それでも一度打ち解けてしまえば、陽気でかわいらしいところを惜しげもなく見せてくれた。

僕たちは、その年頃のカップルなら誰もが通過するような様々な過程を経て、それに辿り着いた。

彼女はセックスに対しては、かなり保守的な考えをもっていたようだった。結婚するまでは貞操を守るとか、そういったものではなかったが、少なくともその年齢での経験は少し早いと思っていたようだった。

僕のほうも経験がなかったわけだが、その年頃の男子の例に漏れず、性欲という厄介なものを抱え込んでいたから、いつかは彼女とそうなりたいと思っていた。それはとても自然なことで、少しも不自然なことではない気がした。何より僕は彼女に恋をしていた。そして彼女も同じように恋のなかにいた。

初めての行為が終わった時、彼女は顔を赤く染めながら「嬉しい」とひと言言った。もちろん僕も嬉しかった。ついに彼女と結ばれた。世界中にそう叫びたいくらいだった。そして、いつまでもその気分に浸っていたかった。僕はこのまま時が止まってくれればいいとさえ思った。

ある意味においては、時間はそこで止まってしまっていたのかもしれない。冬の終わりのあの彼女の部屋で、僕のしていた安っぽい腕時計は、永遠に時を刻むのを忘れてしまっていた。そして僕たちふたりの時間も、冷たい季節とともに永遠に失われてしまっていた。

僕はそのたった一度の彼女とのセックスを、何度も何度も思い返し、それが現実に起こったことであって、その後のことも、現実に起こってしまったという事実を受け止めようとしていた。

彼女と結ばれてから、三日後に彼女はマンションの屋上から飛び降りた。その間、彼女は学校を休んでいたので、僕が彼女に会ったのはあの日が最後だった。

僕は混乱した。彼女はまったくといっていいほどに、そんな素振りは見せなかったし、遺書も発見されなかった。ただ、彼女が飛び降りたと思われるその場所に、彼女の革靴が残されていただけだった。

僕は学校関係者に呼ばれ、警察に呼ばれ、彼女の両親に事情を説明してくれと詰め寄られた。僕はただ、何も知らないと答えることしかできなかった。聞きたいのは僕のほうだった。彼女はなぜ、僕を残して逝ってしまったのだろうか。どうしても僕には言えない秘密があったのだろうか。

それはもう永遠にわからなくなってしまった。まるで深い海の底に沈んでしまった、小さな宝石のありかのように。

それからの僕のこころは、砂漠のように乾いていった。見るものはすべて色彩を失い、手に触れるものはすべてリアリティを失っていった。何もかもがどうでもよくなっていった。

初めは気を遣っていたクラスメートもそのうちよそよそしくなり、次第に離れていった。彼女の友人たちから嫌がらせを受けたこともあった。また、興味本位で僕に近づいてくる人もいた。彼らは同情を装いながら、ただたんに自分の好奇心を満たそうとしているだけだった。

僕にできることはそれを早く忘れることだった。でも簡単にそんなことはできなかった。仮に僕にとって彼女がすべてであったとしても、僕は彼女を知らなさすぎた。彼女と過ごした時間はあまりにも短く、そして少なすぎた。

僕はやり場のないその感情を、どうすることもできなかった。どこかに吐き出したり、溜め込んで蓋をしたり、身にまとうことすらもできなかった。時間が過ぎて、それが何とかしてくれるのを、じっと耐えることくらいしかできなかった。そして時間は過ぎていったが、その痛みが消えることはなかった。時々その傷は激しく疼いた。

暗闇のなかに迷い込んでしまっていた。自分の指先でさえ見えないくらい、その闇は深かった。音もなく、風もなかった。あるのは微かな塵のにおいだった。

僕の手には彼女の華奢な手が握られていた。

僕たちはその暗闇から逃れようとした。それでも、どこまで進んでも、新たな暗闇が現れ、どこまで逃れても、暗闇は後から必ず追ってきた。

どこに向かえばいいのだろう？　僕は彼女に問いかけてみる。彼女は答えない。その手を強く握りしめる。それは生温かく湿っていた。そして心臓そのもののように激しく脈を打っていた。

背後から、鳴き声のようなものが聞こえ、こちらに向かって近づいてくるようだった。

僕は彼女の手を引いて、それから逃れるため何も見えない暗闇のなかを、夢中で走り続けた。途中で足が縺《もつ》れて転びそうになった。それでも走るのをやめなかった。

僕たちは疲れ切ってヘトヘトになっていた。そろそろ限界が近づいてきていた。僕の手には彼女の手がしっかりと握られていて、彼女はまだ僕のそばにいた。

鳴き声はまだ遠くにいるように感じられたが、今すぐにでもここを嗅ぎ当て、僕たちに襲いかかってきても不思議ではなかった。そして半分はその通りになってしまった。

その何ものかは、確かにすぐやってきた。獣のように低く太く咽喉を鳴らして、いつでも僕たちを捉えられるところにいた。暗闇が邪魔をしてその姿は見えないが、気配は大型の肉食獣を思わせるものだった。

でも、何ものかが襲ったのは、僕たちではなかった。

周辺の暗闇が食いちぎられ、そこに光が現れた。暗闇のなかに長くいたせいで、その光は強烈な眩しさとなって、僕の両目を覆った。目を閉じてみても、さほど変わらないほどの眩しさだった。

それは永遠のように長い一瞬だった。もしくは一瞬のように短い永遠だったのかもしれない。気づくと、僕の手には誰の手も握られていなかった。

その光のなかで僕が見たものは一枚の絵だった。どこか見覚えのある西洋画だった。

記憶を辿っていくとわりとすぐに目的地に着いた。それは宗教画で、レオナルド・ダ・ヴィンチの描いた『受胎告知』だった。

「やっとそこに辿り着いたようね」と夢の中の女は静かに言った。

「これは何なんだ！」と僕はその女に向かって叫んだ。

彼女はいつものように微笑んでいるだけで、何も答えなかった。


その光景は想像していたよりも、素晴らしいものだった。そう言うと何か陳腐な感想に聞こえてしまうが、いくつかの言葉を並べてみても、やはりそれは余計なものにしか思えなくなるくらいに素晴らしかった。

僕と妻は、フィンランドの片田舎で滞在六日目にして、ようやくそれに出会うことができた。その間、僕たちはコテージでサウナに入ったり、読書をしたりして過ごしていた。

それは今思うと、はたせなかった新婚旅行のようだった。僕たちは結婚式さえ挙げていなかった。当時はそういうことにすら関心が向いていなかった。僕と彼女は、恋が始まった頃の、あの熱い鼓動を再び聞くことができた。そして初夜のような幻想とともに何度も愛し合った。

夜空にオーロラが現れた時、僕たちは分厚い防寒具に身を包み、肩を寄せ合っていた。周辺には大勢の人々がいて、感嘆の声をあげたり、それを撮影したりしていた。

僕と妻は、ただそこに座って、瞬きをするのも惜しむように、空を見上げていた。僕は何も語りかけなかったし、彼女も何も言わなかった。何かを言葉にすると、その素晴らしさを損なってしまうんじゃないかとさえ思われた。

そしてその大自然の映像を、胸の奥にゆっくりと刻み込んでいった。僕たちはカメラを持っていなかったし、それを映像に収めようという考えも持っていなかった。何も持っていなかった。

その日のセックスはエメラルドグリーンのカーテンに見守られていた。

「私がオーロラを見たかった理由、話したっけ？」

「あぁ、お義父さんの絵葉書だろ？」

「そう。私のお父さんは海外出張ばかりで、ほとんど家にいなかった。それがちっちゃい時は、ほんとに淋しくてね。私にはお父さんがいないんじゃないかって思ってたの。よその子がすごく羨ましかった」

妻は僕の胸に頭を乗せて話していた。それはとても素敵な気分だった。

「なにか嫌なことがあってね。でもその時に絵葉書が届いて、それを見たらお父さんが遠い外国からでも、私のことを守ってくれてるって思えたの」と彼女は言った。

「同じのが見れてよかったね」と僕は言った。

「うん」と彼女は頷いて、にこやかに笑った。

僕は妻の話を聞きながら、高校時代に初めて付き合った、彼女のことを思い出していた。理由はよく思い出せないが、彼女もまた、オーロラを見たがっていたからだ。

☮

境内は人影もなくひっそりとしていた。まるでそこだけが世界から取り残されてしまったかのようだった。

裏手の細いあぜ道を進んでいくと、少し開けた場所に出た。僕の足元で、生い茂った野草と小さな虫たちが進路を阻み、その場所を悪い侵入者から守っているように思えた。

目的の場所はすんなりと見つかった。僕は立ち止まり、しばらく耳を澄ませていた。けして短くはない時の重みが、両方の肩にのしかかってくるように感じられた。

そこは僕がずっと避け続けてきた場所でもあった。

何も聞こえなかった。ただ静寂が聞こえただけだった。扉は開かれていて、そこから漏れる音も何も聞こえなかった。またそれは十数年の年月を経て、僕のもとに届いた静寂でもあった。

僕は彼女の好きだった色鮮やかな花たちを手向けると、そこを後にした。

家路につくまでに、少し混雑した通りを歩いた。皆は何かに急かされるように、足早にそれぞれの目指すところへ向かっていた。

僕はそこに、流れに逆らうようにして立ち止まっているひとりの女を見つけた。

髪が長く背が高かった。顔にはどんな表情も浮かんでいなかった。どこかで見たことがあるような気がしたが、僕は彼女を知らなかった。

今のところ僕の夢には、あの女は出てこない。できることなら、これからもそうあってほしいものだが。

マイスター・ジンガー

僕の結婚は台風とともにやって来て、台風とともに去っていった。

そんなふうにいうと、何やら深い意味のもとに、幾多の困難に打ち勝って、やっと手に入れたものが、するりと指のあいだからこぼれていってしまうような、そんなせつなくもおかしみのある物語を、つい連想してしまいたくなるが、実際はまるで違っていたと思う。

確かに僕の結婚は、台風とともに低気圧に乗ってやって来たのかもしれないが、台風そのものは何事もなかったかのように、何十本かの木々をなぎ倒し、いくつかの河川を満杯にしながらも、僕たちを置き去りにして通り過ぎ、やがて平和な温帯低気圧へと変わっていった。

そこに深い意味などなかったし、胸が躍るような冒険譚もなかった。あるのは結婚という現実的な制度を受け入れようとする若い恋人同士の、ただの物語のようなものだった。

僕と彼女との出会いは、ある雨降りの夕方のことだった。

どんよりとした灰色の重たい雲が、陰鬱に、その小さな町を支配下に治めていた。やけにぼやけて見える低い山々が、いかにもうんざりといった様子で、町の北側に連なっていた。

僕は駅前にある商店街の一角を占める古びた書店で、窓越しに天気を気にしながら、とくに興味もない薄っぺらの雑誌を立ち読みしていた。

降り出した雨は、びっくりするくらいに強く、車のボンネットや通りを行く傘の花を、うらぶれたスレートの屋根や、固いアスファルトの地面を、容赦なく叩きつけていた。あちこちで小さな水煙が上がり、それが徐々にこの町を浸食していった。それはまるで特別な何かの罰のようにも思えた。

彼女は駅の改札を出てすぐのところにいた。そこで僕と同じように、しばらくは止みそうもない雨のある風景を、じっと見ていた。

彼女はずっとそこに立っていた。その姿は、雨が止むのを切実に願っているように見えた。それとも誰かが迎えに来るのを待っているのだろうか。彼女がその手首にはめられた腕時計を一度も見なかったので、迎えは来ないんだと、僕は勝手にそう確信していた。

僕が傘を差し出すと、一瞬、彼女は驚いたが、僕のそのささやかな好意を無下にすることなく、何度も丁寧にお礼を言いながら、壊れやすいものでも扱うように、とても大事そうにその傘を受け取った。

僕はそのまま改札を通って、ホームで電車を待つことにした。彼女は傘を広げると足早に、その駅から立ち去っていった。雨脚は、いっこうに弱まる気配を見せなかった。

まるで安っぽいメロドラマのような出会いだったが、それはほんとうに起こったことで、現実に僕たちは出会ってしまっていた。

いくつかの偶然が重なり合って、ひとつの必然に辿り着いていた。僕と彼女は、それぞれの意思とはまったく別の意思で、その場所に、たまたま居合わせた。けっきょく出会いとはそういうものであって、そこに自分の意思が働く余地などはないのかもしれない。

僕たちはその小さな駅を利用する者同士として、それからも何度か顔を合わせ、世間話をするうちに徐々に親しくなっていった。それはお互いが集めていた欠片を繋ぎ合わせて、ひとつの作品を創作する作業に似ていた。そしてその延長線上に、もしかしたら結婚という作品があるのかもしれない。

彼女にプロポーズをした日の夜に、ちょうど台風がやって来た。文字通り台風とともに結婚はやって来たのだ。

僕たちはカトリックの小さな教会で、簡単な式を挙げることになっていた。それは僕より少しだけロマンチストな彼女が望んだことだった。そして式の日取りは、台風の季節を避けるようにして選ばれた。

彼女は少しばかり複雑な家庭環境を抱えていたようだった。詳しいことはわからなかったが、何かの事情で両親とは疎遠になっていた。

そんなわけではあったが、父親には会ってほしいというのが、彼女のふたつ目の望みだった。そして最後の望みは、花嫁の花飾りに使う花を、オリュンポス山から持ち帰ってくることだった。

僕たちはいくつかの試練を乗り越えて、結ばれなくてはいけなかった。

その日はとてもよく晴れた一日だった。ちょうど台風が通り過ぎた後で、川の水嵩が普段よりもだいぶ増えていた。連なる低い山々は、降り注ぐ陽光をふんだんに受けて、くっきりと浮かび上がって見えていた。

電車のなかは、平日の昼間ということもあってか、ガラガラだった。

僕はあまり着慣れないスーツ姿で、それなりに身だしなみに気を遣っていた。髪は普段よりも短めにカットし、剃刀で丁寧に髭も剃った。爪も綺麗に切り揃えた。靴は家にある一番上等な革靴を選んだ。ただ、ネクタイがうまく結べなかったので外していくことにした。

彼女の話によると、そのレストランは高級なホテルのなかにあった。

「とっても上品なレストランだから、それなりのきちんとした格好で来てね」

彼女はそう繰り返し言った。大事なことは二回言う性分だった。僕は素直に従うことにした。

僕の乗った駅からは誰もその車両には乗り込まなかった。僕は座席には座らず、ドアのすぐ近くの手摺に掴まって、静かにその短い旅路につくことにした。

次の駅で、大きなトランクとスポーツバッグを抱えた、旅行者風の若者が乗り込んできた。そして座席の頭上にある棚に、そのスポーツバッグを納めた。僕はそれを見て、初めて自分が手ぶらで来たことを意識した。

でも、特別何か持ってくるものがあったのだろうか。しばらく考えを巡らせてみたが、とくに何も思い浮かばなかった。僕はこれから二泊三日の温泉旅行に行くわけではないのだ。

若者は、僕がいる位置からは反対側にある座席の一番端に座った。そしてすぐに文庫本を取り出して、それを読み始めた。そこには、いつもそうしているといった、行動原理みたいなものが働いていた。彼は電車の他に、喫茶店や歯医者の待合室なんかでも読書に耽るのだろうか。その一連の動作とその洗練された姿勢には、一点の隙も感じさせなかった。

僕はその車両においては、座ることができたが、なぜかそうしなかった。スーツの皺が多少気になるというのはあったかもしれないが、まさかレストランでは、ずっと立ちっぱなしというわけにはいかないだろう。つまり、僕には行動原理というものがたんに備わっていなかっただけなのかもしれない。

窓を流れる景色が徐々にゆっくりとなり、僕のほんの少しだけ昂った気持ちも次第に落ち着いてきた頃、電車が次の駅に到着した。

少し長めのため息を漏らしながらドアが開いて、その土地の新鮮な空気が入り込んできた。それは車両の空気と混じり合い、微妙な変化を遂げながらも、またひとつの新しい秩序が生成されようとしていた。

何人かの乗客が降り、何人かの乗客が加わった。足音は交錯し、様々な個人的事情が錯綜した。そして出会いがあり、また別れがあった。たとえそれは当事者同士が認識できていないとしても、確かにそこに存在していた。まるで空気のように。

あいかわらず、車内はガラガラに空いていたが、僕はいまだに手摺に掴まったままだった。それには人々のいろいろな思念が込められているようだった。そして僕は手を離すことができなかった。人が何かを強く握る時、大切なものを失くしてしまうことを極端に恐れるように。

立っているのは、ふたりだけだった。ちょうど僕の反対側のドアに彼女はいた。印象派の絵画を思わせる柄のワンピースに真っ赤なカーディガン、ネイビーのタイツにシンプルなバレエシューズといった格好で、やや大きめのトートバッグを大事そうに抱えていた。

年齢は僕と同じくらいか、少し下のように見えた。顔立ちは整っていたが、クールな印象というより、どこか人懐っこい感じがした。彼女は、はっきりと人目を惹く存在であった。とくにその退屈すぎる列車においては、それは砂漠のなかのオアシスのような存在だった。

ずっと彼女を見ていたわけではないが、彼女のなかに幼い頃の記憶を呼び覚ます何かを、わずかながら感じ取ることができた。それはすぐに取り出すことのできないくらい、奥まったところにしまってあった。僕は暇だったのでそれを時間をかけて引っ張り出してみた。

覆っている埃を掃《はら》い、手に取って細部を丹念に眺めてみた。

あれはまだ僕が学校に行く前で、四つか五つの頃だった。近所に同じくらいの年頃の女の子が住んでいた。

正確な名前は思い出せないが、みんなには「しいちゃん」と呼ばれていた。

僕が近くの公園に行くと、たいていは「しいちゃん」がそこにいて、いつもふたりで遊んでいた。その公園には他にもたくさんの子供たちが遊んでいたけれど、なぜだか僕としいちゃんはいつも一緒だった。

僕たちを冷やかす連中もいたけれど、僕はそんなことぜんぜん気にしていなかった。それはしいちゃんも同じだったと思う。むしろ彼女はそうされるのを望んでいるようにも思われた。もちろん、それはずっと後になって感じたことだった。四つか五つの僕に女の子の気持ちなどわかるはずもなかったからだ。

ある日しいちゃんは僕に言った、「おおきくなったら、けっこんしようね」と。

その時僕が何て答えたのかは、よく思い出せない。でもそれは遠い日の約束として、今でも記憶のうちに、かろうじて留まっていた。それが他愛のない子供の口約束にすぎないとは理解しつつも。

その時の僕は、結婚というものを、ただ漠然と捉えていただけだったが、その相手は、しいちゃんしかいないと、確信的に思っていたのかもしれない。僕の小さな世界では彼女以外には考えられなかった。

あれはたぶん夏の終わりのことだったと思う。僕はしいちゃんと遊ぶため、いつものように公園に行った。彼女はまだ来ていなかった。

僕はずっと待っていた。でもその日、しいちゃんは来なかった。次の日も、またその次の日も、僕は公園で彼女を待ち続けた。それでも彼女は来なかった。

そのうち、しいちゃんは引っ越していったらしいということを、人づてに聞いた。それでも僕は公園に通い続けた。近所とはいっても、僕は彼女の家を知らなかったし、そこが僕たちの唯一の出会いの場所でもあったからだ。

彼女が僕に内緒でどこかに行ってしまうなんて、とても考えられなかった。僕たちは結婚まで約束した仲だったのに。僕はどこかの国の海溝くらい深く傷ついた。しばらく食事が咽喉を通らず、大好きなテレビアニメも楽しめなかった。それは人生で初めて味わう挫折だったのかもしれない。

それでも人生は続いていく。そして先はまだまだ長い。

僕は新しい自転車を買ってもらうと、次第にしいちゃんのことを忘れていくようになった。そしてそこに台風が来ていたかどうかなんて、今となってはどうでもいいことだった。電車はレールの上を決められた速度で走行していた。それを人生に例えた人がいたけれど、僕はレールの上を行く人より、レールを敷く側の人になりたいと、とくに意味もなく思っていた。

ただ、僕の敷くレールはいろいろな仕掛けがあって、気の休まる暇もないほど騒がしかったり、何の脈絡もなく、やたらと分岐点を増やしてみたりするのだろう。もちろん、そんなのに僕は乗ってみたいとはさらさら思わないが。

そして僕は今、婚約者の父親に会いに行こうとしていた。

彼に関する有用な情報は、いっさいなかった。だいいち婚約者の彼女とは、お世辞にもいい親子関係を築いているとは言いがたい仲なのだ。僕は会う前から、すでにマイナス三ポイントのビハインドを負っていた。

彼女が待ち合わせに指定してきた場所も、とても気になっていた。もしかしたら彼女の父親は、すごいお金持ちなのかもしれない。それは僕に不利な条件だった。たいていのお金持ちの親は、娘の結婚に対してあれこれ口を出すと、相場が決まっていたからだった。

彼女の父親にプラス七ポイントだ。

「ただ会って、ちょこっと話すだけだから、だいじょうぶ」と僕の婚約者は言った。ただ気になったのは、繰り返し言わなかったことだった。さほど重要なことではないのだろうか。

電車はとても順調に、その職務をこなしていた。あと数駅通過すれば、僕は目的地に到着する。そしてこの短い旅に別れを告げることになる。涙はいらない。僕たちは偶然に乗り合わせたただの乗客で、感動を求めてここに来たわけではないのだから。

ただ、その無感動な日常的光景のなかにも、予期せぬ偶然が待ち構えていた。僕が幼い頃のことを思い出すきっかけとなった、向こう側のドアの前に立つその女性こそ、なんと「しいちゃん」その人だったのだ。

僕は彼女からの視線を感じていた。それはまるで部屋の奥まで届く、冬の低い日差しのように、僕の胸の奥を覗いていた。彼女は気づいていたのだ。僕が僕であることを。

そして僕も、そのことにようやく気づくことができた。ふたりは二十年の月日を経て、それぞれの人生が再び交差する場所に辿り着いた。それはやはり、いくつかの偶然を装ったひとつの必然だったのかもしれない。

今となっては、幼き彼女の顔をはっきりと思い出すのは難しい。まして大人になった顔からそれを特定させるのは、もっと困難だった。それでも、いつも顔を合わせている人の似顔絵を、記憶だけで描くことが難しいように、人を識別するのは顔のつくりではなく、人それぞれにある独自の雰囲気である場合が多いような気がする。そしてそれは年月にはそれほど影響を受けないものなのかもしれない。

僕は彼女に、彼女は僕に、それを感じ取ることができた。それは息も詰まるような対峙だった。おそらく彼女のほうも、僕がしいちゃんであると気づいたことに、気づいたのだろう。

先制点は取られたが、ポイントはイーブンになった。そしてふたりとも、座席が空いているにもかかわらず、立っていることを選択し続けていた。その距離はこの車両に横たわる通路ひとつぶんだった。

ふたりの共通する思いを言葉にすると、「声をかけるべきだろうか?」と「できれば人違いであってほしい」ということだった。そのふたつの思いが、ぎりぎりのところでせめぎ合っていた。そしてそれはお互い手に取るようにわかっていた。

彼女に負い目があるとすれば、彼女のほうから結婚の約束をしてきたということと、いくら家庭の事情があるとはいえ、僕に何も告げずにいなくなってしまったということだった。

それらは僕に有利に働くのだろうか。でも僕には婚約者がいる。それはプラスにはならないが、そのことを彼女は知らない。また僕も彼女の異性関係については何も知らない。もしかしたら、僕に何かを躊躇させる原因の大半を占めているのは、彼女のその美しさにあったのかもしれない。僕に特定の女性がいなかったのなら、彼女に恋をしていた可能性はじゅうにぶんにあった。

もし神様が見ているとしたら、賽の目をどちらに出すのだろうか。そしてどんな結末を用意しているのだろうか。もちろん、僕は神様でもないし、とくに知り合いでもないので、それは「神のみぞ知る」という、とても便利な言葉で答えることができそうだった。

そんなことを考えながらも、電車は駅のホームに滑り込み、いつもの営みを遂行していた。ただそこでも、彼女は降りなかった。そして僕も降りなかった。それでも残された時間は確実に少なくなっていることに、ふたりとも気づいていた。

しかし、その均衡はけっきょく破られることはなかった。もう声をかけるのには時間が経ちすぎていた。それに、声をかけてお互いの存在を確かめ合うことができたとしても、その先に待っているのは、ほんのわずかに残る懐かしい思い出話だけのような気がした。

彼女は「大きくなったんだから、約束通り結婚しようね」とはけして言わないし、僕は僕で「しいちゃんがいなくなって、とてもとても淋しかったんだ。あれ以来ずっとキミのことを探していたんだよ」とはもちろん、言うつもりもなかった。

そして僕は次の駅でその電車を降りた。彼女は降りなかった。

ドアが閉まり電車が発車する時、僕は車両に取り残された彼女を、もう一度だけ見た。そこには、にこやかに微笑んで「また明日も遊ぼうね」と、あの公園で手を振りながら別れた懐かしの、しいちゃんがいた。

駅の構内をゆっくりとした足取りで歩いた。それは僕の歩行速度が、たんに遅いということではなく、その場所に何かの危険が潜んでいるかもしれないという、恐怖心からだった。

「駅には魔物が棲んでいる」と僕の祖父は言っていた。

魔物というものがどういうものなのか想像もつかないが、その魔物は、旅立ちや帰還にともなう人間の昂揚感や安堵感が大の好物で、それを食べて生きているということだった。

僕は駅にいる時は、なるべく平常心を心がけていた。そして今でも祖父のその教えを忠実に守っていた。

改札を出て外に向かった。そこはずいぶんと都会的だった。定規とコンパスを使って描いたような、幾何学的な風景が広がっていた。フリーハンドで描いたみたいに、いい加減な感じがする僕の住む町とは、おそろしく違って見えた。

台風が通り過ぎた後とあってか、この季節にしてはけっこう暑かった。通りをすれ違う人々は、追い立てられるかのように皆せかせかと歩いていた。まるで自分だけが取り残されるのを恐れているみたいだった。

約束の時間まではかなりの時間があって、僕には急ぐ理由など、まったくなかった。激戦地に上陸した精鋭部隊のように、意気揚々とはしていなかったし、花嫁と一緒にバージンロードを歩く父親のような感慨深さもなかった。ただ、初対面の人物にこれから会わなければならない、あまり嬉しくはない緊張感があっただけだった。

大きな交差点で右に進路をとり、とりあえずそのホテルを目指すことにした。予定よりかなり早く着くことになってしまうが、他にやることが思い浮かばなかった。

僕は右手に現在を、左手に過去をそれぞれ持ち、背中には未来を背負っていた。右手は左手に語りかけ、左手はそれに答えた。そして背中は何も語らず、何も答えようとしなかった。

台風が過ぎ去ったある日の午後の昼下がりに、僕と彼女はいつもの公園にいた。

その公園の規模はそれほど大きくはなかったが、小さな子供がボール遊びや鬼ごっこをするぶんには、十分な広さはあった。遊具もわりと充実していたような気がする。とくに最新式の回旋塔が人気を集めていた。ブランコの近くにある砂場が、僕たちの主な遊び場だった。

「たからもの、もってきたぁ?」としいちゃんは僕に訊いた。

「うん」と僕は返事をした。

彼女は僕からそれを受け取ると、用意してあった箱のなかに入れた。

「いい? これはね、ふたりだけのヒミツだからね」と彼女は言った。

「うん。それでどうするの?」

「ここに、うめるの」

「どうして?」

「それは、たいせつなものだから。だからだれにも見つからないとこにかくしておくの」と、しいちゃんはとても真剣な表情で、そう言った。

僕は大切なものを、なぜ地面に埋めなくてはならないのか、よくわからなかったが、彼女に気圧されてしまい、何も言えなかった。そのくらいその表情は真剣そのものだった。

その場所は大きなケヤキの木から、子供の歩幅で東に向かってちょうど十歩のところだった。

僕はシャベルで、そこに穴を掘った。なるべく深く掘ろうと思ったが、途中でしいちゃんが「そのくらいでいいんじゃない」と言ったので、掘るのをやめた。彼女は満足そうに微笑んでいた。それを見て、自分の仕事が認められていると思い、僕は嬉しくなった。

「それじゃ、うめるね」としいちゃんは言った。

それは何の飾り気もない木製の箱だった。そのなかには僕としいちゃんの「たからもの」が入っていた。

その木箱を何重ものビニール袋に入れ、穴のなかに沈めた。そして上から土をかぶせ、足で地面をならし、丹念に踏み固めた。その行為は真昼の公園で、堂々と行われた。その時は何とも思わなかったけれど、今思うと、とても不思議なことだった。もっとも、周囲にそれを気に留める人は誰もいなかったと思われるが。

しいちゃんは、なぜか彫刻刀を持っていた。そしてケヤキの木の幹の根本のあまり目立たないところに、自分の名前を彫った。

「よし」と彼女は言って、その彫刻刀を僕に渡した。

僕はしいちゃんの名前の隣に、自分の名前を彫った。

「いい？　これはふたりだけのヒミツだからね」

もう一度しいちゃんは同じことを言った。そう繰り返すことによって、とても重要なことだと強調するように。

眩暈がするくらいに眩しかった。陽光がビルの大きな窓ガラスに反射して、僕の視界を容赦なく遮っていた。今の僕にできることは、ただ目を細めることくらいだった。

右手はまだ何かを話したがっているようだった。左手がそれを軽くあしらうと、今度は背中がゆっくりと頷き、小さく咳をした。それは彼が何かを語り始める時の仕草だった。

僕たちがそのレストランの個室に通された時には、すでに先方は席に着いていて、ブルゴーニュ産のピノノワールを、ゆっくりと舌の先で味わっているところだった。

「先に始めてしまって、申し訳ない」と挨拶もそこそこに、相手の男はそう言った。

僕は初めて会う相手に慇懃に挨拶し、連れの女性とともに相手の向かい側の席に着いた。コース料理はすぐに運ばれてきた。僕たちは、オーロラソースのかかったサラダを食べ、オランデーズソースのかかったエビを食べ、シャンピニオンとエストラゴンのソースに牛フィレ肉をつけて食べた。

そのあいだは、会話らしい会話はほとんどなかった。一瞬、相手を間違えたかとも思えたが、それはあくまでも個人的願望にすぎなかった。

「さてと、そろそろ本題に入ることにしよう」と相手の男は言った。僕の記憶違いでなければ、彼は婚約者の父親であるはずだった。

「その前に」と彼女は言った。「デザートを食べてもいいかしら?」

彼女の父親は僕の目を覗き込み、僕は無言で頷いた。そして黙って僕たちは、フランボワーズのソースでババロアを食べた。

「ふたりの結婚にたいしては、とくに反対する理由はない」と彼は口を開いた。口もとには甘ったるい後味が、まだ残っているようだった。

「かといって、賛成する理由もとくに思いつかない。知ってのとおり、娘とのあいだには少々複雑な事情がある。今ここでそれを話すわけにはいかないが、そのことできみに迷惑をかけることはないと思う」

僕と婚約者の彼女は、神妙な面持ちで父親の話を聞いていた。彼はとても落ち着いていて、十分にリラックスしているように見えた。

「父さん、ありがとう……」と彼女は言った。僕も何かを言うべきだったが、その前に彼が言った。

「ただし、ひとつだけ条件がある」

「どんな?」と彼女は間を置かずに、反応を示した。

「しばらくのあいだ、おまえを留学させる」と婚約者の父親は、彼女に目をやりながら、そう言った。

「……そんなの聞いてない」と彼女は少し驚いた様子で、そう言った。

彼はその問いに答えることなく、今度は僕に向かって話し始めた。

「娘は来年あたりに留学させようと思っている。費用はすべてこちらで持つ。それまでにふたりは結婚を済ませる。留学が終わってから結婚ではダメだ。そのあいだにお互いの気持ちが変わってしまうこともあるからだ。それが嫌なら結婚は諦めてもらう。それだけだ」

「勝手に決めないでよ」と彼女は語気を強めて言った。

「留学したいと言ってたじゃないか」

婚約者は頬を紅潮させながら、父親を鋭く睨み返していた。それは僕の見たことのない彼女の一面だった。

「わたしは自分の意思で決める。結婚するのも、留学するのも。なんでもかんでも決めないで。わたしは操り人形じゃないのよ、もう自由なのよ」

彼女はかなり感情的になっていたようだ。固く握りしめられた手は、膝の上でわずかに震えていた。声は怒気を含んで、目にはうっすらと涙が滲んでいた。僕は冷静を装っていたが、どうしていいかわからずにいた。

「おまえは自由だよ」と父親は乾いた声で言った。

それを聞いた途端に、彼女は黙って部屋を出て行ってしまった。僕も慌てて彼女を追いかけようとしたが、父親の悪魔的ともいえる不思議な力によって、体が硬直してしまい、そこを動くことができなかった。

彼はベルでウェイターを呼び、上等なシャンベルタンを注文した。

「祝杯を挙げようじゃないか。結婚おめでとう」と彼はにこやかに、そう言った。

「それはひどいな」と右手が背中に言った。

「まったくだ」と左手も同意を示した。

僕は人通りの多い交差点から向こう側へと渡ろうとしていた。でもなぜか急に足がすくんでしまい、歩くのを躊躇してしまった。信号が変わるように、僕の気持ちも変わってしまった。

彼女の父親に会うのが、ものすごく気の重いことのように思えた。それは、あらためて自分の背中に聞くまでもなかった。そもそも結婚そのものに、気が進まなくなってしまっていた。僕は台風の後の憂鬱を抱え、見知らぬ土地で路頭に迷っていた。

立ち止まっている僕の側を、風が通り抜けていった。それは、ほんの一瞬の出来事だった。

僕の前に出たのは、がっしりとした体格のサラリーマン風の男だった。スーツの上着を脱いで、ボタンダウンのシャツで、立ち向かう風を切っていた。

先に行かれてしまったと思い、僕はすぐに彼を追うことにした。そして一歩を踏み出すと同時に、左後方から来た、これもサラリーマン風のナイロンのビジネスバッグを持った男に、先を越されてしまった。

出だしでいきなりつまずいてしまい、前を行くふたりにだいぶ離されてしまった。僕は慎重にあいだにいる通行人を避けながら、その後を追った。

しかし、その差はなかなか縮まらなかった。積んでいるエンジンに性能の差はないように思えた。ただ僕はよそ行きのスーツに身を包んでいたので、空気抵抗が多く、直線では若干不利だった。逆の原理でボタンダウンは身軽だったので、直線は多少有利だった。

外周コースでは三人の位置取りはそんなに変わらなかったが、インフィールドに入ると、その距離は確実に縮まってきていた。

僕は風をうまく捉えることが徐々にできていた。最初の下りを利用してビジネスバッグに並びかけると、次のコーナーで内側に入った。相手はクロスラインを取ろうとしたが、僕はあらかじめ進路を予想し、巧みにブロックした。次のコーナーでも前にいたので、ひとつポジションを上げることに成功した。

「なかなかやるじゃないか」と右手が口笛を吹いた。

「思い出すな」と左手が言った。

あれは今から十年くらい前のことだろうか。僕は日の丸と校旗がたなびくポールから、それほど離れていない場所で、静かに出番を待っていた。

僕のクラスはスタートから、だいたい中位を走っていた。ただ、先頭からはそんなに離されることはなく、徐々にではあるがその差は詰まってきていた。前走者がバトンを受けた時は、四番手の位置にいた。彼は裏の直線でひとりを抜き、さらに前に迫る勢いだった。「そのままでいい」と僕は胸のなかで呟いていた。それは十分に逆転可能な差だった。そしてそれは僕にとって、十分に見せ場を作れる差でもあった。

前半は抑えて走ろう。そして残り半分のところで徐々にスパートする。最終コーナーでひとりをかわし、最後の直線に入る。抜き去る時は一瞬だ。僕は風を味方にできるはずだった。

風はとても気まぐれに吹いていた。広々とした草原を、曲がりくねった路地を、誰かと誰かのあいだを、とくに行くあてもないまま、気まぐれに通り過ぎていった。

その風が止んだ時、僕にはすべてのものがスローモーションのように見えた。先頭を走る他の組のアンカーのシューズの裏側や、舞い上がる砂塵、張られたゴールテープが微かに上下に揺れるのを、はっきりと確認できるほどだった。また、その場所を見つめる数ある視線の先に、密かに思いを寄せる彼女の声援を送る姿も、しばらくは頭のなかから離れなかった。

僕は最善の敗者としての自分を、素直に受け入れることができなかった。僕は走り、風を捉え、そして風が止んだ。ただそれだけのことだった。

それにしても今日は暑かった。ボタンダウンのサラリーマンみたいに、上着を脱げばいいのかもしれない。彼はとっくに視界から消えていた。きっと今頃はゴールテープを切っているのかもしれない。

でも僕は、上着を脱ぐのをためらった。なぜかそれを、そのままゴミ箱に投げ捨ててしまいそうな気がしたからだ。そこには、もしかしたら結婚という実態の掴めないものも一緒に、という意味合いも含まれていたのかもしれない。

僕はシャツのボタンをひとつ外した。

数割の不安と、数パーセントの期待、累進税率分の税金と、まだ残っている多くの憂鬱を抱え、僕はその通りを歩いていた。いろいろな人々とすれ違い、追い越した。誰もが皆、どこかで見覚えのある懐かしい記憶を運んでいた。

ふと見ると、通りの反対側でこちらに向かって手を振っている、ひとりの女性がいた。歳は僕と同じかふたつくらい年上《うえ》だろう。彼女はまるでこれから高級レストランのフルコースでも食べに行くみたいに、きちんとした服装をしていた。いかにも上品な感じのする淡いピンク色のワンピース。一時間くらい前に美容室で時間をかけて整えられた、明るく軽やかな長い髪。それは台風一過の良く晴れた日に、とてもよく似合っていた。

それには気づかないふりをして、足早にそこから遠のいた。魔物はここまでは追ってきていないはずだ。今何時だろう？　左手首に腕時計はなかった。そこには遠い過去の記憶の跡が、くっきりと浮かんでいた。身体の奥で燃える小さな炎を感じた。その熱は、ぽっかりと空いた空洞を焦がし続けていた。

僕は着ていた上着を脱ぐと、その辺の適当な場所——過去と未来の交差する、不確定で不透明な空間に、それを放り投げた。

ツァラトゥストラはかく語りき

それなりの手間とお金をかけたステレオセットで、久しぶりに音楽を聴いた。友人からの土産でもらったバランタインの十七年をちびちびと啜り、夕闇に侵略されかけた一室で無気力な自分を、多少なりとも責めたりしながら、スピーカーから流れる音に耳を澄ませていた。

——転がるサイコロと呼んでくれ……。

ミック・ジャガーはそんなふうに歌っていた。前後の脈略はうまく理解できなかったが、そういうことが言える状況に陥ったという記憶はなかった。でもそのフレーズは、僕にささやかな羨ましさを芽生えさせた。

ローリング・ストーンズを聴くと、だいたいそんな感じがする。彼らの音楽や人生観や、そしてその言動には驚かされることがいくつもあったが、僕は単純にそれらのことに憧れを抱きつつ、羨望の眼差しを向けていただけだった。

よい音楽というのは時間とともに成熟されていく……。

そういった意味ではウイスキーと似ているのかもしれない。

僕は今、手のなかにある琥珀色の液体を見つめながら、昔読んだマイケル・ジャクソンの分厚い著作を思い出していた。そのなかでは、ウイスキーの歴史が詳細に語られていたが、その内容はほとんど覚えていなかった。

どちらかというとそういった情報は僕にとっては不要であって、むしろ必要とされるのは、その時に流れる音楽の、それであるような気がしていた。

彼女は、六十年代から七十年代を中心としたロックが好きだった。僕もそれなりには聴いていたから、その話題に関しては尽きることはなかったと思う。もちろん、年代的にリアルタイムで聴いていたわけではないので、後追いになるが、そこに懐古趣味的なものは、まったくといっていいほどなかった。

ただ僕たちは聴きたい音楽があれば聴いて、そこに語りたいものがあれば語り合い、抱き合いたい時に、抱き合っているだけで、それだけで幸福だった。

彼女の最近のお気に入りはヴェルヴェット・アンダーグラウンドで、とくにルー・リードのボーカルがセクシーだと言っていた。

シーバスリーガルの十二年を天然水で割って、ちびちびとやりながらアンディ・ウォーホルの、あのアートワークを眺めながら、それを聴いた。


僕は仕事の都合上、たまに図書館へ通っていた。

そこはよくある平凡な図書館だった。隅々まで掃除の行き届いた清潔で明るい空間。それほど広くはないけれども、立ち並ぶ書架を含め、決して窮屈な印象は感じさせなかった。ほぼ中央に設置されている端末で資料を検索した。僕の求めるものはほとんどが閉架にあった。

館内は平日の昼間ということもあってか、閑散としていた。といっても休日の図書館に来たことがないので、単純に比較することはできなかったけれど。

カウンターにいた司書は僕の知らない女性だった。

彼女は整った顔立ちをした、まあまあの美人だった。髪は肩まで届くくらいのストレートで、薄いフレームの眼鏡をかけていた。

「すみません、これをお願いしたいんだけど」と僕は彼女に声をかけた。

彼女は読みかけの文庫本を脇にどけて、僕のほうをちらりと見た。

「少々お待ち下さい」

そう言って、彼女が端末を操作しているあいだ、僕はテーブルの上に置かれた文庫本を見ていた。ブックカバーはついておらず、タイトルを読み取ることができた。それは海外の翻訳で、僕の知らない作家の知らない作品だった。

やがて彼女は奥のほうから資料を抱えて来た。

「こちらでよろしいですか？」と確認を促した。

「はい、だいじょうぶです」

そう僕が答えると、彼女は返却の期限日を確認して、個人カードを僕に返した。

それを受け取ると、僕はまっすぐに、ただ彼女を見つめていた。

「まだ何か御用ですか？」と司書は事務的な口調で言った。

真っ白なカウンターテーブルの上に、木製のカレンダーが置いてあって、その横の小さな花瓶に、鮮やかな青い花が生けてあった。

「夢を見たんです」と僕は言った。

司書の女性は何かの書類に目を落としていた。右手にはボールペンが握られ、左手は軽く書類に添えられていた。その指先の形の良い爪には薄いピンクのマニキュアが塗られていた。

「ある日図書館に行くと、初めて見る女の人が受付のところにいたんです。その人はとても綺麗でした。髪はまっすぐで、とてもいい匂いがしました」

僕がそう言っても、彼女から反応らしい反応はなかった。あいかわらず書類を見ていたようだったし、握ったボールペンにはとくに力が入っていないように思われた。

「夢の中で、僕はその人に恋をしてしまいました。ひと目惚れです。どうしてそうなったのかはよくわかりません。でも恋とはそんなものだし、それに、なんたって夢の中のことですから」

彼女はチラッと僕に視線を移した。その表情はまるで、シベリアの永久凍土を思わせるものだった。

「僕はその人を食事に誘いたいと思いました」と僕は続けた。

「でも初めて会った人に、いきなりそんなことを言うのは、とても気が引けることです。僕はこう見えて、とても臆病なんです。それでも彼女を好きになってしまったのは確かだし、そんなことは、そう何度も起きることじゃないと思いました。それで勇気を振り絞って声をかけることにしたんです」

それで？　彼女はそういう視線で僕を見た。

「途中まで行きかけて、やっぱりやめようってなったんです。なんか馬鹿げているって。でもこころのなかの別の声が聞こえるんです。何をためらっているんだって。もしかしたら、彼女と付き合えるかもしれないじゃないか、たとえそうならなかったとしても、何もしないで諦めるよりは、よっぽどましじゃないかと」

視線の先にはまだ僕がいた。その瞳はまるで、澄みきった南国の碧い海水を思わせた。

「でも、けっきょくは何も言えなかったんです。そんな葛藤を繰り返しているうちに目が覚めてしまったんです」

僕は肩を落とし、ひどく落ち込んでいる様子を演じてみせた。

「という夢です」と僕は言った。

「ごめんなさい。……そういうのは困ります」と司書の女性は、ひと言僕に言った。

「夢の続きが見れるといいんだけど……」と僕はそう言い残してそこを離れた。

頭のなかは音の洪水で流されそうになっていた。フランク・ザッパの『ホット・ラッツ』

を許されるかぎり最大の音量で聴いたからだった。

机の上には、手つかずの仕事が里親を待つ子猫のように、順番待ちをしているようだった。ボトルはもうすでに空っぽになってしまっていたが、ロックグラスにはまだラフロイグが半分ほど残っていた。

「どんな仕事をしているの？」と彼女は訊いてきた。

僕は簡単に自分の仕事を説明した。

「信じてもらえないかもしれないけど、僕は自分の仕事が、具体的に何の役に立つのかよくわからない」と、そう付け加えた。

ただ与えられた仕事を淡々とこなしているだけだった。そして会社はそれをひたすら利益に還元させていく。それがどんな形で行われていくのかは、まったくの謎だった。それは組織の上の人間が、自分たちだけで決めていることで、下の人間には知る由もなかった。

彼女はありがたいことに、その説明にとくに疑問を挟まなかった。

「規模の大きさに違いはあるけど、そういうのはよくあることじゃない」と彼女はわりと真剣な表情で、そう言っただけだった。

その後僕たちは、僕の作った海藻のサラダと、皮つきのソーセージの炒めもの、市販のイチゴのアイスクリームを食べた。そして彼女は缶ビールを、僕はボウモアのソーダ割りを飲み、ジャニス・ジョプリンの『パール』を聴きながら、しばらく眠った。

気づいた時、机に突っ伏していた。すでに部屋は薄い闇に覆われていて、モニターからは微量な光が漏れていた。机の上のグラスは空っぽで、分厚い資料のページは開いたままだった。

棚には色とりどりのウイスキーの瓶が並んでいて、それがなぜだか、ささやかな栄誉を称えるトロフィーのようにも見えた。そしてラジオからはガンズ・アンド・ローゼズの『スウィート・チャイルド・オブ・マイン』が流れていた。

僕は服を脱いで浴室に入り、生ぬるいシャワーを浴びながら、今夜は長い夜になることを覚悟しなければと、自分に言い聞かせた。

翌朝、疲れの残る頭を多少気遣いながらも、僕は車を運転して出社した。

担当者に作成した報告書を渡すと、僕は休憩室でホットコーヒーを飲んだ。そこには誰もいなかった。

正直にいうと、僕はここに来るたびに不安を覚えた。それは人の繋がりというものがまったくといってていいほど、なかったからだ。組織の人たちは、いつも礼儀正しく穏やかな表情をしていて、常に笑顔を絶やさないでいた。それでも不思議議と、彼らには、それが良い悪いは別にして、本来人間の持っている個性というものを感じることができなかった。

それは社風というものが、何らかのかたちで影響しているのかもしれないが、僕にはそういう現実を受け入れるのがひどく困難なことのように思えた。まだ夢の中のことのほうが、いくぶんリアリティをもっているような気さえした。

帰りの車内ではジョン・レノンの『ダブル・ファンタジー』が再生されていた。

あらためて思うことだが、とても奇妙なアルバムだった。ヨーコのパートがなければ、確実にもっと聴いていただろうと考えるのは、きっと僕だけではないはずだ。同じような理由でビートルズの『ホワイト・アルバム』もそういう扱いを、気づかないうちに受けているのかもしれない。

いつもの図書館に着くと、僕は返却資料を抱え、受付カウンターへと向かった。

「夢の続きは見れたの？」と彼女は言った。

「いや、最近なんだか忙しくて、まともに寝てないんだ」と僕は答えた。

受付にいた司書の女性は、この前相対した時よりも、いくらかやわらかい表情をしていた。

彼女は僕の借りた資料を、とても真摯な対応でチェックしていた。それにはこの小さな図書館の秩序を、少しでも乱してはいけないという思いが込められているような感じがした。

「次来る時は、夢の続きが話せると思うよ」と僕は言った。

「楽しみにしてる」

そう言って彼女は微笑んだ。それはまるで、雪解けが始まったアルプスの高原を思わせた。

それからスーパーに行って食料品を買い求め、大型のリカーショップでウイスキーを数本買った。最後にクリーニング店に寄り、出しておいた服を受け取ると、重い足取りで帰路についた。

カティサークの十二年とジャックダニエル、グレンフィディックとバルヴェニーを、買い物袋から取り出して、それぞれテーブルの上に並べた。

その組み合わせに、特定の傾向やある種の哲学と呼べるものなんて、まるでなかったけれど、僕の聴く音楽もそれとたいして変わりがないような気がした。

僕はミルクパンでインスタントラーメンを作り、そこに生卵を落として食べた。テレビをつけてみたが、気になるニュースはなく、かったるい政治ショーと、予定調和的な面白みに欠けるトークショーが、相も変わらず繰り広げられていた。

そのうち深い眠気が襲ってきた。僕は洋服のままベッドに潜り込んだ。そこに音楽はなく、酒もなかった。思考が坂を転がるように落ちていった。

眠りはすぐそこにあった。僕は夢も見ないだろうと、薄れていく意識のなかでそう思った。

彼女は時々、僕の部屋にやって来た。それは平日の昼間でもあったし、休日の夜の場合もあった。

僕はたいてい部屋にいたし、そんなに熱中して仕事を続けられるたちではなかったので、彼女の突然の来訪でも、快く迎え入れることができた。

僕たちは簡単な手料理を食べ、酒を飲んで、音楽を聴いて語り合った。たまに映画を観ることもあった。

僕はウイスキーを、暑い日には氷を入れたり、何かで割ったりして、寒い日にはそのまま飲んだりしていた。彼女は持参してきた缶ビールか、缶酎ハイのようなものを一本か、多くても二本飲むだけだった。

ふたりとも決してお喋りではなかったし、アルコールが饒舌にさせてくれるわけでもなかったが、彼女といると話題は尽きなかった。

その日は午後二時過ぎに彼女はやって来た。

夜更けから降っていた、おそろしく長い雨が上がり、目を逸らしたくなるような強い日差しが、代わり映えのしない、冴えないこの部屋にもしっかりと届いていた。

僕は仕事もせず、おおまかに掃除をしたり、昼寝をしたりでのんびりと過ごしていた。

彼女は映画が観たいからと言って、レンタルDVDを持ってきていた。

久しぶりの日光を遮るように、隙間なくカーテンを閉めて、僕と彼女は小さなソファに並んで座り、小さなテレビでその長い映画を観た。

僕は何度かトイレに行ったりして、話の筋がよくわからなくなってしまっていたけれど、彼女はそのあいだ、ひと言も喋らず、すべての場面を見逃さずに観ていた。

「面白かった」とだけ彼女は感想を言った。

「音楽がよかった」と僕は感想を言ってみた。

「モリコーネね。私も大好き」と彼女は言った。

彼女は、あり合わせのもので炒めものを作り、僕はレタスをちぎってサラダを作った。ドレッシングは市販のもので、炒めもののたれは、彼女のお手製だった。

「今日は飲まないんだね」と僕は訊いた。

「うん。私、とくにお酒が好きなわけじゃないしね」

「僕は飲むけどね」

「どうぞどうぞ」と彼女は笑みを浮かべて言った。

僕は棚からジョニーウォーカーのブルーラベルを取り出してきて、オンザロックで飲んだ。

「もしかして、今までは付き合いで飲んでくれてたの？」

「そういうのはあるかもね。でもね、気にしなくていいのよ。それになんとなく飲みたい気分になるのよ、一緒にいると」

僕はその意見を好意的に受け取ることにした。だいたい彼女といるということ自体が、好意的でないと成立しないことのように、今さらながら思えた。

イーグルスの『デスペラード』を聴いている時に、僕はドン・ヘンリーの声質をどう思うか彼女に訊いてみた。

「嫌いじゃないけど、セクシーさにはだいぶ欠けるわね」と彼女は指摘した。

「そうなんだ。でもそれって見た目も影響される？」

「ううん、あくまでも声だけ」

「基準がよくわからないな」

「基準なんてないのよ、とくに。自分がどう感じるかでいいのよ。そんなの」

そう話す彼女は、とてもおおらかでやさしかった。できれば僕はそれにまるごと包まれてみたかった。

「じゃあさ、マイケル・バッファーとジミー・レノン・ジュニアではどっちの声がセクシーかな？」と僕は尋ねてみた。

「誰それ？　知らない」

僕はそれには何も答えず、その代わりに彼女の口をふさいだ。

今までそんなことはなかったけれど、図書館に行くのに、ほどよく緊張していた。それは司書の女性のおかげではあるのだけれど、そう思うとどこか馬鹿げていて、声をあげて笑いたいほど、おかしかった。

できれば彼女が不在であってほしいという考えが浮かんだが、やはり彼女に会いたいという正直な気持ちが、それを押しのけていた。

はたして、今日の彼女はどんな態度で僕に接してくれるのだろうか？　それは僕の見た夢によって変化するものなのだろうか。

予期した通り彼女は受付カウンターにいた。僕はその小さな幸運を素直に喜ぶことにした。

図書館で目的の本を探すことは意外と難しい。事前に検索してエリアが特定されているとしても、僕はつい見落としてしまう。たまりかねて職員に尋ねると、あっさり「ここにありますね」と言われ、繰り返し見たはずの段にそれがあると、僕は愕然とした。という経験が少なくとも十四回はあった。

「他の本に気をとられてしまったのかな」と僕は言い、「ほんとうに探し求めているものほど、とても見つかりにくいものなんですよ」とその職員は言った。

そんな会話が実際にあったのかと、疑われるかもしれないけれど、その比較的若い男性職員は、そんなふうなことを確かに言っていた。でもそこは図書館のなかであって、その職員はきっと今までにたくさんの小説を読んできたのだろう。もしスーパーマーケットで似たような状況に陥ったのなら、そんな会話が交わされる可能性は、かぎりなくゼロに近いはずだ。

僕は最初に出会った時に、彼女の読んでいた小説のハードカバーを探した。それは僕にしては、意外なほど早く見つけることができた。つまり、ほんとうに探し求めるもの、ではなかったのだろう。たぶん。

その一冊だけでは、なんとなく気が引けるので、他に何か借りようと思い、いろいろと迷ったすえに、ロックの歴史を綴った軽めのものを選んだ。組み合わせ的には悪くなかった。誰もが知るロックスターの伝記も捨てがたかったが、それだと、なんだか小説のほうが霞んでしまうような気がした。

そんな些細なことを気にしながらも、受付カウンターに向かった。司書の彼女はちゃんとそこにいて、まるで僕が来るのを待ち構えているかのようだった。

「こんにちは」と彼女は笑顔で言った。

「こんにちは」と僕も控えめに笑顔を作りながら言った。

「今日は専門的なのじゃないのね」

「仕事のほうは一段落したんでね」

彼女の髪は絹のように光沢があって美しかった。そしてその表情は女神のようだった。

「ところで」

「ところで」

ほぼ同時に、彼女と僕はそう言っていた。

お互いに目で合図をした。僕は決して小さくはない覚悟を決めて、話を始めた。

「こないだは、ちょっと疲れてたみたいで……でもまさか覚えてるとは思わなかったよ」

「忘れてると思ったの？」

「いや、そうじゃなくて、最初の時にヘンなこと言ったから、もう相手にしてくれないと思ってた」

「確かにヘンな人だと思ったけど……率直な感想ではね」

ソッチョクナカンソウ。僕はこころのなかで言ってみた。

「それで、夢の続きなんだけど……」と僕は言った。

薄いフレームの眼鏡の奥の、彼女の瞳はまるで、コートダジュールに降り注ぐ眩い日差しを思わせた。

「話せば長くなりそうなんで、もしよかったら、場所を変えて話すっていうのはどうだろう？」と僕は提案してみた。

「そんなに長い夢を、覚えていられるものなの？」と彼女は訊いた。

「できれば近いうちに。忘れちゃうからね」と僕は答えた。

「強引なのね」と彼女は、なかば感心したように言った。

僕は彼女の予定を訊き出し、夕食の誘いを取りつけることに成功した。

「ロックが好きなの？」

去りぎわにそう訊いてきた。

「たしなむ程度にね」と、今どきそんなこと言うやつなんていないないなと思いながらも、僕は言った。

小説のことについては、彼女は何も触れなかった。

車に乗り込み図書館を後にした。しばらく走るとフロントガラスに水滴が落ちてきた。

最近よく雨が降るなと、僕はレッド・ツェッペリンの『タンジェリン』を聴きながら、そう思った。

その曲は情緒的で哀しみに満ちていた。やがて時がたつにつれて色味を失っていくが、そこに注がれた光は暖かく僕の胸に届いていた。

「珍しいの聴いてるんだね」と彼女は言った。

「そうかな？」

僕はその時、ビーチ・ボーイズの『ペット・サウンズ』を聴いていた。

確かにそれは僕たちの音楽の趣味とは、少しずれているかもしれなかった。

「なかなかいいアルバムだよ」と僕は言った。

「悪くないわね」と彼女は、コース料理のデザートを批評するような感じで言った。

「当時は評判が悪かったみたいなんだ。らしくないって」

ビーチ・ボーイズはそれまでの路線を変えて、ブライアン・ウィルソンの内側の世界を表現したアルバムを制作したが、一般的には受けが悪く、売り上げも芳しくなかった。それが後々、徐々に評価を上げていき、今ではオールタイムベストの上位には、欠くことのできない一枚となっていた。

それでも僕は正直なところ、彼らの他のアルバムを聴いたことはないし、また聴きたいとも思わなかった。

「誰だったか忘れたけど、完成されたのを聴いて、まるで犬が聴く音楽だって言ったんだ」

「それで、ペット・サウンズ、なのね」

「うん」

「なんかとっても素敵な話ね」

「まぁ、そうだね」と僕は彼女に同意した。

その時に流れていたのは『神のみぞ知る』だった。CDが一回りすると、彼女はストーンズが聴きたいと言ったので『ベガーズ・バンケット』をセットした。

「なんかこの頃っていうか、昔はアルバムの出るサイクルが短くて、だいたい一年に一枚は出てたでしょ。でも今は、いったい次のアルバムはいつ出るんだっていうバンドが多いでしょ。だからといって時間をかければ、いいものが作れるとはかぎらないし」

「僕たちは昔のばかり聴いてるし、どっちかっていうと、そっちのほうが好きだったりする。それも圧倒的に」

「きっと過渡期なのよ、もう。まったく新しいのを出すのって難しいのかもね。そのうちクラシックやジャズみたいにスタンダードナンバーばかり演奏されるのかなぁ」

僕はその彼女の考察を『ノー・エクスペクテーションズ』のなかのブライアン・ジョー

ンズのスライドギターに乗せて聞いていた。そしてこのアルバムにはまだ彼が参加していたということに、何だか深い感慨を覚えた。

「もしその時代に生まれて、毎年新作を聴ける状況だったら、今よりもロックが好きだったかな?」と僕は彼女に訊いてみた。

「羨ましいとは思うけどね。でもそんなに好きじゃなかったかもね」

「なんで?」

「生まれた時代にきっと不満があるのよ。たとえ、それが選べたとしてもね」と彼女は言った。

僕はその意見とは少し異なる見解を持っていたが、それは言わなかった。

図書館に彼女を迎えに行った。予定より早く着いてしまい、彼女の勤務時間が終わるまで、ロビーで雑誌を眺めて過ごした。あいにく、その日も雨だった。

身支度を整えた彼女が僕のところにやって来た。春らしい服装で、化粧の印象がいつもと少し違って見えた。

僕は当り障りのない言葉で、その美しさを褒めた。それは彼女の意に沿ったものではなかったとしても、嬉しそうなのが十分に伝わってきた。

多国籍料理の店で食事をすることになった。彼女は何度か来たことがあるらしく、僕はオーダーをほぼ彼女に任せた。

「とりあえず乾杯！」

彼女はグラスビールを、僕はハイボールで乾杯をした。それは新しい出会いを祝うものだったが、別のどこかでは門出を祝う、別れの乾杯が行われているかもしれなかった。

「なんか夢みたい」と僕は彼女の目を見つめながら言った。

「夢なんでしょ」と彼女は図書館にいる時とは違った笑みを見せて言った。

「たいした夢じゃないんだ」

比較的ゆったりとしたテーブルには料理が次々と運ばれてきた。生春巻きとタンドリーチキン、白身魚のソテー、キノコの盛り合わせ、マルゲリータ。

「こんなに食べれるかな」と彼女に訊いた。

「夢だけでは生きられない」と彼女は答えた。

味付けは僕にとって少しばかり刺激的なものばかりだった。でもそれがほどよく食欲を誘い、思ったより食が進んだ。

「夢の中で」と僕は話を続けた。半分以上は料理を平らげた後だった。

「けっきょく図書館にいた女性を食事に誘うことはできませんでした。あらんかぎりの勇気を振り絞ってみたのですが、見事にフラれてしまいました」

彼女は少し意外そうな表情を見せたが、何も言わず続きを待っているようだった。

「でもちょっとした奇跡が起こったんです。とあるレストランで偶然に相席になったんです。最初はとても気まずかったんですが、何かのきっかけで——例えば、洋服や音楽の趣味が似てるとかで、ふたりの距離が一気に縮まったんです」

「ずいぶん都合のいい、話のようね」と彼女は言った。

「そうなんです。そういう夢なんです。そして夢の中では何でも起こりうるのです」

「それでどうなったの？」

「その流れでふたりは付き合うようになります。彼女は何日かおきに僕の家に遊びに来ます。そして映画を観たり、音楽を聴いたりして過ごします。お腹が空いたら料理をして食べ、眠くなったら寝ます」

「素敵な話ね、とっても」

「という夢です」と僕は言った。

「それで終わりなの?」

「夢に終わりはありません。続きがあるかもわからないですけど」

食後にデザートが運ばれてきた。彼女がレアチーズケーキで、僕は黒すぐりのムースを食べた。

「どうしたの?」

「歯のあいだに鶏肉が挟まったみたいで、なかなか取れない」と僕は言った。

それを聞いて彼女はクスクス笑った。それはオランダのチューリップ畑を思わせるものだった。

「夢の続きを見たら、また聞かせてくれる?」彼女はそう言った。

僕はそうすると約束した。


その日のメニューはいつもよりも豪勢で、手間がかかっていた。

僕の転勤が決まったと彼女に知らせると、ふたりだけで送別会がしたいと言われた。そんなことを言ってくれるのは、もちろん彼女しかいなかった。

リビングの狭いテーブルの上に、並べられていく料理を見ていると、彼女と過ごした日々が、まるで夢の中の出来事のように思われた。

スピーカーからはあいかわらずロックが溢れていた。ジミ・ヘンドリックスの『アー・ユー・エクスペリエンスト?』は食欲を誘うスパイスだったのかもしれない。

キノコの炒めものと、鯛のカルパッチョ、ローストチキン、揚げ春巻きに、ほうれん草とトマトのピザ。それが僕たちの最後の晩餐だった。

乾杯は珍しくシャブリを開けた。いつも行くリカーショップで、奮発して選んだものだった。ワイングラスなどというものは持ち合わせていなかったので、ロックグラスに注いだ。

「新しい門出を祝って」と彼女は言って、僕とグラスを合わせた。

それはお別れの乾杯だった。僕はどこかで新しい出会いに、杯を挙げている誰かを、ふと想像した。

「もうすぐ行っちゃうんだね」と彼女はしんみりと言った。

「ごめん」と僕は短く答えた。

「謝らないでよ。責めてるみたいじゃない」

「僕は誰も責めないし、誰からも責められない」

ふたりでシャブリを空けた後、僕はゴードンハイランダーズをグラスに注いだ。

「それ、少し飲んでもいい？」

グラスを渡すと、彼女はおそるおそる口をつけた。

「わぁ、よくこんなのが飲めるね」

「最初はみんなそう思うんだよ」と僕は言った。

「慣れればおいしく感じられる？」

「どうだろう」

「おいしくないの？」

僕は少し考えてから言った。

「味覚で味わうってより、身体の奥に染み込ませていく感じなんだ」

「奥が深いのね」

「麻痺してるだけだよ。たぶん」

音楽はドアーズを経由して、いつのまにかニルヴァーナに変わっていた。

「ねぇ」と彼女は言った。

「ん？」

「夢の話、聞きたい」

彼女が囁くようにそう言った後、僕は遥か遠くにあるウイスキーの国のことを思い浮かべていた。

湖水地方よりずっと北の、ハドリアヌスの城壁を越えたところに、その憧れの国はあった。

苦もなく貯め込んだお金で、僕はその場所に広い土地を買った。そこには古い石造りの建物があった。それを現代風に改装し、住居として使うことにした。

自然と野生動物に囲まれて僕は暮らしていた。焚火で料理をして、草むらで昼寝をする。たまには森に入りサバイバルを楽しんだ。

それから……蒸留所巡りだ。僕もマイケルのように蒸留所を訪れ、職人と、泥炭を焚くタイミングのことなんかで語り合うのだ。それは非日常的で、非生産的な、ぞくぞくするような生活だった。

「飲みすぎちゃったみたい」と彼女は目が覚めると、そう言った。

「付き合わせちゃって悪いね」

「ううん、飲みたかったから飲んだのよ」

「なんの話、してたっけ？」

僕はそれには答えなかった。何周目かの『スメルズ・ライク・ティーン・スピリット』が流れていた。

「おすすめの小説ある？」と僕は何の脈絡もなく、そう訊いていた。

「小説読むんだっけ？」

「たしなむ程度だけど」

「どうしたの？」

「すきっ歯だから、歯に鶏肉がよく挟まる」

彼女はクスクスと笑った。

「またいつか会いたいね」と彼女は言った。

「そうだね」と僕は返事をした。今そこにある、ありったけのこころを込めて。


どこでどう手に入れたのか、僕のもとにそれはあった。

何の飾り気もない木製の箱だった。僕は誕生日の贈り物を前にした子供のように、興奮と緊張が入り混じった気持ちで、その箱を開けた。

マッカランのヴィンテージもの。

僕はＣＤを収納してある棚の前に行き、このウイスキーに合う極上の音楽を探した。あるいは探すふりをした。なぜならそれは、だいぶ前から決まっていたからだ。

アルクールにそれを注いだ。その見た目と、その香りとを、しばらくのあいだ味わった。そして十分にもったいをつけてから、軽く唇を濡らし、ゆっくりと舌を入れた。

全身は快楽に満ちていた。ただそれは絶頂を必要としないものだった。心地の良い感覚が、永遠に持続していくような錯覚に捉われた。

申し訳程度に設えられた小さな窓から、薄汚れた大気のなかに、メランコリックな月が揺れて見えた。もう雨は降っていなかった。

濃密で無駄な時間が、まるで夢の中にいるみたいに――まるでグラスのなかの氷みたいに――とろけるように過ぎていった。

その小さな奇跡のような透き通った音が、様々の雑音を掻き分けながらわずかに耳に届いたような気がした。

月の裏側が見てみたい。僕は生まれて初めてそう思った。

アイネ・クライネ・ナハトムジーク

その時僕は十九で、平凡な大学に通うどこにでもいる、ごく平凡な大学生だった。大学は都内にあり、実家から通うにはいくぶん遠すぎたので、同じく都内にある父方の叔父の家に下宿して、そこから大学に通うことにしていた。

その大学に行くことが決まった時、叔父はとても喜んでくれた。そしてわざわざ僕のために、部屋をひとつ空けてくれた。

「がらくたばかりだったから、いつか整理しようと思っていたんだよ」と叔父は言った。

「まぁ、ちょっと狭いけど、好きなように使ってくれよ」

僕は丁寧にお礼を言って、その縁側の付いた六畳ほどの和室を、ありがたく使わせてもらうことにした。

その部屋はとても居心地がよかった。今まで物置にしていたのがもったいないくらいだった。とても日当たりがよく、僕は縁側でよく本を読んだり、昼寝をしたりして過ごしていた。縁側に面した庭はそんなに広くはなかったけれど、不思議にこぢんまりとした印象はなく、むしろ奥行きを感じさせるものだった。そしてほどよく手入れが行き届いていた。

僕はそこで暮らしてみて初めて、庭というものにある種の感慨をもつようになった。それまでは庭に対しては、ほぼ無関心だったが、この庭は僕のこころに眠っていた何かを呼び覚ましてくれた。以前、遊びに来た時はそんなこと思いもしなかったけれど。

叔父は出版関係の仕事をしていた。娘がひとりいて、去年無事に嫁いでいった。なので、今はここで叔母とふたりで暮らしていた。僕は叔父のことが小さい頃から好きだったみたいで、よく遊びに連れて行ってもらったという記憶がある。もちろん今でも変わらず叔父のことは好きで、そんな僕を彼はとてもかわいがってくれていた。

そんなことで僕の大学生としての生活は、長い交通渋滞の列や、近所迷惑な騒音や、混雑した病院の待合室といったものを、うまく避けるようにして、わりと順調に始まっていった。

ただ、週末は実家に帰ることにしていた。それは高校時代から付き合っている彼女に会いに行くためだった。彼女は僕がその大学に行くと決めた時、ものすごい勢いで反対した。「どうして、そんな遠くに行かなくちゃいけないの?」と彼女は言った。僕は「思ってるほど遠くないよ。電車で二時間もかからないし」と言ってみたが、それで納得するような彼女ではなかった。

彼女はほんとうに僕のことが好きだったし、僕も同じように彼女のことが好きだった。そして彼女は、できるかぎり僕と一緒にいることを望んでいた。その気持ちはもちろん、僕にもあったわけだけれど、それは少し離れたところで暮らすようになったからといって、そんなに変わるものではないと思っていた。

大学生となって、生活環境はがらりと変わっても、今までと同じように、休みの日はデートをしたり、長電話で僕たちにしかわからないような、とりとめのない会話を交わしたり、誕生日やクリスマスには、お祝いの言葉とともに、それぞれ贈り物を渡す。そういった部分はそんなに変わることはないのだろう。そんなふうに考えていた。

だから、彼女が別れると言ってきた時には、正直かなり驚いた。

「なんでその大学にしたの?」と彼女は拗ねた口調で、そう尋ねた。

それは僕にもよくわからなかった。少し乱暴に言うと、べつに大学なんてどこでもよかった。自分の学力で行ける範囲で、学校案内のパンフレットをぱらぱらと見ていたら、なぜかそこが気になってしまった、というだけのことだった。

僕にはやりたいこととか、将来の夢とか、そういうものがとくになかった。もちろん、それがとても大切なものだとは理解していたが、そこから逃げていた。誰かが将来の夢や希望とやらを真剣に語っているのを見ると、なぜだかひどく滑稽に思えた。それは何か違う世界の出来事のように思えた。きっと僕には人としての本質的な何かが欠けていたのかもしれない。それも致命的に。

「そこが僕に一番合ってると思うんだ」と僕は答えた。「感覚的なもので、うまく言えないけど……」

彼女は黙ってしばらく僕を見ていた。まるで頭のなかに、大きなクエスチョンマークがぷかぷかと浮かんでいるような表情だった。

「正直言って、将来のことがよくわからない。たぶんそんなに考えてないのかもしれないけど、そんな気持ちで大学に行くのは親にも申し訳ないと思うけど、今はそうするしかないんだ。何がしたいとかそういうものが、はっきり見えてないんだ。大袈裟かもだけど、そこにそれを見つけに行かなきゃいけないんだ」

「そこが都会だからでしょ?」と彼女は言った。

「そうかもしれない」

「立派なのね」

彼女は親指の爪で自分の前歯を軽く叩いた。

それは彼女がよく見せる仕草で、僕はそれが好きだった。なにかかわいらしい小動物を思わせるからだった。でもその時は、そんなふうには思えなかった。彼女が少し寂し気で、なぜか、いつもより少しだけ大人びて見えた。

「私はね、地元の短大を選んだのよ。どうしてかわかる?」

「あぁ」と僕は曖昧な返事をした。

「あんまり変わってほしくないの。もうちょっと、このままでいたいの」

僕は何と言ったらいいのかわからなかった。

「僕は怖いんだ。何もかもが」

「でも、行くんでしょ」

「どうしてもその大学に行くよ」と僕ははっきりと宣言した。

「私が別れると言っても?」

「あぁ」

彼女の瞳がみるみるうちに潤んできて、今にも泣き出しそうだった。僕は彼女の肩にそっと手を置いた。でも彼女はその手を払いのけて、何も言わずにその場から離れていった。僕は漠然とした思いで、わずかに残るその肩の感触を確かめるかのように、自分の手を眺めていた。

そんなことがありながらも、僕たちはけっきょく別れなかった。ふたりはまだ若く未成熟で、はっきりとした信念のようなものを、もち合わせていなかった。そしてそれは他愛のない痴話喧嘩のひとつとして終わってしまったようだった。

「これだけは約束して」と、のちに彼女は言った。「週末には絶対に戻って来て」

「約束する」と僕は言った。そして子供番組に出てくる一場面のように、僕たちは無邪気に指切りをした。

「ほんとうは……」と彼女はかすれた声で言った。

「私だって怖いのよ、ぜんぶ。時々、どうしていいかわからなくなるの。なんのために生きているんだろうって。……だから私にあんまり冷たくしないで」

その時は、彼女は涙を見せなかった。ただ、僕の背中に顔を埋めてしばらくそうしているだけだった。僕はその熱く、せつない息づかいを感じ取ることはできたが、それを正面から受け止めることは、どうしてもできなかった。

言いようのない不安が湧いてきて、なんとかそれを振り払おうとしていた。それでも彼女とのその約束は、見えない重圧のように全身を締め付けていった。そして、毎回きちんと、それが守られるとは互いに保証などできなかった。

迎えた最初の夏はとても暑かった。それは記録的な暑さだと、よってたかってメディアがしきりに報道していた。まるで日本列島がそっくりそのまま、赤道付近まで流されちゃったんじゃないかと思えるほどだった。

叔父の家は昔ながらの和風の家で、建てられてからけっこうな年月が経っていた。いい匂いのする畳の部屋があって、板の間の長い廊下があり、障子があって、襖のついた押し入れがあった。一番奥の和室には床の間もあり、そこには僕の身長くらいはある、長い掛け軸が掛けられていた。そして家の中心に、他の柱よりも太い大黒柱があった。それが瓦の載った重たい屋根を支えていた。

そういう家だからというわけでもないけれど、この家にはエアコンというものがなかった。夏は扇風機と団扇、冬は石油ストーブと炬燵で、それらをうまく組み合わせながら、それぞれの季節をやり過ごしていた。

「クーラーの風が苦手でなぁ」と叔父は言った。「あれは職場だけで十分だよ」

「そうですね」と僕は相槌を打った。

僕もじつをいうと、エアコンがあまり好きではなかった。できることなら自然の風で暑さをしのぎたいと思っていたので、そういった意味では、風通しのいい叔父の家で夏を過ごすのは、ちょうどよかったのかもしれない。それでもかなり暑いことには変わりないけれど。

夏休みのあいだは実家に戻らずに、こちらでアルバイトをして過ごすことにした。叔父は休みのあいだも、ここにいてもいいと言ってくれていたし、バイト先もすぐに見つかった。

それは大学の友だちの紹介で、とある工場での単純な作業の肉体労働だった。時給もそれなりによかったし、そのために身体を動かすのも悪くはないなと思った。しかし、それを快く思わない人物がいた。

彼女は休みのあいだは、僕が地元に戻って来るものだと思っていたらしい。最初は僕もそのつもりでいたが、こっちでバイトをして、週末は今まで通り戻れば、それでいいんじゃないかと考えていた。でも彼女はそれが気に入らなかった。

僕が電話で、そうすることに決めたと告げると、彼女は、あからさまに不機嫌な声で言った。

「すごく楽しみにしてたのに」

「ごめん」と僕は謝った。

「そんなにお金に困ってるの？」

「今はだいじょうぶだけど、貯金も減ってきたし、まとめて稼いでおきたいんだよ」

「バイトならこっちでもできるでしょ？」

「うん。でも友だちの紹介でもう決まっちゃったし、時給もいいんだよ」

何とも言えない重々しい沈黙があった。彼女は電話口の向こうで、しばらく考えているようだった。

「私より、そっちをとるのね」と彼女は冷たく言い放った。

「そんなことないよ。週末には帰るし、今までと変わんないじゃないか」と僕は反論した。

「何でも自分で決めちゃうのね。私のことなんてどうでもいいのよ、きっと。私がどんなに楽しみにしてたかわかる？　私の気持ちなんてわからないのよ、ぜんぜん」

彼女は感情的に言葉をぶつけてきた。

今度は僕が黙る番だった。でもすぐに彼女は続けて言った。

「そっちに好きな人できたの？」

「え？」

僕は彼女の予想外の質問にちょっと驚いた。

「まさか。そんなことないよ」

「ふぅん」と彼女は言った。「まぁ、信じてあげる」

僕の咽喉はカラカラに渇いていた。そして、なんだか胃のあたりがキリキリと痛み始めていた。

「私がこっちで、どんなふうにしてるか知ってる？」

「だいたい話してくれるじゃないか」

「だいたいね……」それから彼女は間を置いて言った。「でもね、ほとんどなにも知らないのよ。私のこと、あんまり興味がないのよ」

彼女はまだ何か言いたそうにしていたが、僕はやや強引に言った。

「それはまた今度にしよう。叔父さんに悪いからもう切るね」

電話を切った後、それが再び何かを言い出すんじゃないかと思い、僕はしばらく受話器を見つめていた。それは完全に沈黙を保ったままだった。そして僕はその場で煙草を一本吸った。


僕が真依と出会ったのは、アルバイト先の工場の食堂だった。

昼休みに、煙草を買おうと自動販売機に行くと、そこに彼女がいた。そして何か困ったような顔つきをしていた。着ていた制服から、すぐにそこの事務員だとわかった。

彼女は僕を見つけると､少しのためらいも見せずに「悪いけどお金貸してくれる?」と、そう言ってきた。僕はとくに断る理由も思い浮かばず、それが買えるぶんの硬貨を彼女に渡した。

「ありがとう。ちょうど細かいのがなくて」とお礼を言って、彼女はそのお金でマイルドセブンを買った。急いでいるらしく､煙草とお釣りを取ると「ちゃんと返すからね」と言って、そこから足早に立ち去っていった。

僕は彼女が外に出ていくのを、しばらくぼんやりと眺めて、それから思い出したように自分のぶんの煙草を買おうとした。でもけっきょくのところ、それを買うことができなかった。小銭が足りなかったからだ。

翌日の昼、僕は食堂でありきたりのカレーライスを食べていた。その建物は会社の規模に比べるとわりあい大きかった。従業員の数は正確にはわからないが、百人以上はいそうだった。そしてそのほとんどは僕の親の世代か、それ以上の人たちだった。

貨物列車のコンテナを思わせるような業務用の巨大なエアコンは、低く図太いうなり声をあげながら、大量の冷風を送り出していた。僕はそこから一番遠い場所で、ひとりポツンと昼食をとっていた。そこに彼女がやって来た。

「昨日はどうもありがとう」と彼女は丁寧にお礼を言って、僕が貸したお金をテーブルの上に置いた。

「どういたしまして」と僕は言った。

彼女はとても感じよく微笑んで、何やら興味ありそうな目で僕を見ていた。やや大胆に開いたブラウスの胸元から、細身のシルバーのネックレスが光を集めて白っぽく輝いていた。

「ねぇ、バイトのイシヅカくんでしょ？」と彼女は訊いた。

「そうだけど、何で知ってるの？」と僕は少し驚いて言った。

「タイムカードに書いてあったの。それ、おいしい？」と彼女は僕の食べているカレーライスを見ながら、そう言った。

「値段のわりに悪くないよ」

「いくら？」

「煙草よりは安い」

それを聞いて彼女は、しばらく考えてから「ねぇ、ここで一緒に食べてもかまわない？」と言った。

とくに断る理由もなかったので、僕はそれを了承した。彼女は嬉しそうに僕の隣に座って、おいしそうにカレーライスを食べた。僕はもうほとんど食べ終わっていたので、彼女が食べ終わるまでに、水を二杯飲んで、そしてマールボロを一本吸った。

「イシヅカくん、いくつ？」と食事を終えた彼女が訊いてきた。

「十八だよ。もうすぐ十九になる」

「じゃあ、わたしと同じだ」

「そうなんだ」

「ここさぁ、若い人ぜんぜんいないでしょ。つまんなくない？」と彼女は僕に尋ねた。

「確かに」と僕は同意した。「でも事務所にはけっこういたような気がするけど」

「あの人たちとはね、なんとなく合わないのよ。べつに仲が悪いわけじゃないけど、ただあんまり仲が良くないだけ。そういう人っているでしょ」

「そんなふうには見えないけどね」

「何が?」

「けっこう誰とでも仲良くやっていけそうに見えるけど……あっ、深い意味じゃないよ。なんかそう見えるだけ」

彼女は何も言わず、にこっと笑った。そしてポケットからマイルドセブンと、安っぽいライターを取り出した。

「吸ってもいい?」

「どうぞ」

彼女はどこかぎこちなく煙草を吸っていた。それは味がどうこうというものではなく、煙草を吸うという行為自体を、何か確認しているみたいな吸い方だった。

「けっこう吸うの?」と僕は何気なく訊いてみた。

「やめらんないの。数はそんなに吸わないけど」

そう言って彼女は、体内に溜まった憂さのようなものと一緒に、ゆっくりと煙を吐き出した。

「わたしの彼は、やめろって言うんだけどね。女が吸ってるのはみっともないし、身体に悪いからって。でね、自分はプカプカと吸ってるのよ。俺は平気だからって。それって差別じゃない？」

「ふむ」と僕は頷いた。

「イシヅカくんもそう思う？」

「そうは思わないよ。それは個人の自由だから。吸いたければ吸う。吸いたくなければ吸わない」

「ふぅん」と彼女は言った。「大人なのね」

「あんまりよく考えてないだけだよ。時々冷たいって言われることもあるし」

「へぇー、そうなんだ」と彼女は、何やら感心したように言った。

それから僕たちは、夏の昼下がりの束の間の休息を、だらだらとした会話でやり過ごし、いくつもの灰色の煙を吐き出し、灰皿に灰を落とした。そのうちに時間がきたらしく、彼女は腕時計で時間を確認すると、吸いかけの煙草を灰皿のなかで消した。

「そろそろ行かなくちゃ」と彼女は言った。

「そうだね」

彼女はすぐそばに来て、僕の顔を覗き込んだ。僕の心臓が少し速めに動いているのが感じられた。

「あのさ、もしよかったら明日のお昼どこかに食べに行かない?」と彼女はその距離にまったく動じることもなく、さらっと言った。

「べつにかまわないけど」と僕は、とくに断る理由もなかったのでそう答えた。

彼女は、少しむっとした表情になった。

「その言い方はちょっとひどくない? 女の子が食事に行こうって誘ってるのよ」

「たまにはカレー以外のものも食べたい」と僕は、前言を掻き消すかのように冗談ぽく言った。

「じゃあ、決まり」と彼女は言った。そして微笑んだ。

そんなことで僕は、入ったばかりのバイト先で、まだ二回しか会ってなくて話もそんなにしていない、同い年で、ライトスモーカーで、少し偏狭な彼氏がいる女の子と食事をすることになった。そして、僕はまだ彼女の名前を知らなかった。

それから二日間、彼女は会社に来なかった。僕はその理由を誰かに訊こうと思ったけれど、訊いたところでどうにもなるようなことではないし、どんな関係なのか、無駄に詮索されるのも嫌だったのでやめることにした。

それは彼女が来た時に訊けば済むことだった。ただ、彼女不在のその二日間は、ただでさえ退屈な仕事が、余計に退屈なものに感じられた。僕はそのあいだに、スパゲッティー・ミートソースときつねうどんを、それぞれ昼食に食べた。

翌日は土曜日だった。約束通り地元に戻らなければならなかった。彼女とはあの電話以来話をしていなかった。彼女は怒っているだろうか。僕は重たい受話器を取り、さらに重いダイヤルを回した。

電話には彼女の母親が出て、友だちと泊まりがけで海に出かけたと教えてくれた。僕は短い礼を言って電話を切った。妙に重たい気分になっていた。間違えて胃のなかに、鉄の塊を飲み込んでしまったような、そんな不快感が襲ってきた。

けっきょくその週末は、うだるような暑さもあってか何もすることなく、退屈な時間が過ぎていくのを、ただボーッと見送っているだけだった。

東京に向かう電車のなかで、ぼんやりと、付き合っている彼女と、バイト先の彼女のことを交互に考えていた。外見の印象や性格はぜんぜん違っているけれど、どこかこのふたりは似ているような気がした。

それは僕があまりにも、女というものを理解していないことからくるものだった。そして僕のもっている女性観のなかの純粋な部分を、単純に傷つけられたくなかったのかもしれない。そういうことに関しては、僕はいたって臆病だった。

そのふたりに、この週末は会えなかった。僕は地元の彼女に会えなかった以上に、バイト先の彼女と、昼食に行けなかったことを残念に感じていた。彼女たちのなかでは、僕は忘れられた存在になってしまったみたいで、そう思うとなんだか淋しかった。まるで座席の上の棚に、取り残されてしまった目立たない紙袋みたいに。

月曜日の朝、いつものようにアルバイトに行くと、僕のタイムカードのところに小さく折り畳まれた紙片が入っていた。僕はそれを開き、現場に向かいながら読んだ。

このあいだは、ごめんなさい。よかったら今日のお昼いっしょに食べに行きませんか？　正門のところで待ってます　真依

僕はこれを読んで初めて、彼女の名前が「真依」であることを知った。

あいかわらず仕事は、とても単純で、息が詰まるくらいに退屈だったが、もうすぐ彼女に会えると思うと、僕のこころは軽やかに弾んだ。知らないうちにニヤけていて、それを誰かに見られる心配をしなくてはいけないくらいだった。

手紙の通りに、真依は正門のところにいて、僕のことを待っていた。

「……怒ってる？」と彼女は少しうつむき加減で、そう言った。

「ぜんぜん怒ってないよ」と僕は答えた。

「ほんとに？」

「うん」

「ごめんね。急用ができちゃったから」と真依は申し訳なさそうに言った。

「気にしないでいいよ」

真依は、やや小柄で均整のとれた体型をしていた。髪は明るめの茶色に綺麗に染まっていて、長さはうなじが覗くくらい短かった。化粧はそんなに濃くはなく、身に着けているアクセサリーも、とてもシンプルなものだった。僕はそれらの印象から、彼女はとても陽気で、行動的な性格のように思えた。

「マイって言うんだね、名前」と僕は訊いた。

「そう。ヘンな名前？」

「ううん、ふつうだよ」

「ねぇ、もうちょっと違うふうに言えないの？　かわいい名前だねとか、素敵な名前だとか」と彼女は、少し頬を膨らませながら言った。

「かわいくて、素敵な名前だね」と僕は言った。

真依はまじまじと僕の顔を見て、そして笑った。

「イシヅカくんって、わりと素直なのね」

「よく言われるかも。でも、素直すぎるから時々失敗もする」

「イシヅカくんて、面白い」

「それはあんまり言われないよ。それより腹減ったから早く行こう」

「うん」と彼女はこくりと頷いた。

その食堂はそんなに遠くはなかった。いろんな建物が密集するなかを通る細い路地を、彼女の案内で歩いて行った。途中「近道」と言って中学校の校庭を横切った。

ちょうど野球部が練習をしていて、グラブにボールが収まる音や、金属バットがボールを捉える音、気合の入った甲高い掛け声なんかが聞こえてきた。僕は、こんなに暑いのによくやるなぁ、と思いながらも、少し前までは、自分もそんな風景のなかに関わっていたんだと、特別な感慨に耽りながら、そこを通り過ぎていった。

昼時とあって店内は多少混み合っていたが、運良く僕たちは、小さく仕切られた座敷に座ることができた。また、注文をしてからそんなに待たずに料理は運ばれてきた。

「おいしいでしょ？」と彼女は僕に尋ねた。

「うん。おいしい」と僕は答えた。

ふたりとも、店のおすすめのランチセットを頼み、僕は豚肉の生姜焼きを、彼女はサバの塩焼きをメインにとった。それから、デザートは杏仁豆腐とマンゴーゼリーにした。

「ねぇ、そっちのちょっともらってもいい？　代わりにこっちのあげるから」と半分くらい食べたところで、彼女は言った。

「いいよ」と僕は言った。

僕は肉を、彼女は魚を、それぞれ一切れずつ差し出した。

「あのさ、こういうふうに食べものを交換するのって、おかしい？」と彼女は言った。

「べつにおかしくはないよ」と僕は真依にもらったサバを食べながら言った。ほどよく脂が乗っていて、とても美味だった。

「彼はね……わたし付き合ってる彼がいるんだけど、話したっけ？」

「うん」

「で、その彼はね、そういうことは恥ずかしいから嫌だって言うの。べつにいいじゃない、知らない人とするわけじゃないんだから。あとね、わたしがちょっと下品な話をするとすごく怒るの」

僕は曖昧に頷いた。その彼氏とはたぶん、友だちになれそうにない気がした。

「ねぇ、イシヅカくん、アダルトビデオ持ってる？」

彼女の問いかけに、僕は多少なりとも狼狽していた。でもなぜか嘘をつくわけにもいかないと思い、正直に答えた。

「いちおう持ってるけど」

「今度見せて」

「いいけど……」と僕は驚いて言った。「でも、女の子がひとりで見るようなものじゃないよ。たぶん」

「一緒に見ようよ」

「えっ？」と僕は再び驚いていた。「でも、そういうのは、だいたい彼とかと見るもんじゃないかなぁ」

「彼、そういうのもダメな人なの。わかるでしょ」

それには僕もなんとなく同意をしていた。でもどちらかというと、その意見に関しては彼のほうが正しいような気がしないでもなかった。

「それでもさ、彼のこと好きなんだよね？」と僕は訊いていた。

「うん」と彼女は頷いた。「とってもいい人よ」

食事を終え、僕たちはその食堂を出た。外はあいかわらず、ものすごく暑かった。外気に肌が触れた瞬間、どっと汗が噴き出すのが、はっきりと感じられた。

僕はそれぞれ食べたぶんを払おうと言ったが、真依は「誘ったのはわたしだし、このあいだは、すっぽかしちゃったみたいになっちゃったから」と言って勘定を全部払ってくれた。

「今度おごるよ」と僕は言った。

「じゃあ、向こうのイタリアンね。すっごくおいしいの」と彼女は嬉しそうに言った。

工場に戻る途中の緩い坂道を、僕たちはゆっくりと歩いていた。僕はシャツの襟元を上下に揺らして胸元に風を送った。彼女は両手でおでこにひさしを作って、強い日差しをまともに受けないようにしていた。その首筋と、ブラウスの袖のすぐ下にある腕からは、汗がまるで流星のようにすうっと流れていった。

僕は何年も前に、こうして彼女と一緒に歩いたことがあるんじゃないかという不思議な錯覚に陥っていた。それは、いつか見たデジャヴと、ぴたりと重なる影でもあった。そう思わせたのは、あるいは眩しすぎる太陽のせいだったかもしれない。

「急用って何だったの?」と僕は気になっていたことを訊いてみた。

「近所でね、お葬式があったの」と彼女は言った。

「でね、そのお手伝いに行かなきゃなんなかったの。けっこう近所付き合いがあってね、わたしのとこ。前にお父さんが死んじゃった時も、いろいろお世話になったからね」

「大変だったんだね」

彼女は首を小さく横に振った。

「でもね、その、死んじゃった人ね、すごく歳のいったおじいちゃんで、言い方悪いけどいつ死んじゃってもおかしくなかったのよね。だからお通夜とかもぜんぜん暗くなかったし、みんなほっとしてるというか、なんかあっさりしてたんだ」

「そうなんだ」と僕は言った。

「そうなのよ」と彼女も言った。「ねぇ、わたしと話してて、つまんなくない？」

「そんなことないよ。楽しいよ」

「イシヅカくんっていい人ね」

「そうかな。ただ緊張してるだけかも」

「キンチョウ？」と彼女は不思議そうな顔で言った。

「うん。だってまだ知り合ったばかりだし、お互いのこともよく知らない」と僕は、わりと真面目に言った。

「ねぇ、わたしのこと、もっと知りたい？」

「まぁ、興味はあるよ」

「あのねぇ」と彼女は、ひとつため息をついた。「わたしは、わたしのこともっと知りたい？って訊いたのよ」

「マイさんのこと、もっとよく知りたい」と僕はちょっと照れながら言った。

「よし」と言って彼女は微笑んだ。それは地元にいる彼女の笑顔とは、またどこか違った印象を僕に与えていた。

そんなふうにして僕と真依は、その後も度々一緒に食事をし、ともに歩き、話をした。彼女といることはとても楽しかったし、おそらく彼女もそう感じていたのだろう。それは、はたから見れば僕たちは恋人同士に見えても、不思議ではなかったのかもしれない。そのくらいに親密な雰囲気のなかにいた。

それでも真依には恋人がいたし、僕にも彼女がいた。ただ、僕には彼女がいるということは言っていなかった。べつに隠してるわけではなかったが、とくに訊かれもしなかったし、なんとなく話す機会もなかったからだ。

その週末も彼女に会えなかった。何度か電話もしてみたけれど、いつも彼女は家にいなかった。それが続くと、何だか面倒くさくなってしまい、そのうち電話もしなくなっていた。それでも僕は、週末には地元には帰っていた。たとえ彼女に会えなくても、それはもう哀しき習慣というか、僕の足は自然と駅に向かって歩き出すようになっていた。

僕は今の生活に特別不満を感じているわけではなかった。かといってそれが夢や希望で溢れているわけでもない。僕はただ日々の生活に追われるようにして生きていた。何に追われているのかはよくわからなかったが、それに捕まってしまっては、かなり面倒なことになるので、僕は絶えず怯えていただけなのかもしれない。

時々、何もかも放り出してどこか遠くに行ってしまいたいと思うことがあった。例えばそれは、分厚い氷に覆われた名もなき無人島で、島には先端の尖ったおそろしく背の高い木々が、猛烈な吹雪に耐えながらも、逞しく茂る大きな森があった。

僕はたまたまボートでそこに上陸して、ペンギンやセイウチなんかとしばらくそこで暮らす。お腹が空いたら氷を食べ、眠くなったら雪で作ったテントのなかで眠る。そして太陽が出ていれば太陽を、星が出ていれば夜空を観察する。太陽はいつも真っ白な山の後ろから昇って、森と僕たちの上を通り、海のなかにとろけるように沈んでいく。遥か彼方で瞬きほどに輝く星々は、大宇宙の無限さと、僕の立っている場所がどれほど小さいのかを、いやがおうでも胸の奥にそっと沁みこませていった。

そんな暮らしを続けていると、僕はいつしか冷たい皮膚をもち、凍える息でいろんなものを凍らせる、氷男になってしまう。哀れな僕は、島を出ることにするが、乗ってきたボートは見つからなかった。そのボートはとっくに沖へと流されていってしまっていたのだ。

あいかわらず猛暑は続いていた。人々は口々に「暑いね」と言い合い、天気予報ではしきりに「この暑さはもうしばらく続くでしょう」と言っていた。それでも僕たちは文句を言わずに、それを受け入れ、温度を調整し、考えを巡らせながらうまく適応し、変わらない生活を送っていた。

僕はバイト先で懸命に働き、流れ落ちる汗と涙をハンカチで拭いながら、心身ともにへトヘトになりながらも、今日も無事に叔父の家へと帰って行った。

「おかえり。疲れたでしょう。冷蔵庫に麦茶冷えてるわよ」

そんな僕を、叔母はいつもやさしく出迎えてくれた。

「それともビールのほうがいいかしら？」

「それは叔父さんが帰ってからにします」と僕は笑いながら答えた。

叔父夫婦には、僕が幼い頃からとても世話になっていた。よく動物園に連れて行ってもらっていたし、池でボート遊びもした。本をたくさん買ってくれたし、地下鉄の乗り方も教えてくれた。

彼らには一人娘がいて、それは僕の従姉ということになるが、歳が少し離れているせいもあって、あまり遊んだ記憶がなかった。彼女は結婚してお嫁に行ってしまったけれど、結婚式で見た彼女は、昔の面影を残しつつもかなり大人びて見えた。そしてなぜか近寄りがたい雰囲気をもっていた。

その時叔父が見せた無言の涙と、叔母が見せた幸せそうな笑みが、僕のなかで、この一家のアンバランスな感覚を、危うい印象として受け取っていた。でもそれはけして、悪い意味ではなかった。

「それにしても暑いわね」と食事の支度をしながら叔母は言った。

「そうですね」

僕はグラスに麦茶を注ぎ、それをゴクゴクと飲み干した。二杯目の麦茶を飲みながら、手入れの行き届いた庭を眺めた。そしてそこから僕は、この夫婦の人柄のようなものを、なんとなく感じ取れるような、そんな気がした。

「叔父さんの仕事って、けっこう忙しいんですか？」と僕は叔母に尋ねた。

「最近はたいしたことないんじゃないの」と叔母は答えた。

彼女は夫の仕事には、いっさい口を挟まない良き伴侶のようだった。

「叔父さんは今でも、何か書いてるんですか？」

「さあ」と言って叔母は軽く微笑んだ。その表情には「直接本人に訊いてみれば？　たぶん教えてくれないと思うけど」というような言葉も含まれているような気がした。

生暖かい風がゆっくりと流れていった。日差しはまだまだ強く、その小さな世界は陽炎のなかに揺れていた。そして、セミの声がよりいっそう激しく鳴り響いていた。


「ねぇ、イシヅカくん。今度の土曜、ヒマ？」

僕は少し考えてから言った。

「たぶんヒマだと思う」

「あのさ、コンサートのチケットが二枚あるんだけど、一緒に行かない？」

「僕と？」と僕は少し驚いて言った。彼女には何かと驚かされることが多い。

「そうよ」と真依は平然と言った。

「でも、彼とは行かないの？」

「彼と行けないから、イシヅカくん誘ってるんでしょ」と彼女はわかりやすい、むっとした表情で言った。

「何か用事があるんだ？」

「べつに用事なんてないわよ」と彼女は言った。「彼はこういうのが嫌いなの」

「こういうのって？」

彼女はそのチケットを僕に見せてくれた。それはオーケストラのクラシックコンサートだった。彼女は「わかるでしょ」というような目線で僕を見た。

「イシヅカくん、クラシック嫌い？」

「よく聴いたことないから、わかんない」と僕は曖昧に答えた。

「絶対気に入ると思うな。わたしそんな気がする。ねっ、行こうよ」

「うむ」と僕は迷った。今回はちゃんと断る理由があるような気がした。でも地元に帰っても、たぶん彼女には会えないような気もしていた。

「けっこう有名な指揮者でね。ベートーヴェンとかマーラーを演るのよ。これがすごいのよ。どれくらいすごいかっていうとね、実際に聴いた人じゃないとわかんないくらいにすごいのよ」

彼女はやや興奮気味に話した。

「実際に聴いたの？」と僕は訊いた。

「うん、去年ベルリンで」

「ベルリンって、ドイツの？」

「冗談よ」と彼女は悪戯っぽく笑った。

行くかどうか、はっきりとした返事をしないまま、真依はもう僕が行くものだと思い、話を進めていた。僕はなるようになるだろうと、ある種の諦観の境地に足を踏み入れていた。

「ところでさ、どんな格好で行けばいいんだろう？」と僕は訊いた。

「そんなの何だってかまわないのよ。ただ耳の穴だけは、よーく聴こえるように、よーく掃除しといてね」と彼女は言った。

そして土曜日がやって来た。それはまるで僕の運命を弄ぶために、冥界から来た特使のように不吉な予感を漂わせていた。僕は後ろめたさを、多少なりとも感じながら、真依とコンサートに出かけた。

僕は白が基調のポロシャツに、カーキ色のチノパンを合わせた。靴はいつも履いているスニーカーだった。これといってコンサートを意識した服装でもなかった。一方、真依はスパンコールの付いたミニの黒いワンピースを着て、少し大きめのリングのピアスと、胸元を強調するかのように、パールのネックレスを身に着けていた。

コンサートの後、僕たちは目についたデパートにふらりと入り、とくに何かを見るわけでもなく、広い店内をぶらぶらとしていた。それに飽きると、彼女が「咽喉が渇いた」と言ったので、適当な喫茶店を見つけてそこに入ることにした。

頭のなかでは、オーケストラの創り出す圧倒的な音の洪水が、勢いよく堤防を乗り越えて迫ってきていた。そしてあっという間に、こちら側を飲み込んでしまった。それは聴覚だけではなく、ほとんど全部の感覚で捉えることができた。クラシック音楽は、思いのほか僕の身体に馴染んだようだった。

「どうだった?」と彼女は感想を求めた。

「とてもよかった」と僕は答えた。「どんなふうによかったか、説明するのは難しいけど」

店内はわりと混んでいて、少し騒々しい雰囲気だった。僕たちは新聞紙を広げたくらいの大きさのテーブルに着き、アイスコーヒーをふたつ頼んだ。

「こういうのはよく行くの?」と僕は彼女に訊いた。

「ううん。今日が初めて」

「そうなんだ」

「だって、一緒に行ってくれそうな人、いなかったんだもん」

「僕は行ってくれそうだった?」

「うん」と彼女は小さく頷いた。「怒ってる?」

「ぜんぜん、とてもよかった」と僕は素直に言った。

「よかった。それからチケットはもらいものだから、気にしないで」と言って彼女は微笑んだ。

　向かい合って話をしている彼女を、僕はあらためて見つめ直した。視線の先には、はじけるような活き活きとした、いくつもの表情があった。それは僕のこころに確かな明かりを灯していた。彼女は最初に会った時よりも、ずっと魅力的に見えた。

「わたしのお父さん、クラシックマニアだったのよね」とアイスコーヒーにガムシロップを入れながら彼女は、そう言った。

「それで好きになったんだ」

「最初はね、嫌いだったの。まぁクラシックが嫌いというより、お父さんのことが嫌いだったんだけど」

そう言って彼女はストローでひとくちアイスコーヒーを飲んだ。

「うちのお父さん、すっごく気の小さい人でね。お母さんには何も言えなかったの。顔色ばっかうかがってるみたいで。お母さんが間違ってて、お父さんが正しいなぁと思う時があってね。それでもはっきりと言えなかったの。いつもお母さんの言いなり。わたしね、そういうの小さい頃から見てて、うんざりしてたの」

僕はアイスコーヒーを何も入れずに飲んだ。店内には最近の邦楽が流れていたけれど、僕の頭のなかでは、ベートーヴェンのシンフォニーが流れていた。

「お父さんはとってもやさしい人だったの。一度も叱られたことなかったし。でもそれだけなの。ただやさしいだけ。まわりに気を遣って自分のやりたいようにできない人でね。そういうのが見ていてよくわかるのよね。何かすごく苛々するの。わたし、どんどんお父さんのこと嫌いになってった。まぁ、お母さんのこともあんまり好きじゃなかったけどね」

そこまで言うと、彼女は煙草を取り出しライターで火を点けた。

「イシヅカくんは吸わないの？」

「僕はいい。それでいつクラシックが好きになったの？」

「お父さんが入院してから。二年くらい前ね」

そう言って彼女はゆっくりと煙を吐き出した。

「その時はもうお母さんとは離婚していてね。お母さん、他に男つくって出て行っちゃったの。ひどいでしょ。わたしと弟を残してね。で、お父さんの面倒はわたしが看るしかなかったの。弟はぜんぜんあてにできなくてね。大変だったわよ。学校と病院と家を行ったり来たりしてね。それでね。ある日お父さんが音楽をかけてくれって言ったの。もちろんクラシックね。だからラジオでクラシックの番組探してかけてあげたの。それでしばらく聴いていたら、突然、お父さん涙流して泣き始めたの。でね、『いろいろすまなかった』って謝り始めて、いったいどうしちゃったのと思ったわ。お父さんはその後いろいろと話し出したの。あんまり自分のこと言わない人だから、ちょっと驚いたけどね。ほんとうは音楽家になりたかったとか、わたしのことピアニストにしたかったとかね。お父さんいちおう音大出てたのよ。音楽とはぜんぜん関係ない仕事してたけどね。わたしは黙って聞いてたの。いくら嫌いとはいえ、だって相手は病気で苦しんでて、そのうえ涙ぽろぽろこぼしながら泣いてるのよ。そのうちなんだか知らないけど、わたしまで泣けてきちゃってね。

わたし、お父さんに謝ってたの。ごめんなさいって。それから三か月くらいして、お父さん、死んじゃった。その時は泣けなかったけどね。お父さん、この世では散々だったかもだけど、天国で好きなことやれてるんじゃないかと思うと、逆にほっとしちゃった」

彼女の表情はいくぶん憂いを含んでいた。

「それからね。クラシック好きになったのは」

僕は話を聞きながら、タンブラーのなかでゆっくりと解けていく氷と、灰皿の縁に載った煙草から落ちる灰を眺めていた。頭のなかには、オーケストラの演奏と、様々な楽器を弾く楽団員の姿とが、まだ残っていた。

久しぶりに付き合っている彼女の声を聞いた。水曜日の夜に、珍しく彼女から電話があったからだ。その声は、僕が記憶するかぎり、以前のそれと変わりはなかった。

「ずいぶんご無沙汰ね」と彼女は明るく、よく通る声で言った。

「何度も電話したんだけどね」と僕は言った。

彼女はそれに対しては何も答えず「先週戻って来なかったでしょ?」と問い質した。

「従妹が遊びに来てたんで、しょうがなかったんだよ」と僕はとっさに嘘をついた。

「怒ってる？　私がいなかったこと」

「ちょっとね」と僕は答えた。「でも、もういいや」

「嘘つき！　週末には戻るって言ったのに」と彼女は語調を強めて言った。どうやら僕の嘘はバレバレのようだった。

「それは謝るよ」

「来れないなら、来れないって電話してくれればよかったのに」

「あのね、僕が避けられてるみたいに思えたけど」

「そうよ。試したかったの」

「どうしてぼくが試されなくちゃいけないんだろ？」

「信用できないからよ」

僕はすぐにでも電話を切りたい気分だった。今夜の彼女はとても意地悪だ。でも、こんなふうに会話を終わらせたくはなかった。少しでも希望の灯は残しておきたかった。しかし、僕が何かを言おうとする前に彼女が訊いてきた。

「そっちにかわいい子はいた？」

「たくさんいるよ」

「楽しそうね」

「楽しいよ」

しばらく電話の向こうで彼女は黙っていた。何かを考えているようだった。僕は彼女の顔を思い浮かべようとしてみたが、はっきりとは思い出せなかった。

「ねぇ、私に会いたい？」と、しばらくして彼女はやや小声で言った。

「会いたいよ」と僕は言った。

会話はそこで終わり、そして電話は切れた。


真依に借りたクラシックのＣＤを、僕はソニーのポータブルプレーヤーで毎晩のように聴いた。それは不思議と、僕の感性が求めている音だった。おぼろげながらも、その世界の住人と親しくなれそうな気がした。そして、井戸の底を覗くみたいにそれに引き込まれていった。

そのたびに、彼女も僕と同じ気持ちを共有しているんじゃないかと思い、せつなくなったりもした。

夜風が頬に当たり気持ちよかった。僕は縁側に寝転んで、靄がかかって星の見えない都会の空を、ぼんやりと眺めていた。そしていつのまにか、地元にいる彼女と真依のことを、交互に考えていた。

どちらの女性も僕にとっては、キラキラと光る一等星には違いなかった。ただ、ここから見るといろいろなものが邪魔をしていて、どちらがより近いかどうかとかが、まるでレンズの曇った望遠鏡を覗くみたいに、ものすごくわかりづらかった。

気づくと蚊に刺されていたので、僕は蚊取り線香を点け、ついでに煙草を吸った。吐き出された煙の向こうには薄汚れた空があって、その向こうに何かがあるような気がした。

僕は手を伸ばしてその何かを掴もうとした。でも指先には何も触れなかった。それはあまりにも遠く、どんなに手を伸ばしてみても、そこには届きそうにもなかった。僕が触れているのは、そのあいだに横たわる無限とも思えるほどの、ただの広い空間だった。

次の週末も僕は真依とデート――そう呼んでもいいのだろう。他にどう呼んでいいか思いつかない――をした。僕たちはかなり混雑している映画館で、話題の映画を観た。

内容は、生まれながらにして違う身分の、格差のある若いカップルが、様々な困難を乗り越えて、ついに結ばれるというものだった。

そこに至るまでの長い道のりは、細かく描写されていて、なかなかに共感を誘うものであったが、エピローグの年老いたふたりが仲良く寄り添い、それからずっと幸せに暮らしていました的なのを見せられると、おいおい、それはいったいどういうことなんだ？　と思わず問いたくなるほどだった。

もうひとつ気になったのは、映像があんまり美しくなかったことだった。せっかくの大自然がつくりもののように見えてしまい、そのなかに引き込まれるという感覚が生じなかった。

というわけで前評判ほどは面白くはなかった。それは宣伝なんだからよく言うのは当たり前で、そのぶんを割り引かなくてはいけないけれど、これはちょっとひどいなと思ったりした。もしその前評判とやらを気にすることなく、この映画を観ることができたなら、もう少し違った評価を下せたのだろうと思った。

それにたいして彼女の評価は、僕よりもずっと好意的だった。「わたしもあんなふうに、好きなように踊れたらいいのに」と映画の一場面を指して感想を述べた。

お昼にマクドナルドでバリューセットを食べて、その後は、例によってその辺をぶらぶらした。今日の彼女は白と紺のボーダー柄のワンピースを着ていた。それはとてもよく似合っていたが、僕はそれをうまく彼女に伝える勇気がなかった。

僕は胸の内側で「かわいいね」と言ってみた。彼女は素直に喜んだ。「ありがとう」その後、彼女が魚を見たいと言い出したので、言われるままに水族館へと向かった。そして、エレベーターのなかで僕たちはキスをした。

エレベーターのドアが開くと、中には誰も乗っていなかった。その狭い空間は、現実的な世界にあって非現実な性質を帯びていた。そして僕たちを知らない場所に導いてくれる役割のようなものを背負ってもいた。

ボタンを押してドアが閉まり、エレベーターがゆっくりと動き始めると、僕は一歩後ろに下がって彼女のことを見た。彼女も僕を見た。その距離は思いのほか近く、僕は彼女の息づかいを、ありありと感じ取ることができた。

エレベーターはそれとは気づかれないように徐々に上昇しているようだった。パネルの表示が移動していくのを、僕はある覚悟をもって見送っていた。胸の鼓動が狭いエレベーター内に響いて、それが彼女にも届いていた。その潤んだ大きな瞳は僕だけを見ていた。

行動を起こすのは思ったよりも簡単だった。そしてそれが起こってしまったのを受け入れるのは、もっと簡単だった。僕たちはそうなるべくしてそうなった。そしてそのことで、世界にこれといった変化はとくに何も訪れてはこなかった。

「わたしのこと好き?」と真依は、今まで見たこともないような深海魚がいる水槽の前で、ふいに言った。それはいつ言おうかと、タイミングを計っていたかのような言い方だった。

「好きだよ」と僕は短く答えた。

「ふぅん」と彼女は水槽のなかを覗き込みながら言った。「イシヅカくん、彼女いるんでしょ?」

「まあね」

「わたしなんかと遊んでていいの?」

「マイも、僕と一緒にいて平気?」

彼女はそこに何かの答えを探しているみたいに、その水槽から視線を外さなかった。

「わたしね、思うんだけど、誰か付き合ってる人がいたら、他の人を好きになっちゃいけないのかなぁ。たとえばイシヅカくんのこととか」

「ふつうはいけないと思うんじゃないの。そういうのが原因で別れることもあるし」

「……そうよね」と彼女は言った。

「だから努力してみたの。イシヅカくんのこと好きにならないように。もっと彼を好きになれるようにって。でもぜんぜんダメ。彼といても、イシヅカくんのこと考えちゃうの。なんかこんなことで悩んでるのバカみたいだよね。でね、さっきキスしたでしょ。その時思ったの。わたしやっぱりイシヅカくんが好きで、それは言おうって。今の正直な気持ちを話そうって」

「正直な気持ちって?」と僕は訊いた。

「だから、イシヅカくんのこと好きだけど、その気持ちをどうしていいかわからないってこと」と彼女は言った。

僕は何て言ったらいいかわからず、しばらく目の前の水槽の奥を覗き込んでいた。もちろん、そこには言うべき言葉など見つからなかった。

水槽のなかの薄青い光に照らされた海は、水族館的な沈黙のなかで長い眠りについているように思えた。それはあまりにも長く眠りについているので、眠っているのか起きているのか、うまく区別がつかなくなってしまっているようだった。

僕はその暗い眠りのなかで生きる、グロテスクな形をした生物を見ると、なぜかこころの底から不思議な感動が湧き上がってくるのを感じずにはいられなかった。

僕はふと、氷男のことを思った。あの僕は、はたしてあの島から出られたのだろうか。

それとも氷男のまま島に残ることにしたのだろうか。

彼女は水槽のなかを泳ぐ薄っぺらな魚を指して言った。

「ねぇ、あの魚、誰かに似てると思わない？」

僕にはわからなかった。「誰だろ？」

「ササキ課長！」と彼女は笑って言った。

「ほんとだ」と僕も笑った。


それから月日が過ぎていった。カレンダーが一枚びりびりと剥がされ、暦のうえでは夏が終わり秋になった。セミの声は次第に恋しいものとなり、ショーウィンドウ越しには秋物の服が並んだ。新学期が始まり、僕はアルバイトを辞めて大学に通い出した。それでも街は熱気を忘れず、暑さはあいかわらず留まったままだった。

彼女とはどれくらい会ってないのだろう。最後に会ったのがいつなのかうまく思い出せなかった。僕は時々電話をしてみたけれど、彼女はたいてい不機嫌で会話はいつも成立していないようだった。そして彼女は僕の存在自体に、ひどく腹を立てているように思えた。

それでもふたりを繋いでいたのは、若さとその未熟さだった。僕たちはきっかけは知っていても、その終わりをどうすればいいのかよく知らなかった。

真依ともしばらく会っていなかった。ふたりで水族館に行ったのが最後だった。

「少し考えさせて。考えがまとまったら連絡するから」と彼女は言った。

僕はそれを待ったが、ついに連絡は来なかった。食堂にも彼女は姿を見せなかった。そして僕は給料を受け取り、その工場を後にした。

大学の講義はあいかわらず退屈だった。別の器から、こちらの器に、何かを移し替えているだけの作業に思えた。そこには僕の興味を引くものは何もなかった。それでも僕は休まず大学に通い続けた。他にするべきことが思いつかなかったからだ。こうして僕は退屈な大人になっていくのだろうとも思った。

何冊か本も読んでみた。カントやフロイトを読み、ユゴーやドストエフスキーを読んだ。でも僕にはさっぱり意味がわからなかった。僕にとってそれらは、ただの細かい文字の羅列にすぎなかった。

僕は表面上は、ごく平凡で真面目な大学生に見えただろう。でもひとつ皮を剥ぐと、そこには捉えどころのない、まるで溶けてしまったアイスクリームのような、存在する意義を持たない自分がいた。僕は確かに平凡だが、決して真面目ではなかった。それは放物面レンズを通して無理に歪められてしまった真面目さだったのかもしれない。

　真依から連絡があったのは、その月もそろそろ終わりに差しかかる頃だった。僕たちは大通りに面した、焼き鳥と天ぷらがおいしいと評判の居酒屋に入った。僕は生ビールの中ジョッキ、彼女はカンパリオレンジを頼んだ。

「元気だった？」と彼女は言った。

　真依は真っ赤なフリルのブラウスと、薄灰色のギャザースカートを合わせていた。それはあの眩しい季節のなかで見た彼女とは、ぜんぜん違った印象だった。

「まあね。そっちは？」

　彼女は微笑んだ。そして僕の顔をまじまじと見て「あいかわらずね」と。

「髪伸びたね」と僕は言った。

「うん。ヘンかな？」

「とってもよく似合ってるよ」

　飲み物が運ばれてきて、乾杯をした。僕たちは久しぶりの会話を楽しんだ。彼女は会社のことや飼っている猫のことを、僕は大学のことやその友だちのことを話した。それから映画や音楽についても話をした。

居酒屋を出ると、僕たちは近くの公園をぶらぶら散歩した。ふたりともけっこう酔っていて、足取りがおぼつかなかったので、自然と手を繋ぐことになった。

「ねぇ、今から家に来ない？」と彼女は僕の腕を掴んで言った。

「いいけど」と僕は答えた。断る理由も、断らない理由も何もないような気がした。

「イシヅカくんっていい人ね」と彼女は言って、さらに身体を寄せてきた。

「そうかなぁ、で、何するの？」

「ビデオ観るの。やらしいやつ」

「僕はあんまり観たくないけど」

彼女は笑った。「イシヅカくん、案外真面目なのね」

「いや、そういう意味じゃなくてさ」

「わたしね、いろんなこと喋ってきたけど、他の人の前ではすごく無口なのよ」と彼女は言った。

「わたしの話をちゃんと聞いてくれる人なんて、今までいなかったの。誰かに思いっきり甘えたこともなかったのよ、ほんとに。わたしはとっても淋しがりやの女の子なの」

僕は彼女のやや赤くなった頬を軽く撫でた。

「酔っぱらってる?」

「ちょっとね」と彼女は笑って、そう答えた。

僕たちはレンタルビデオ店に行って、アダルトビデオを借りた。酔いのせいで彼女は普段より声が大きく、ビデオを選んでいる時も「これすごいよ」とか「あれもすごそうね」とか僕に言うものだから、けっこう恥ずかしかった。

彼女の家は、ちゃんとした住宅街の一角にあって、建物自体は古めだけど、なかなか立派な一戸建ての家だった。今は弟とふたりで暮らしているようだったが、弟はその日いなかった。

玄関を開けると、彼女の飼っている猫が僕たちを出迎えてくれた。

「ただいま、ルートヴィッヒ」と彼女は猫に話しかけた。

「ずいぶんと変わった名前だね」

「この子はね、ドイツ猫なの」

ルートヴィッヒは僕のことを見ていたが、すり寄ってくるわけでもなく、隠れるわけでもなかった。ただ、足元で大きく伸びをしただけだった。

「かわいいでしょ？」

「そうだね」

僕はリビングに通され、ソファに座った。彼女はキッチンに向かい、淹れ立ての紅茶を用意してくれた。そして派手に包装された包みを僕に差し出した。

「これ、だいぶ過ぎちゃったけど、お誕生日おめでとう！」

「ありがとう。開けてもいい？」

「うん。あんまり高価なものじゃないけどね」

包装紙を剥がすと、何の飾り気もない木製の箱が出てきた。箱を開けると、腕時計が入っていた。とてもシンプルなデザインで使いやすそうだった。

「どうもありがとう」と僕は礼を言った。

「気に入ってもらえた？」

「うん。とっても」

その後、僕たちは大きなテレビでアダルトビデオを観た。女の子の家のリビングでこういうのを観るのは、なんだかとても奇妙な感じがした。

「ねぇ、こういうの観てるとやりたくなっちゃう？」と途中で彼女は言った。

「まあね。僕も男だから」

「観ながらひとりでするの」

「する時もあるよ」

「付き合ってる彼女がいても？」

「そういうのはあんまり関係ないと思うな」

「それって、浮気にはならないの？」

「それはまたべつだと思うよ。こっちはただ性欲を処理するだけだからね」

「ふぅん。難しいところね」と彼女は納得しかねるといった感じで言った。

僕は正直言うと、そんなことはどうでもよかった。ただ勃起しているのを彼女に悟られないように必死だった。

ビデオはいろいろな体位でひたすらやりまくるだけだった。僕はどうにも居心地が悪く、落ち着かなかったが、彼女はいろいろと文句をつけながらも、けっこう楽しそうに観ていた。

「わたし、誰にでもこういうこと聞くわけじゃないのよ」とビデオが終わってから彼女は言った。

「知ってるよ」と僕は答えた。

「あとね、このあいだのキス、とてもよかった。突然過ぎてびっくりしちゃったけど、なんかやさしくて、あったかくて、イシヅカくんらしいキスだなって」

「僕もだよ。とてもよかった」

僕は冷めた紅茶を飲んだ。彼女はお代わりを入れようと、再びキッチンに向かった。彼女が戻って来るまで、僕はステレオのそばにあるクラシックのCDコレクションの棚を眺めていた。ほとんど知らないのばかりだった。

彼女が新しい紅茶を運んで来て、僕たちはそれを飲んだ。渋みのある深い味がした。

「ねぇ、イシヅカくん」

「ん？」

「理想的な恋愛ってどういうのだと思う？　好きな人がいて、その人も好きになってくれて、それがずっと続けばいいのかな。わたしね、思うんだけど、そういうのはずうっとは続かないものなの。ふたりだけで向き合っていくことって、すごく大変なことなの。互いに支え合うって限界があるのよ。だからね、他の誰かが必要な時ってあるの。三角関係って、あんまりいい関係とは言えないけど、それはそれで助かってるなぁってところもあるのよ。線が二本じゃ図形にならないけど、三本あれば三角形になるでしょ。わたし、自分でもよくわからないけど、そういうふうに思うことがあるの。人生はいろんな三角形が敷き詰められてて、その一辺が他の二辺を支えているって。何かうまく言えないけどそういうことなの」

今でも時々、彼女のその言葉を思い出す。それは胸の片隅で、いつか聴いたベートーヴェンと、あの腕時計の機械音とともに、今でもほんの微かに響き続けている。

僕は何かの拍子に、その振動を感じ取ることができる。その時、僕は平凡な大学生に戻り、退屈な講義に出席し、女の子のことを考える。興味のある本を読み、音楽を聴き、そのために小遣い稼ぎのアルバイトに励む。

そして季節は太陽の一番近いところをかすめていく。

けっきょく僕は、高校の時から付き合っていた彼女とは別れ、アルバイト先で知り合った女の子と付き合うことにした。彼女は元恋人のことを綺麗さっぱり忘れて、僕のことだけを見てくれていた。

それは僕たちが、まだ若く、未熟で、ある種の情熱が十分に残っていた時代の、あの季節だったからこそ、体験できた記念碑的な出来事でもあった。そして、星の彼方の遠い日のノスタルジアのように、深く胸に刻まれていった。

それはそれで楽しかった。まるでピクニックみたいだった。僕たちは緑の芝生の上で夢の切れ端を広げ、そこに寝転びながら語り合い、笑い合い、時に慰め合っていた。

（人はなぜ恋をするのだろうか？）

その無意味で、たいした価値のない問いはその場所に、永遠に置き忘れてしまっていた。

その夏は暑かった。ものすごく暑かった。まるですべてのものがドロドロに溶けてしまいそうなくらいだった。その時僕は十九で、生まれ育った場所を離れて暮らしていた。

カルミナ・ブラーナ

その日僕たちは、大空に浮かぶ気球のなかにいた。どうしてそんなところにいたのかというと、僕の悪友というか、昔からの友人が企画した、「気球的飲み会の旅」というものに参加していたからだった。

僕はこれまで、自然公園のバーベキュー施設だとか、地下五階にあるカラオケボックスのなかとか、新鮮な魚料理がおいしい四丁目の居酒屋とか、あるいは大河川に浮かぶ牛乳パックの筏なんかで、飲んで食べて、騒いで踊って、地平線の向こうにキラキラ光るまぼろしなんかを追いかけたことはあったが、もちろん、気球のなかでそんなことをした経験などなかった。

だいいち、それが重要かそうでないかは別として、僕は気球に乗るのも触れるのも、間近で見るのもまったくの初めてだったし、気球に対しての知識も見識も、ほとんどもち合わせていなかった。

一昨日観た映画の冒頭のように、僕たちにも、いつのまにか慌ただしい旅立ちが待っていた。待ち合わせのだだっ広い草原に、僕と相棒が着いた時、気球はすでに準備を整えていて、今にも、いかにも飛び立ちそうな雰囲気にあった。そして、実際にはそれは地面から離れて、少しばかり宙に浮いていた。

僕と相棒が、驚きと戸惑いの表情で近づいていくと、気球のカゴのなかから大声が聞こえてきた。どうやら僕たちに向かって急げと言っているらしかった。

カゴのなかには、悪友とふたりの女のコが乗っていた。そして身を乗り出しながら大きく手を上下に振っていた。

それはいささかの興奮を交えた、悲鳴に近い声だった。「早くぅ！」

「どうしたんだろう？」と落ち着いた声で相棒が言った。

「なんか急いだほうがよさそうだ」と僕は意外にも冷静に答えていた。

次の瞬間、僕たちは全力で走っていた。状況がうまく飲み込めなかったけれど、とにかく走った。走りながら僕は、気球のカゴと地面を繋ぐロープが一本ずつ引き離されていくのを見た。

「もう行っちゃうのか？」と相棒が言った。彼は身体のわりには、あまり素早くないほうで、だいぶ後ろのほうから声が聞こえた。

「もう時間切れだ！」と悪友が大声で叫んだ。

僕はいったん立ち止まって相棒を待った。

「あいつら、おいらたちを置いていく気か」と相棒は息を切らせながら言った。

僕は相棒の肩を軽く叩いて、励ますように言った。「まだ間に合う」

そうは言いながらも僕は、どうでもいいやという投げやりな気持ちを、片方の手にしっかりと握ったまま、もう片方の手で大空に吸い込まれていく、その、この世の欲望の塊を、必死に追っていた。

「ほら、もう少し！」と女のコたちはそう言って手を伸ばした。

間に合った。僕と相棒は、気球が完全に離陸する寸前に、よくできた測定器で測ったかのように、無事にカゴのなかへと潜り込むことができた。

「すごーい。なんか映画みたいだったね」と髪の長いほうの女のコが言った。

僕と相棒はとりあえず、ほっと、ひと息ついた。

「悪くなかっただろ？」と悪友はにやけながら言った。

「悪くない」と僕は返した。

一行を乗せた気球はみるみるうちに地面を離れ、天空に向かって上昇していた。下界では、くすんだ緑色の草原と、くねくねと流れる川が、どんどん小さくなっていった。

「風を捕まえなきゃいけなかったんだよ」と悪友は悪びれもせずに言った。

「あれがギリギリのタイミングだった」

僕と悪友はかなり長い付き合いだと思うけれど、特別に親しい仲といった感じではなかった。共通する趣味はなかったし、本棚に並んだ本の種類もかなり違っていた。それでも僕たちはたまに、こうやって女のコたちと一緒に遊んだりする。なんというか、そういった点ではすごく気が合うのだ。

「間に合わなかったらどうしてたんだ?」と相棒がまくし立てるように言った。

「だいじょうぶ。間に合うと思ったよ」と悪友はさらりと言ってのけた。

それを聞いた相棒は、急におとなしくなって「まぁ、そうだな」というふうに頷いてみせた。

僕が皮肉をこめて「飛ぶ前に、トイレに行っときたかった」と言うと、すかさず悪友が「そこにあるよ」と言って、箱型の小さな建物を指し示した。

そこに行って、ステンレス製のドアノブを引いて、青いアルミ製のドアを開けた。確かにそれはトイレだった。そしてそこには、ヨーロピアン調の場違いなほどに立派な鏡が設えてあった。僕は黙って鏡を覗き込んだ。なかの人物が、そのうち喋り出すんじゃないかと思った。

「ちゃんと水も出るんだよね」と後ろから女のコの声が聞こえてきた。

気球は無事に軌道――仮にそういうものがあるとすればだが――に乗っていたようだった。飛行しているのは確かだが、前進しているのか後退しているのかはよくわからなかった。それはとても不思議な感覚だった。文字通り地に足の着いていない、何か重大なモラルに反する行為ではないかとさえ感じたほどだった。

相棒は外の景色を見ながら、ひとり歌を歌っていた。それは聞いたことのない、でたらめなメロディに乗せた適当な歌詞だった。おまけにどう好意的にみても上手とはいえなかった。

彼は、僕の知るかぎり一番の楽天家でもあった。いつでも自分の置かれている状況を楽しんでいるように見えた。例えば困難な時には、それをいつのまにか何らかのユーモアにすり替えてしまっていたし、極まりない退屈さのなかからも、ささやかな楽しみを取り出すことができる、そんな男だった。

　彼は今、その細い目をさらに細めて、地面と空が交わる場所を見つめながら、そこから何か面白いものを引き出そうと、思案しているようだった。

「これからどこに行くんだい？」と相棒は訊いた。

「べつに決まってないけどな」と悪友は答えた。

「じゃあ、海が見たいな」と髪の長い女のコ。

「任せるよ」と僕は言った。もうひとりの女のコも僕に同じという感じで頷いた。

「ふぅむ」と相棒が言って、その後も何か言っていたが、僕には彼が何を言っているのかよく聞き取れなかった。それは他のメンバーも同じだったらしく、その発言に対する反応はどこからも聞こえてこなかった。

　そのまま気球はなすがままに、とはいっても、僕にはそう見えただけで実際にはよくわからないが、いずこかの大海へと赴くことになった。それはべつにどうってことはなかった。けっきょくのところ、僕たちはどこにでも好きなように行けたし、また、そう思えばそこに留まることもできた。

気球は常に移動はしていたが、僕たちはここに留まっているだけでどこにも行けなかった。それは外の風景が、様々な状況や都合に合わせて入れ替わっているだけだ、ということもできた。

「俺たちは気球に乗っている」と悪友は言った。

つまり、そういうことだった。

それは考えようによっては、世界一周をしてしまう豪華客船なんかよりも、遥かにすごい乗り物のように思えたし、大型スーパーのショッピングカートよりも、わずかながら劣るものであるとも思われた。もちろん、だからといって豪華客船がショッピングカートに劣るというわけでは、けしてなかった。

「俺はショッピングカートのほうが好きだ」と悪友は言った。

それはそれで一理あるなと、僕は思った。

「気球ではレジに並べない」

「気球ってけっこう不便な乗り物なんだぁ」と彼女は言った。

「金持ちの道楽だな」

相棒は黙って外の風景を眺めていたが、突然、誰に話しかけるふうでもなく、「おいらが金持ちなら、このあたりを買うな」と呟くと、目前に広がる大気の塊を指で示した。

「買ってどうするの？」と髪の長い、まるで白雪姫のような白い肌の彼女は訊いた。

「家を建てて、そこで暮らしたい」と相棒。

「世界の七不思議みたい」

相棒の目には、それがありありと浮かんでいる様子だった。

「税金もかからない」と悪友はふざけた笑いをしながら言った。

僕と髪の長くないほうの女のコは、なんとなく顔を見合わせ、そして笑った。それは、地上が小さく見える上空にあっては、何かとても高尚な感じのする笑いだった。

髪の長くない彼女は、とても形のよい足をしていた。僕は変わっていると自覚はしているが、つい誰かの足元を必要以上に見てしまうという癖があった。それは、つま先と踵とくるぶしを結ぶラインが美しい黄金の三角形を描いていた。もし、シンデレラのガラスの靴が存在するならば、それは彼女にこそ相応しいんじゃないかと、そんな妄想も頭をよぎっていた。

「なぁ、シャンパンでも飲もうぜ」と悪友が言って、その「飲み会」は始まった。

彼は冷蔵庫――この気球には、たいがいのものがあるようだった――から、よく冷えたシャンパンを取り出した。そして派手にコルクを抜いた。あたりに少なからず泡が飛び散って、僕たちの気分を高揚させるのに、ちょっとばかり手を貸していた。

「今夜は飲みまくろう」と相棒は勢いよく言った。そして冷蔵庫から、次々と缶ビールやら缶酎ハイを取り出していった。

いつのまにかテーブルがセットされ、その上に料理も並んでいた。牛ヒレ肉のカルパッチョに生ハムのサラダ、カプレーゼ、チーズの盛り合わせとフレンチフライ、チョリソーとフォアグラのソテー、軟骨のから揚げ、だし巻き卵、ブロッコリーのオニオンスープ、肉じゃがとおでんもあった。ただ僕はなぜか、無性にホッケの開きが食べたかった。

締めに、マグロの赤身とアボカドのお茶漬けが出てきた。デザートはクランベリーシャーベットだった。専属のシェフがわざわざ、ひとりひとりに配膳してくれた。僕は「とてもおいしかった」と感想を伝えた。彼は丁寧にお辞儀をし、感じのよい笑顔を残してその場を去っていった。

食欲は満たされた。それでも何か満たされないものがあった。でもそれが何かなんて、食欲が満たされた後では、もうどうでもいいような気がした。

今から三年くらい前のことになるが、僕はとある女性と、お付き合いをしていた。彼女は十本の指がとても綺麗で、笑うとできる、えくぼがとてもチャーミングな女性だった。そしてかなりの料理好きだった。

彼女の作る料理はとてもおいしかった。プロにも負けないというより、プロにはできない家庭的な要素も、ふんだんに盛り込まれていた。その点では、いくらお金を出しても、彼女の料理を超えられるかといえば、けしてそうとはいえなかったのかもしれない。

それはかけがえのない才能だった。もしかしたら、僕はその才能だけを愛していたのかもしれない。でも、もっと正確にいえば、僕は彼女と付き合っていたとは、とてもいえない気がする。

確かに僕は、彼女の容姿や性格にも十分魅力を感じていたけれど、それらが霞んでしまうほど、やはりその料理には運命的に惹かれていった。その時の僕には、もしかしたら赤い糸がはっきりと見えていたのかもしれない。

そんなわけで僕たちの関係は、彼女が料理を作り、僕がそれを食べるということで見事に完結していた。まるで三十分枠の料理番組みたいに。

僕たちのデートは近所のスーパーマーケットで始まり、彼女の部屋のダイニングテーブルでピークを迎えた。それで十分だったし、それから先のことなんて、とくに考えもしなかった。

買い物は、彼女がいつも僕の前を歩き、その後ろを買い物カゴを持った僕がついていった。彼女はほとんど迷わずに食材を選んでいった。たまに僕の意見を聞くことはあっても、それは大勢に影響がないものだった。

山のように並んだ食材のなかから、必要なものだけを厳選し、カゴに入れていった。彼女の目は真剣そのもので、いっさいの妥協を許さない決意のようなものを感じさせた。

でもそこには近寄りがたい雰囲気はなく、むしろ、温かみのある安心感に包まれていた。そしてそれは感動的ですらあった。

僕はどんな料理ができるのか想像を膨らませながら、買い物カゴに詰め込んだ、ふたりだけの秘密を大事に運んでいた。それはもしかしたら彼女の裸を想像することよりも、ワクワクすることだったのかもしれない。

彼女の部屋に辿り着くと、さっそく彼女は料理にとりかかった。料理はほとんど彼女ひとりで作っていた。僕は誰にでもできる簡単なことを手伝う程度だった。たいていはソファに座り、テレビのニュース番組を見ながら、料理が出来上がるのを待っているだけだった。

食前酒には、たいていチンザノ・ビアンコを飲んでいた。たまにキールロワイヤルといった洒落たものも飲んでみた。そして何か特別な日にはシャブリを開けた。それは彼女の料理にたいする、僕のささやかな敬意のしるしでもあった。

僕はお腹いっぱい彼女の料理を食べた。それはとても幸福なことで、何ものにも代えがたいものだった。様々な組み合わせのものが、最適な処理と工程を経て、僕の胃袋のなかに送り届けられていた。

その素晴らしさを表現する言葉を、残念ながら僕は持ち合わせていなかった。ただそれに代わるものとして、喜びの表情とともに、感嘆のため息や、こぼれ落ちるひと粒の涙を彼女に見せたりしていた。

食事が済むということは、それは彼女とのデートが終わることを意味していた。僕は少々残念な気持ちもしたが、それよりも、他に何を望んだらいいのだろうという圧倒的な満足感に浸ることができた。そして不思議と彼女と寝ていたみたいに、性欲も満たされていた。

ただそれは、毎晩のことではなかった。僕はだいたい一日置きに彼女に会いに行き、そのたびに彼女の料理を食べることができた。どうしてかというと、彼女がそう望んだからだった。

「何があっても一日置きに来てね。続けては来ないでね」と彼女は言った。

僕は何か釈然としない思いがあったのだけれど、彼女を失ってしまうのがとても怖かったので、黙ってそれに従うことにした。

「絶対にそうするって、約束して」と彼女は促した。

そこには彼女の強い意志が感じられた。僕たちはまるで鶴の恩返しのように、破られる時はすべてが終わるという前提の、現代ではあまりお目にかかることのなさそうな、その寓話的な約束を交わした。

あらゆる記録がそうであるように、またあらゆる約束も、まるでそうなることを望んでいるかのように、誕生したその瞬間から、それらが破られるのは時間の問題だった。それまでは目立たぬように、物陰でじっと待っているようだった。

そして僕もまた、その不条理な法則に従わざるをえなかったのだろうか。ついに約束を破り、彼女を失ってしまったのだ。

ある日、何かの用事で、たぶん彼女の部屋に何か忘れ物をしたとか、それほど重要ではないかと思われるが、不用意にも二日続けて彼女に会いに行ってしまったのだ。

「今日はあなたの番じゃないのよ」と玄関ドアを開けると、少し驚いた表情で彼女は、そう言った。

「あなたの番じゃない」と僕はこころのなかで呟いた。何が起こったのか、またこれから何が起ころうとしているのか、見当もつかなかった。

少しのあいだ僕は放心していた。彼女も何も言わなかった。

「つまり……今日は、ぼく以外の誰かが来ているということなんだね？」と、その短くはない沈黙を掻き消すかのように僕は言った。

「そう……ごめんなさい。でも約束したでしょう」と彼女は神妙な面持ちで言った。

彼女の言う通りだった。僕は約束を破ってしまったのだ。彼女を責める権利はこれっぽっちもなかった。

実際に、彼女には僕の他にもうひとり、料理を作る相手がいて、今日はその彼の順番ということになっていたみたいだった。どうして彼女がそんなことをするのかわからなかった。それに関しては、彼女は固く口を閉ざしていた。

「あなたはわたしの料理にしか興味がなかったんでしょ？」と彼女は言った。それはまるで尋問を続ける検事のような口調だった。

「そんなことはないよ」と僕は言ってみたが、彼女を納得させることは、とてもできそうにないと悟った。

「わたしたち、もう終わりね」

「とても残念だけど、そうみたいだね。今までありがとう」と僕は別れの言葉を告げた。

「こちらこそ、今まで楽しかったわ」と彼女は言った。でもそこには、どういった種類の感情も読み取れなかった。

その後、僕は彼女の部屋にいた、もうひとりの相手と、なぜか飲みに行くことになった。

「こうなってしまったのも、何かの縁なのかもしれない」と彼は言った。

僕たちはその日、夜明けまで飲み明かして、いろいろな話をした。彼とは妙に気が合ってしまい、それ以来友だちになった。

その三年後、僕と彼は気球に乗って広い海の上空を浮かんでいた。彼女とはそれ以後、ふたりとも会っていない。きっとまたどこかで、誰かにおいしい料理を振舞っているのだろう。あの奇妙な約束とともに。

海は広く、とても穏やかだった。少なくとも僕たちが見ている海は何もなく、そして退屈だった。オレンジ色の夕陽がなかったらもっと退屈に見えただろう。僕たちは、さっきまで人生ゲームやコスタリカ式ポーカーなんかをして遊んでいた。それに飽きると、それぞればらばらになって過ごしていた。

僕はひとり、壁にもたれかかりながら、そろそろ沈んでいきそうな夕陽を、ボーッと眺めていた。それは確かに圧倒的な光景ではあったが、僕のこころを揺さぶるほどの熱情は持っていないようだった。

僕はその夕陽が海のなかに沈んでいくのを想像してみた。それはゆっくりと吸い込まれていった。音もなく、空気を震わせる振動もなかった。ただ、派手に水しぶきが上がっただけだった。

「なにしてるの?」と声が聞こえた。短い髪の、形のいい足をしたシンデレラだった。

「あれを見てただけだよ」と僕は言って、夕陽を指差した。

「とても綺麗ね」と彼女は言った。

その後、彼女は僕のすぐ横に並ぶようにして夕陽を見ていた。

「なに考えてたの?」としばらくして彼女は訊いた。

「なんだろう?」と僕は自分に問い返してみた。「たぶん、あの夕陽に追いつけるのかなってことだろうな」

「ムリね、太陽は地球からずうっと遠くにあるのよ」と彼女はいかにもつまらなそうに言った。

「そうかもしれない」

「そうかもしれない？」

「でも概念にとらわれてはいけない」と僕は反論を提示した。

彼女は何も言わなかった。

「つまり、あれは太陽じゃないのかもしれない。もしかしたら巨大なチーズピザなのかもしれない」と僕は言った。

「チーズピザ？」と彼女は僕の言った言葉を、再び繰り返した。

僕は彼女の顔を見て、とくに意味もなく微笑んでみた。

彼女は、まるでカボチャの馬車でも見ているような新しい驚きと、華やかな舞踏会で見せるような、小さな微笑みを浮かべて僕を見つめ返していた。

「わたしね、綺麗な夕陽を見ると、思い出すことがあるの」

「どんなこと？」

「聞きたい？」

「聞きたいね」

僕が答えると、彼女は着ていた薄手のカーディガンを脱いで、淡い色合いのブラウス一枚になった。そして何か、もったいをつけるようにそのまま黙っていた。それは僕に話すのを、迷っているかのようにもうかがえた。

「話しづらいことだったら、べつにいいよ」と僕は言った。

「そこまで言っといて、それでいいの？」

「気になるけど……」

「じゃあ、話してあげる」と彼女は僕の言葉を遮って、いくぶん得意気に言った。

僕はそのやりとりに何か意味があるのだろうかと一瞬思ったが、今さらどうでもいいような気がしていた。なぜなら、彼女はけっきょく話すことになるのだ。もちろん、ブラウスのボタンまでは外しはしなかったのだが。

「昔々、といっても、そんなにたいした前のことじゃないわね」とシンデレラは話し始めた。僕は彼女の口もとを見ていた。それは足の形に劣らず、とてもいい形をしていた。

「あれはまだわたしが高校生だった頃の話で、その時わたしには、同じクラスにとっても仲のいい友だちがいたの。名前はユキっていうんだけど、わたしとユキはほんとに、大の仲良しで、休みの日はふたりでよく買い物に行ったり、お互いの家に遊びに行ったりしてて、すごく楽しかったの。ユキの一番好きだったところはね、すごく真面目なところね。でもね、杓子定規に真面目ってことじゃなくてね。大袈裟に聞こえるかもだけど、人生にたいして一生懸命に真面目だったのね。たとえばね、わたしがちょっとしたことで悩んでいて、それを相談すると、とても親身になって考えてくれるの。あまりにも真剣だから、いったいどっちの悩みだかわからないくらいにね。おかしいでしょ。決してユキのことをバカにしてるわけじゃないのよ。とても嬉しかった。そんな友だちを持ててね。そう思うでしょ。だからユキとはずうっと友だちでいようと思ったの。絶対に裏切ったりしちゃいけないって。まぁ、その時はそう思ってたんだけど、なかなか難しいものね。とくに恋愛とかが絡んでくると」

彼女はいったん話をやめて、小さな間を作った。当時のことを思い出しているのかもしれないし、僕が話の続きを催促することを待っているのかもしれない。

夕陽が海に溶け始めていた。それでも、不思議とあたりが暗くなる気配を感じなかった。

「それで、どうなったの？」と僕は言った。

「ある日、クラスの男子からユキのことで相談を持ちかけられてね。ユキのことが好きなんだけれど、誰か好きな人がいるのかって。ユキはそんなに目立つタイプじゃなかったけど、肌も白いし、けっこうかわいらしい感じだったから、男子には人気があったみたいね。でも、恥ずかしがり屋というか、引っ込み思案なところがあって、彼氏とかそういうのはぜんぜんいなかったの。まぁ、わたしにも彼なんていなかったけどね。けど、わたしはわりと積極的なほうだったから、気軽に話せる男子はけっこういたような気がしたなぁ。それでその男子には、たぶんいないんじゃないかなって教えてあげたの。ユキとはそういう話はしたことなかったし、いるとすればわたしには教えてくれそうな気がしてたしね。で、何日か経ってその彼はユキに告白したみたいで、ふたりは付き合うことになったの。ユキはものすごく照れながら教えてくれたの。前々から彼のこといいなぁって思ってたこともね。でもね、じつをいうとわたしも彼のこと、いいなぁって思ってたのよね。もちろん、そんなことユキには言わなかったわよ。それにね、彼に相談持ちかけられた時に、わたしは邪魔しようと思えばできたのよね。ユキには他に好きな人がいるとか言って。でもしなかった。わたしはそんなことで友情に傷をつけたくなかったのよ。ユキに対して、いっさいの後ろめたい気持ちを持ちたくなかったの」

彼女は少し疲れたのか一度話を切った。僕が黙っていると続けた。

「ふたりはとても似合いのカップルだったわ。わたしはこころからふたりを祝福してあげた。これでよかったなって、ほんとうにそう思えたの。ユキに彼ができても、わたしたちの関係はそんなには変わらなかったの。そりゃ前より遊ぶ時間は少なくなったけどね。で、ユキはわたしにすごく気を遣ってくれてね。わたしが気にしなくてもいいよって言っても、わたしのことも大事だからってね。まぁそこがユキのいいところでもあるんだけどね。ユキはわたしにも彼ができて、一緒にダブルデートをするってのが夢だったみたいだけど、残念ながらそれは今に至るまで叶ってないみたいね」

僕は話を聞きながら、その結末を予想してみたが、うまくいかなかった。それはたぶん地面に腰を下ろして、おいしいコーヒーを飲みながら、ゆっくりと聞くべき種類の話なのだろうか。

「なんかつまらない話ね」と彼女は言った。

「そうかな?」

「よくある話でしょ?」

それにたいして僕はしばらく答えが浮かばなかった。彼女の横顔からは、理想よりも現実的な部分が、わずかながら上回っているといった感情が読み取れるような気がした。

「続きが気になる」と僕は言った。

彼女はその言葉を待っていたかのように、再び語り出した。

「そんなこんなで何か月か経って、ユキから相談を受けたの。彼のことでね。ユキの話によると、彼はユキとやりたくてしょうがないみたいなの。まぁ、その年代の男子だったら皆そうだろうと思うけど、女子はまた違うのよね。でね、ユキは初めてだし、そういうのはまだ早いんじゃないかって、それでどうしたらいいだろうって。今思えばありがちな話で、どうってことないようにも聞こえるけど、その当時はすごい問題だったのよね。わたしも処女だったしね。だから、わたしも、どうアドバイスしていいかわかんなくてね。とにかく彼に『わたしのこと大切に思ってるなら、まだ今は我慢して』とかそういうふうなことを言ってみたら、くらいしか言えなかった。ユキは彼にそう言ったみたいだけど、逆に『大切に思ってるから、そうなりたいんだ』とか言われちゃってね。それで妥協案として、ユキの誕生日まで待ってもらうってことにしたの。ユキにもその気持ちはぜんぜんなかったわけじゃないの。ただ、こころの準備みたいなのが必要だったのよ。そのあいだは半年くらいあったかな。彼はそれまで我慢することにしたのよ。でも、誕生日がくる少し前に、ユキが病気になって入院しなくちゃならなくなったの。そんなに重い病気じゃなくて、一月くらい入院して治ったんだけど、ユキにとっては彼との約束どころじゃなかったのよ。彼のほうもユキのこと心配して、そういった話はしないようにしてたんだってね。それは後で彼が教えてくれたんだけど、その時は、なんかもうユキにたいする気持ちが薄れていったってね」

彼女は僕のほうを向いた。そして続きを話すかどうか、僕の反応を見て決めかねているようだった。

「彼の気持ちはなんとなくわかるかもしれない」と僕は言った。

「じゃあ、次にわたしのところに来るってことも？」と彼女は訊いた。

それにたいして、僕は何も答えなかった。

「わたしは自分の欲望に負けたの。けっきょくね、ユキを裏切って彼としちゃったのよ。ふーっ」

シンデレラのその話はそこでいったん終わったみたいだった。僕はその続きが聞きたいような気分だったが、それを態度として彼女の前に指し示すのはなんだか気が引けた。

「ひとつだけ訊いてもいいかな？」と僕は言った。

「どうぞ」

「そのコとは今も友だちでいるの？」

彼女は軽く微笑んでみせた。

「ええ、もちろんよ。いろいろなことがあっても、わたしたちは今でも親友」

「そういうもんなんだ」と僕は呟くように言った。

「彼女に直接聞いてみれば？」と彼女は少し後で、そう言った。

夕陽の姿はもう完全になく、生まれたての闇と気球内の人工の明かりが、何にもないキャンバスに綺麗なグラデーションを描き出していた。僕はその話が、なぜ夕陽と結び付くのかの説明を受けていないことに、気づいていた。

「あれって超特大の卵の黄身だったかもね」と彼女は言った。

「そうだね。そっちのほうが立体感がある」と僕は言った。

夕食はバーベキューだった。僕は気球のなかでバーベキューをするのがはたして正しい行為なのかどうかよくわからなかった。でも、今まで起こったことを考えると、何が正しくて、何が間違っているとかなんて、たいしたことないような気がした。
食後に悪友が持ってきた——といってもこの気球まるごとぜんぶが悪友のものらしいけ

ど——ヴィンテージもののウイスキーを飲んだ。僕にはそれがどのくらい価値のあるものなのかよくわからなかった。それは何の飾り気もない木製の、ただの箱のなかに、すっぽりと収まっていた。

　僕と悪友と相棒は、その高価なウイスキーを、オンザロックで飲んだ。もちろんそれが正しい飲み方かなんて、誰も気に留めもしなかった。それでもそれは、確かにウイスキーの味がしたし、プレミアムな味のような気がした。

「さっきふたりで、何話してたの?」と白雪姫が僕とシンデレラの両方を見ながら言った。

「ちょっとね」とシンデレラが僕のほうを見て、笑みを含んだ顔をして言った。

「あやしーなぁ」と白雪姫が言った。

「手が早いな」と悪友。それを聞いた相棒は隣でにやにやしていた。

　僕は黙って、残りのウイスキーを飲んだ。

　その夜はぜんぜん眠くなかった。いろいろなことがありすぎて神経が昂っていたようだった。僕は環境の変化にはかなり敏感なほうで、もしや温暖化の影響を少しずつ受けているのかもしれないと、本気でそう考えることもあった。

　さっきまで飲んで騒いでいた連中は、適当に雑魚寝をしていて、気持ちよさそうに寝息を立てていた。僕は眠ることを諦めて、ビールを飲みながらひとりで星空を眺めていた。

見渡すかぎり海と空しかなかった。そしてその境目が僕にはうまく認識できなかった。気球のまわりには、たとえば手摺のような掴まるものが何ひとつなかった。そんな不安定な空間に、僕たちは取り残されたように浮かんでいた。

僕はそこから見える大きな柄杓を眺めながら、今自分の立っている場所について考えを巡らせていた。そして思ったことは、とくに居心地のいい場所では、けしてないということだった。

それはアンドロメダ銀河の位置を思い出そうとしているところだった。

「目が覚めちゃった」という声とともに、誰かが近づいてきた。白い肌の白雪姫だった。

「だいじょうぶ？」と彼女に向かって言った。けっこう飲んでいたからだ。

「うん」

彼女は長い髪を靡かせながら、気持ちよさそうに夜風にあたっていた。その感じがなんとなく、昔テレビのコマーシャルに出ていた当時のアイドルを思い起こさせた。そこには何かしら僕のこころをくすぐるものがあった。もし僕が撮影の機材を持っていたとしたら、今の彼女を映像に収めていただろう。

「星ってすごくいっぱいあるんだね」と彼女は言った。

「うん」と僕は軽く頷いた。

「とっても、キレイ」と彼女は言った。

それは地上で見上げる夜空よりも、数倍は綺麗なのだろう。それを見られただけでもここにいる価値があると思った。

「わたしって、オトコ運がないみたいなの」と彼女は星のひとつひとつを、まるで何かの目印を確かめるかのように、目で追いながら言った。

「どうしてそう思うの？」と僕は尋ねた。それは少し間抜けな質問である感じがした。

「なんとなくね」と彼女は言った。そしてため息交じりの、どこか重々しい息を吐いた。「わたし、もっといい星のもとに生まれたかったなぁ」

その後、僕たちはしばらく抱き合った後、軽くキスをした。彼女の唇は乾いていて何の感触も感じられなかった。

「もしさぁ、地球に巨大な隕石が落っこちてくるとわかったら、どうする？」と彼女は一番明るく輝いている星を見ながら言った。

「安全なところを探すかな。地下とか。モグラみたいに穴を掘ってそこに逃げ込む」と僕は言った。

彼女はそれには何も答えなかった。それは彼女の求めていた回答とは違っていたようだった。

「わたしはね、それで人類が滅んじゃうのはしょうがないと思ってるの。過去にもあったでしょう、恐竜とかね。でもね、どうせ助からないんだったら、その隕石が落ちてくる場所でそれを見ながら最期を迎えたいな。きっとすごい綺麗なんだろうな」

「それもいいかもしれない」と僕はその意見に同意した。

「でね、前もってそういう光景を何回も想像してみるの。本とかもいっぱい読んじゃって。そういうのってなんかドキドキしない？」

「遠足の前夜」と僕は言った。

「そう、素敵でしょ」と言って彼女は微笑んだ。

「ひとつ訊きたいことがあるんだけど」

「なぁに？」

「夕陽は好き？」

「うん、好き。キレイだよね」

僕たちの会話は行き止まりに来たようで、そこから先には進めなかった。もっとも無理に進めることも、また、そこから引き返す必要もなかったわけだが。

白雪姫はリンゴを齧ったみたいに、再び眠りについた。僕は少し眠ってもいいかなと思ったけれど、けっきょくは眠らなかった。


そして夜は明けた。そのあいだにも僕たちは移動していたはずだ。

そのことで、僕のなかでは時制に関して混乱が生じていた。僕はいったい、いつの時代のどこにいるのだろう？　正確な時計とコンパスが必要な気がしていた。そして、いったいどこに向かっているのだろう？

でもそんな不安は、そんなに長くは続かなかった。僕たちは見覚えのある場所に戻って来ていた。緑色の草原とくねくねした川の流れが、どんどん近づいてきた。それらは出発した時と何も変わっていなかった。

「前と同じだ」と僕は独り言のように言った。それは確かに独り言だった。

振り返った時、そこには誰もいなかった。

そして彼らがそこにいたという痕跡のようなものもなかった。僕は祭りの後のような、静まりかえったその場所にただ、呆然と立ち竦んでいるだけだった。

気球は僕の思う通りの気球だった。そこには水洗式のトイレもなく、あの怪しげな鏡も、バーベキューセットもなかった。もちろん、専属のシェフもいなかった。

「よかった。これが気球なんだ」と僕は言って、目を擦りもう一度それを見た。

目を開けた時、そこに彼らがいた。悪友がいて相棒がいた。

女のコがふたりいた。どこかで見覚えがあるような気がしたが、それがどこでなのか、いまいち確信が持てなかった。

「だいじょうぶ?」と髪の長いほうの女のコが言った。

「だいじょうぶ」と僕は言った。でもその声は不思議と自分の声には聞こえなかった。

ふと見た時計は、少し前に日付をまたいだようだった。

「うなされてたぞ」と悪友と呼ぶ、その男は僕に向かって言った。

その時僕がいた場所は、地球に衝突する可能性のある彗星の、落下地点と思われる場所ではなく、週末によく行く見慣れた駅の周辺にある、焼き鳥と天ぷらのおいしいと評判の居酒屋だった。

G線上のアリア

きみは、とある学校で歴史を教えていた。

学校といっても、誰もがすぐに思いつく学校のイメージとはだいぶ違うのかもしれない。そこには鉄筋コンクリートの校舎もなければ、休み時間にボール遊びをするような校庭もない。また、校門もなければ、春に満開の花を咲かせる木々もなかった。ただ、わりと広い土地に、こぢんまりとした古びた木造の建物が建っているだけだった。

そこできみは、数人から、多い時には十数人の生徒を相手に、一日に二回から三回の授業を行っていた。試験の問題を作り、採点をして、何らかの課題を与え、レポートを読み、評価を与え、それらを記録していった。生徒の年齢はばらばらだったが、その大半がきみより、歳がいくつも上だった。

春が来て、短い夏が過ぎ、やや長めの秋が来ると、待ちわびていたように、何人かの生徒は卒業して、入れ替わりに何人かの生徒が入学してきた。そして季節は繰り返し、また長い冬がやって来る。

きみは長期休暇を利用して、よく異国に旅行していた。表向きは自分の専門分野の研究のためだと言っていたが、ほんとうのところは違っていて、たんに寒いところが苦手なだけだったというのが真相だと思う。というより、それはきみ自身にもよくわからないことなのだろう。

きみの専門分野とは、あの地下室で見つかった何冊かの分厚い書物のなかの一冊に集約されていたのかもしれない。きみはその書物を何かの偶然で見つけた。でもきみに言わせると、それはたんなる偶然ではなかったということになる。それはきみにとっての、すべての始まりであり、その発見は必然だったのだ。

その書物は、きみが今までに見たことのないような文字で書かれていた。気になっていろいろと調べてはみたが、ついにその文字が、どこの国のいつの時代のものなのかわからなかった。解決に繋がるような手がかりも、ヒントらしいヒントも得られなかった。それは古代のもののようでもあるし、新時代のもののようでもあった。でもそれはどちらのものでもなかった。きみにはなぜかそう感じられた。

きみは時間を見つけては、その書物を開いて文字を眺めていた。それが何のために書かれた書物であるか、さっぱりわからなかったし、そうすることに何の意味があるのかさえよくわからなかった。

それでもきみは、それを続けた。少なくとも季節が巡って、また同じ季節がやって来るくらい。そしてその冬の初めに、きみは過去にもそうしていたように異国に行くことになる。ただ今までとは違って、それは帰国を予定していない長い旅だった。

その長い旅に出るために、きみはそれまで勤めていた学校を辞め、当時付き合っていた女性とも別れることにした。身の回りのものを整理して金品に換えた。それは貯金と合わせて旅費にするつもりだった。なぜそこまでして旅に出るのか、理由を知る者は誰もいなかったに違いない。おそらくきみ自身にもよくわかっていなかったのかもしれない。

きみは職場のなかでも、わりと誠実で信頼のできる人物として見られていたから、突然の言動に誰もが驚いた様子を隠せなかった。上司や同僚たちに理由を問われるたびに、きみはただ申し訳なさそうに謝るだけで、決して本音を明かすことはしなかった。

それでもかわいそうなのは彼女だった。理由らしい理由がよくわからずに別れなければいけないのだから。仮にきみに正当な理由があったとしても、それを彼女に説明して、納得させることはできなかっただろう。きみはここでも、ただ謝るだけだった。

ぼくはきみに忠告をしたはずだった。彼女と別れる必要はないだろうと。彼女はとてもやさしく穏やかな性格の持ち主だった。そしてその明るさは煌めく太陽のように輝いていたはずだった。あんなにいい彼女はもうできないかもしれないと。きみは「それでもいい」と言った。

きみは何かの理由があって両親とは不仲な関係が続いていた。かれこれ十年以上も、会話をすることも、顔を合わせることさえもなかった。そのことに関してきみは、誰にも何も語らなかったし、語る必要もないと感じていたようだった。

それでもきみは、何かを拒絶されたかのように怯える眼差しで、この世界を見つめ続けていた。そしてその翳りのようなものを、いつも体内に留めているかのように見えもした。

きみが異国に行くことを決めた時、伯父は少なからず理解を示してくれた。それはきみにとっては数少ない援軍のようなものだったのだろう。彼は何世代も続く資産家であり、また実業家でもあった。多くの土地を持ち、いくつかの別宅を持っていた。祖先から仕える優秀な家臣もいたし、忠実な護衛団も従えていた。

きみは伯父の住むその広い屋敷に、なかば居候の身として暮らしていた。そうはいっても、決して肩身の狭い思いをしていたわけでもなかったし、伯父とその家族との関係もほどよい緊張感があるだけで、きみにとっては、ずいぶんと居心地のよい場所でもあったはずだ。

伯父は余計なことには口出しをしない性格だった。かといって、けして無口というわけではなく、どちらかというと不必要な発言を極力嫌っているようにも思えた。もちろん、必要とされるのなら多弁になることもでき、場の雰囲気をなごませることに労力を厭わなかった。

そんな伯父を、きみは誰よりも尊敬していた。また彼も、きみのことをこころからかわいがってくれていた。彼には娘がひとりいるだけで、息子がいなかったから、そのぶん特別な感情もあったのかもしれない。ただ、このままの関係がそう長くは続かないだろうと、お互いが感じていたのは確かだった。

去年の春に、彼のたったひとりの娘は、隣県の商売人のところに嫁に行ってしまった。それは恋愛結婚だったので、娘の幸福を思い、伯父は表立って反対はしなかった。だが、内心はどこかやり切れない思いがあったのだろう。できれば婿養子をもらい、跡を継いでほしかったはずだ。

そんなこともあってか、きみは微妙な立ち位置にあることに、いやでも気づかされることになった。また、伯父は一度だけ、酒の入った席で、きみに後継者になってほしいと言ったことがあった。

その時は冗談のようにも聞こえたが、後になってみると、それは本音ではないかとも思えた。彼はそういうふうにしか本音を言わない時がある。もちろんきみがそれを断るのをわかっていたからだが。

きみは伯父の仕事に関して、ほとんど何も知らなかったし、家の伝統とか何が守るべきかといったことにも関心がなかった。その資産がどのくらいあるのか想像したこともなかった。きみは伯父の人柄だけに惹かれていたといってもいいすぎではなかった。

しばらくのあいだ、きみは考えを巡らせていた。その時付き合っていた彼女にも相談してみた。彼女は前にも言ったとおり、こころのやさしい人だった。そしてきみのことをとても愛していた。きみもいつかは彼女と結婚をと考えていたはずだ。彼女はきみの意見を尊重すると言った。そしてきみがそれを正しいと思うのなら、きみにどこまでもついてくる覚悟はあるとも言った。

きみは正直に言って、何が正しいとか、何が間違っているとか、そんなことには関心が向いていなかった。ただ、自分のなかにある得体の知れない欲求に動かされていることに、徐々に気づき始めていた。

日々の生活は少なくとも、見た目上は変わったところはなかった。でもきみは、そこでの暮らし向きが、以前より居心地の悪いものであることを、はっきりと感じ取ることができた。

伯父もそのことに気づいていたが、何も言わないでいてくれた。一方で伯母は「何も気にすることはないから、今までどおり好きなだけここにいていいんだよ」と言ってくれた。きみはただ、お礼を言うくらいしかできなかった。

きみはいつから異国行きを考えていたのだろうか。おそらくあの書物に出会ってからだったと思う。たまたま従姉妹が嫁ぐことになっただけであって、きみの計画にはそんなに影響はなかったはずだ。むしろそれがいくらか背中を押してくれたのかもしれなかった。

伯父の娘ときみは、歳がほとんど変わらなかった。幼い頃からよくふたりで遊んでいた仲だった。成長を続けながらある程度の距離をとることになるが、幼なじみというある種の好意的な関係は、そんなに変わるものではなかった。

彼女はたまに、きみに相談をもちかけることがあった。それはちょっとしたことから、比較的深刻なものまでいろいろとあったが、それは彼女がきみをとても信頼しているという証だった。それにたいしてきみはいつも誠実に対応していたし、彼女のためにできることならなんでもした。

ただ、きみのほうから彼女に相談をしたということは、彼女のそれに比べるとずっと少なかったはずだ。

幼少期から優等生だった彼女は、多少気の強いところが見られたが、親しみやすい性格で友だちも多かった。成績は常に最上位のほうだったが、それに対しては、特別執着しているようには見えなかった。きみとの会話でテストのことが話題になることなんてまずはなかったと思うし、彼女が真剣に勉強をしているところを見たこともなかった。またそうしているところを想像することもできなかった。

彼女なら一流と呼ばれる大学に進学するのは、そんなに困難なことではなかったはずだった。しかし、彼女が選んだのは他の道だった。そのせいで周囲に、がっかりさせられたといった空気が漂っているのを、きみははっきりと感じていた。

その時期の彼女は、常に期待され続けていることに少し疲れたみたいに思えた。彼女が直接そう言ったのを聞いたわけではないので、ただの推測でしかないが、おそらくきみは、もっと早くそれに気づいていたのだろう。

先祖代々伝わる名家に生まれ、血の宿命といったものを背負わされて生きてきた彼女にとって、ほんとうに大切なものは何なのか。そういった疑問を、きみにぶつけてきたこともあった。もっともその血脈とやらは、濃淡を別にして、きみのなかにも確実に流れているわけだが。

本質的にきみは、とてもやさしいこころの持ち主だが、誰かに対して必要以上に深く関わろうとするのを、意識的に避け続けてきたように見える。きみのやさしさは、けして内面から出たものではなかったはずだ。それでも、そのやさしさは十分に発揮されたはずだったが、肝心なところになると、きみはいつも避けるようにして、その場を立ち去ってしまっていた。

ぼくはなにもきみを非難しているわけではない。それもきみの一部であって、とても人間的なことなのだろう。ただきみにもう一歩踏み込んでいける勇気というものがあったなら、もしかしたら違う何かを得られたのかもしれないし、あるいは失わずに済んだものを失っていなかったのかもしれない。

そう考えると、とても悲しくなる。でもそれはきみの人生で、ぼくの人生ではない。きみの人生はきみのもので、他の誰のものでもない。

話を彼女に戻そう。きみは彼女の泣いている姿を一度だけ見たことがある。それは幼い頃ではなく、成人してからのことだ。

その時、きみは何かの用事で彼女の部屋に行った。そんなことはしょっちゅうではなかったから、きみはいくぶん緊張していたのかもしれない。でも彼女の様子はいつもと違っていて、きみの顔を見たとたんに、すでにその瞳から大粒の涙がこぼれ落ちてきていた。

きみはただ茫然と立ち竦んでいるだけだった。声をかけることもできなかった。その場所にふさわしい言葉が浮かんでこなかった。そんなきみの気持ちを察してか、彼女は泣きながらも「しばらくここにいて欲しい」と言った。とりあえずきみは彼女の隣に腰を下ろした。

壁に掛かっている小さな風景画をぼんやりと眺めながら、意外とも思えるほどに硬いソファの座り心地に、きみは戸惑いと焦燥の表情を隠そうともしなかった。しばらく間があって、彼女はきみとの距離を少しだけ縮めてきた。そしてきみの肩に顔を埋めるようにして泣き続けた。

きみは金縛りにでもあったみたいに身動きができなかった。言葉ひとつかけることもできなかったし、彼女の肩を引き寄せることもできなかった。ただ小さな風景画のなかに彼女の涙の理由を探すことしかできなかった。

「お願い……何も言わないで……もう少しだけこのままでいさせて」と彼女は声を震わせながら、そう言っていた。

きみは黙って頷いた。肩を通じて彼女の熱い体温と、せつない息づかいが、十分すぎるほどに伝わってきていた。それは確かに可憐な女性のものだったが、きみは彼女に対して特別な感情を抱くことはなかった。それればかりか、あらためて彼女が遠い存在であるように思えてならなかった。

そんなことがあっても、きみと彼女のあいだには、とくに何の変化も見られなかった。今までどおりの会話をしたし、添えられた屈託のない笑顔もそのままだった。

でも彼女と父親、つまりきみの伯父とのあいだには、今までにない緊張感があった。それは繊細に調整された弦楽器の張り詰めた雰囲気を思わせた。でもきみは、とくに気を止めていなかった。実際のところきみは大事な仕事を抱えていて、それどころではなかったのかもしれない。

それから数か月後、彼女はほんとうに結婚して、この家を出て行ってしまった。

きみが仕事を辞めることを伯父に伝えた時、彼はとくに驚いた様子も見せずに、ただ頷いただけだった。きみは理由を訊かないわけを尋ねたが、それに対しては「自分で決めたことに、とやかく言うつもりはない」というような返答だった。そして「自分にできることがあれば遠慮なく申し出てほしい」とも言っていた。

伯父は一人娘でもある彼女を失ってしまってから、目に見えて老け込んでいくのがわかった。彼が娘に対して特別な期待を寄せていたことは誰もが知っていることだった。彼はある種の失望感を身にまといながら、健康に気遣って、それまでは控えていた嗜好品の年代ものの酒を、気を紛らわすように毎晩飲んでいた。

そんな伯父のなかに、きみは自分と似た何かを感じていた。それはひと言で言えば孤独だった。彼は社会的にも人間的にも尊敬できる立派な人物であったが、その本音の部分を聞いた者はきっといなかったに違いない。

彼は相手のこころを開き、その本音を引き出すことはできたが、自分のこころは閉ざしたままだった。それはまるで何か重大な秘密が漏れるのを恐れているかのようだった。

きみは長年の付き合いでそれに気づいたようだった。そして抱えているものの大きさは違うが、本質的に自分にもそのような部分があると思っていた。ぼくはきみの考えがわからないでもなかったが、少し考えすぎだと思っていた。もしかしたら彼には、人には語れない過去の過ちがあるのかもしれない。

でもぼくは思う。誰にでもひとつくらい、こころの闇をもっていて、それを抱えながらもうまく生きている。そしてきみにこう言うだろう、「きみは決して孤独ではない。少なくともぼくがいるじゃないか」と。


伯父の援助を受けることにしたのは、そうすることがけっきょくは伯父の意に沿うことなのだろうと、きみは判断したからだった。彼はそういった金の使い方には自分なりの意義を感じているようだった。きみにとってもそれはありがたいことだった。金はあるにこしたことはない。ただまたひとつ、大きな借りができてしまった。

異国行きに関しては、どのくらいの期間になるのか、それだけしか聞いてこなかった。それに対するきみの答えは、短くても冬が終わるまで。でもとくにそう決めているわけでもない。場合によってはもっと長くなるかもしれない。というものだった。

その時の伯父はいつにもまして口数が少なかったが、その表情はとても穏やかだった。そして突然思いついたように、あの書物を譲ろうと言ってくれたのだ。きみが偶然に地下室で見つけた、あの書物だ。

大ぶりのグラスには、なみなみと酒が注がれていた。伯父はそれを淡々と飲んでいた。きみはそれほど酒好きではなかったから、それが正しい飲み方かどうかよくわからなかったが、そこには何かしらの間違いが生じているという思いを抱かずにはいられなかった。

きみは暖炉のなかで燻る熾火を見つめながら、この家で暮らしたそう短くもない月日を思い出そうとしていた。それは深い霧と、密度の濃い空気に包まれていた。浮かんでくる風景は霞んでいて、その肌ざわりは心地よかった。できることなら、きみはずっとここにいたいと思った。でもここはきみの居場所ではなかった。きみのいるべきところは、ずっと遠いところにあった。そしてきみは、その場所を探しに旅に出るのだ。

執事が封筒を持ってやって来た。それはふたつあり、ひとつには小切手が入っていた。伯父はそれらをあらたまった手つきで、きみの前に並べた。そのふたつは同じ大きさの封筒で、並んでいると互いに協調しているようにも見えた。あるいは、きみは地平線に沈む、ふたつの夕陽を思い描いていたのかもしれないが。

「明日は駅まで見送りに行こう」と伯父は言った。

マントルピースの小さな写真立てにいる彼女が微かに笑っていた。きみは礼を言って自分の部屋に引き上げた。

はるばる国境を越えると、異国に来たという実感が徐々に湧いてきたようだった。ここに至る経緯はそう難しいことではなかった。入国審査は厳密なものではなく、多少の金銭を支払えばたやすくパスすることができた。滞在期間を未定と答えたが、同時に本国の紙幣を数枚渡すと、審査官は黙って書類に判を押してくれた。

国境は高い壁によって隔たれていた。見るからに堅牢で頑丈そうなその壁の前では、人間はとても小さな存在に思えた。きみは壁を見上げ、壁はきみを見下ろしていた。

列車のなかで、きみはやはりあの家で過ごした日々を、ぼんやりと思い出していた。そこの住人はそれぞれに仕事や、やるべきことを抱えていたので、それに追われる日々だった。ただどんなに忙しくても二週に一度は、みんなで揃って食卓を囲むことがあった。それは時に来客が交じることもあった。そして、ゆっくり時間をかけて食事を楽しんだ。くつろいだ雰囲気のなかで語られる会話は、淀みなく弾んだ。また伯父は上等の葡萄酒を開けたりもした。話題は個人的な出来事だったり、社会情勢や芸術の分野なんかだった。たいてい伯父はしばらくは聞き役に徹した。そして、場の雰囲気を読んで自ら語り手にその役柄を変えていった。

伯父は人から話を聞き出すのがとてもうまかったし、それを魅力のある語り口で提供することができた。それはまさに、天賦の才といったものであり、彼と話をしていると、まるで自分がとても面白い人生を送っているのではないかと、つい錯覚してしまうほどであった。

「良き思念をもって眠りにつき、良き思念とともに目覚めよう」というようなことを、おひらきの時に、伯父は口癖のように言っていた。

きみは少し酔っているようだった。季節はいつ頃だろうか。まだそんなに寒くはなかったのかもしれない。窓越しに四番目の月が薄く浮かんでいるのが見えた。周囲の森は多種多様の生物を、その懐に抱え込みながらも、ある一定の静寂を保っていた。夜の闇はとても深く、出来立てのささやかな幸福さえも奪っていってしまいそうに思えた。そして暖炉の奥に揺らめく小さな炎は、今にも深い眠りのなかへと誘いそうだった。

それはもう過去の出来事だった。胸の奥にそっとしまっておく光景だったのかもしれない。あの時間の積み重ねはいったい何だったのだろう。きみにとってそれは、確かにとても居心地のよい場所であったのかもしれない。でもそこに永遠に留まることはできやしない。

それはきみ自身が感じていたことだった。そしてもう二度と戻って来られる場所ではなく、もし戻って来られたとしても、もうきみの居場所はそこにはないということも。

伯父はやや長めのため息をついてこう言った。

「残念に思っている。何かほんとうの息子を失ってしまいそうな気がする」

きみはそれに対して何も答えず、弱々しい眼差しを向けるのが精いっぱいだった。

彼は酒を呷りながら、思案のなかにいるようだった。でも考えをうまくまとめることができないように見えた。

「いつになるかわからんが、また話ができるといいな」と彼は言った。

「手紙書きますよ」

そう言ってきみは頷いた。


壁の向こう側は想像とは少し違っていたようだった。きみは今まで何度か異国に来たことがあったが、この国は初めてだった。

全体から受ける印象としては、思っていたよりシンプルに見えることだった。余計なものがなくてすっきりしていたし、むしろ必要なものが少しばかり足りないんじゃないかと思えたほどだった。でもそれが、いったい何なのかを明確に示すことは、きみにはとてもできそうにはなかった。ただ余計なものといえば、それはきみ自身であったのかもしれない。

きみは街の中心部へと向かう路線バスに乗った。荷物は多少年季の入った大型のトランクだけだった。それは見た目どおりずっしりと重たかった。最後まで持ってくるのを迷ったが、伯父から譲り受けたあの書物が、その底のほうでじっとうずくまっていた。

市街地は様々な人々で溢れていた。バスは中央広場のようなところで停車し、きみは運転手にチップを渡しながら、これから滞在しようとしているホテルがどの辺にあるのかを尋ねた。バスの運転手は愛想よく微笑んで、そのホテルがある通りをとても丁寧に教えてくれた。

きみは重たいトランクを転がしながら、その通りを進んでいった。道は硬く歩きづらかった。路面に敷き詰められた石と石の隙間に、つま先が引っかかってしまうことが何度もあった。行き交う人々はまるでそんな様子は少しも見せず、それぞれのペースで自分たちの道を歩いていた。

道の両側には食料品や日用品などの店が軒を並べていた。賑わいはあったが、それはきみの気持ちを躍らせるほどではなかった。また、建物はどれも古臭く、その壁には年代ものの風化した汚れがべっとりと染みついていたし、腐敗の進んだ木材や、鈍く錆びついた金属部分が、やけに目につくといった感じだった。

でもきみはそんな街の印象を、不思議と悪いものだとは思っていないようだった。そしてある種の好感さえ抱いていたのかもしれない。それはこの場所に流れる、きみのいた国とは決定的に違う何かを含んだ独特の空気が、うまく言えないけれど、きみのなかでうまく融合していたのかもしれない。

そのホテルも圧倒的に、そして何かの宿命のように古びていた。それは何世代も前の生き残りとでもいった感じだった。

そもそも最初からホテルとして存在していたわけではなく、もともとは貴族とか商人の屋敷だったらしいというのが、きみのガイドブック的な解釈だった。もちろん当時の彼らが、どんな生活をしていたか、建物から想像するのは容易なことではないが、その大きさと、いかにも頑丈そうな重厚な造りを見ると、かなりの有力者であったことに間違いはなさそうだった。

館内は意外にも近代的に改装されていた。おそらく訪れる半数以上の旅人は、その内外の差に戸惑いを感じるかもしれない。でも、とりあえずこのホテルには、きみが思うホテルにあるべきものはひと通り揃っていそうだった。少し贅沢をいえば統一感が足りないくらいだった。でもそれが部屋まで荷物を運んでくれるわけではないし、食事のルームサービスをしてくれるわけではなさそうなので、我慢することにした。

受付にいた男は浅黒い肌の持ち主で精悍な顔つきをしていた。身体は大柄ではないががっしりとしていた。だがその他に際立った特徴は見当たらなかった。きみはその男に向かって部屋をとるついでに、ある人物の名前を告げた。

男の表情が瞬間的に固まったようだった。きみはもう一度その名前をゆっくりと告げた。受付係は表情をやわらげ、きみの目をまっすぐ見つめた。そして軽く頷くと少し待つようにと言い残して、カウンターの奥の扉の向こうに消えてしまった。

壁に掛かった豪勢で凝った造りの大きな時計が、区切りのいい時間を示していた。きみは自分の腕時計を見た。それはとてもよく使い込まれた古い時計だった。ずいぶん前に、どこかの骨董品の店で買ったものだった。

ふと立ち寄ったその店で、偶然見つけたその時計に、それは何があっても自分のものにしなくてはいけないという直感が、まるで竜巻の発生のように働いた。どうしてそうなったのかは、もちろんわからなかったが、きみがそんなふうにして何かを手に入れるということは、それまでなかったことだった。

持ち合わせの金をほとんど使い、きみは運命に従う勇敢な騎士のような高揚感とともに、その時計を手に入れた。

扉が開き、受付係の男がきみの前にやって来た。そして穏やかな表情で部屋の準備ができたら案内するので、しばらく待つようにと言った。きみは礼を言い、男の表情をいくぶん真似てみせた。

きみはロビーに陣取る小綺麗で、たいそう立派なソファに身体を預けた。すぐにそれは旅の疲れがあるということに気づかせてくれた。手首の上で古い時計は、着実に時を刻み続けていた。それはきみの国の時刻だった。ただきみはどうしてか、現地の時刻に合わせるという作業を行わなかった。

ホテル側の案内してくれた部屋はとてもありふれたものだった。特別に快適とはいえないまでも、かといって不快に感じるほどでもなかった。でもきみはとくにそんなことに関心を払う性格ではなかった。ただ机がちょっとばかし小さいことに、少し不満をもったくらいだった。

きみはいったい、何のためにここにやってきたのだろうか。そう何度も自問したに違いなかった。でもそれをうまく誰かに説明することなんて、とてもできそうにはなかったし、またそうする必要もないと思っていたようだった。それでもここに来れば、探しているものが見つかる可能性があるだろうし、自分の進むべき道が拓けてくるだろうという、楽観的な考えが頭の隅に残っていた。

荷物を解くと、きみは思案のなかに入った。ヒントは伯父にもらった封筒にあった。そして同じく譲り受けた書物のなかにもあったが、とりあえず書物はあと回しにすることにした。

封筒には上質な紙を用いた数枚の手紙が入っていて、それは伯父の父親、つまりきみの祖父からのものだった。手紙には丁重に封蝋が施されていた。伯父の話によるとその手紙は、いつの日かきみに渡してほしいと託されたものであった。その宛先が正確にきみである確証はどこにもなかったが、伯父は何も疑問を挟まなかったようだった。

きみの記憶のなかに、祖父との思い出と呼べるものはほとんど残っていないように思えた。何度かは会ったが、その時きみはあまりにも幼すぎて、ものごとの判別に大人の助けが必要な時期だった。

そしてまだきみが幼いうちに、祖父は死んでしまった。病死だったことはかろうじて覚えていたが、それがどんな病気だったのかはわからない。

葬儀は希望の丘と呼ばれる場所でひっそりと、執り行われた。その時きみは生まれて初めて、人の死というものに直面したわけだが、覚えているのは、目を細めたくなるような眩い陽の光と、その季節にしてはいくらか厚着をしていたため、汗で湿った下着の感触がひどく気持ちの悪かったということだった。

そして穏やかに眠る祖父の顔を見て、ほんとうに死んでしまったのが、にわかに信じられないことだった。それはただ眠っているだけで、しばらくすると目を開けて、何事もなかったかのように起きだすんじゃないかと思えた。

そこには、わずかな希望さえなかった。それは誰かの胸のなかにしっかりと収まってしまっていた。その場所は今でも希望の丘と呼ばれているはずだ。

祖父の手紙を開けるのに、きみはだいぶ躊躇しているようだった。受け取った日は机の上にあった。翌朝、出発の前に読んでみようかと思ったが、他のことをあれこれ考えているうちに、その機を逃してしまった。

伯父は手紙のことに関してはなにも語らず、きみも何も尋ねなかった。けっきょくそれを読んだのは、乗り継ぎの駅のホームで、次の列車が来るまでにかなりの時間があったので、覚悟を決めてその封を切った。

そしてきみは、その手紙に導かれるようにして、今この場所にいる。

彼女と偶然に出会ったのは、とあるレストランにいる時だった。

そのレストランは表の通りから、かなり奥まったところに位置していた。狭く薄暗い路地に面していて、とても古く地味な建物だった。きみは行く先もとくに決めず適当に歩いていて、ふとそこで足を止めた。それがレストランであることを認識するのに、少し時間はかかったが、そうだとわかると何の迷いもせずに中に入っていった。

きみはなにも食事をする場所を探していたわけではなかったし、耐えがたい空腹を感じているわけでもなかった。なんとなくそこが気になってしまったということだけだった。それはきみにしかわからない感覚的なものなのだろう。その店は何かしらの雰囲気をもっていた。

それは何世代にもわたる歴史の重みともいうべきものが、目に見えないほどの小さな案内人を通して、きみを誘っているようだった。そして扉の向こうでは彼女との再会が待っていた。

店内の広さは、外観から想像するほどに狭くはなかったが、その古さは期待を裏切らなかった。壁と床と天井、テーブルと椅子と棚。外部との繋がりが役目だけの薄っぺらの扉、遠い過去に埋もれてしまった窓枠。そのどれもが、容易には取り返しのつかないくらいに古びていた。

「異国から来たのか」

カウンターの隅にいる初老の男は、唐突に話しかけてきた。

「そうです」ときみは答えた。そしてどこからやって来たのか、住んでいた地名を告げた。

男はそれには関心を示さず、ただ、目の前に並んだ料理を眺めていた。それはありきたりの料理のようだったが、彼の前に差し出されたことによって、何らかのささやかな地位を獲得したかのように見えた。

「それは何という料理ですか？　同じものを食べたいのですが」

初老の男は、その言葉が自分に向けられているのを確認するかのように、軽く周囲を見回した。

「まぁ、ここに座りなさい」

きみはその言葉に従い、その男の隣に腰を下ろした。そして同じものを注文した。

「飲み物はどうかね」

男はきみの同意も得ずに蜂蜜酒をふたつ注文した。

店内に客はまばらで、時間だけがゆっくりと過ぎてゆくような感じがした。そして、もしきみが望むのならこの建物の古さの一部になれるような、そんな気がした。

ほどなくふたりの前に酒が運ばれてきた。薄い銅製のカップに溢れるばかりに注がれていた。それは安っぽく、甘ったるい匂いで満ちていた。きみたちはしばらく無言で酒を飲み、料理を食べ続けた。味は異国情緒を感じさせるには何かが足りないような気もしたが、そんなに悪くはなかった。

「あんたは迷っている」と初老の男は、食器に残ったザクロのソースをすくいながら言った。

きみは細かい傷が無数についた食器を眺めながら、少し考えて言った。

「そうかもしれません」

「迷っている時ほど余計な考えを捨てて、簡単にできることをやらなくてはいけない。それには、ほんとうに自分が何を望んでいるかわかる必要がある」

きみはその男の顔をまじまじと見た。やや広めの額に、鋭角な顎と高く尖った鼻。見開いた大きな目。その視線は常に近くにあって、薄茶色の瞳の奥からは覇気というものがまったく感じられなかった。肌は血色が悪く、ひどくかさついていて、そこに深い皺が幾本も刻まれていた。

「これは俺の経験から言えることだが」と男は言った。

「そいつをやり遂げることのできる奴は、ほんの一握りだ。そしてそれをやる機会はそう何度も巡ってくるわけではない」

いちおうきみは頷いてみせたが、要領を得てはいなかった。

「あんたを待ってる人が、そこにいる」と男は言って、一番奥のボックス席に親指を向けた。

木製の格子で小さく仕切られたその席には、ふたりの客が向かい合って座っているのが見えた。奥の席に中年の男が、手前の席には後ろ姿から見て、おそらく若い女だろうと思われる人物がいた。

「ここに、ですか?」ときみは隣に座っている男に、確認するように訊いた。

「俺は、嘘は言わない。ただそれを信じるかは、あんた次第だ」

きみはとくに疑ってはいなかったが、信じるかと訊かれれば、信じてもいなかった。

ウェイトレスがやって来て、無言で空いている食器を運んでいった。きみは自分の腕時計を一瞬眺めて、財布から紙幣を取り出しカウンターの上に置いた。

その時、ボックス席にいた中年の男が席を立った。そしてきみたちのすぐ側を通って出入口に向かい、そのまま外へ出て行ってしまった。

「ここは僕が払います。お礼です」ときみは初老の男に言った。

男は両目を軽く見開いて、口もとだけで笑ってみせた。


「まさかこんなところで、会えるとは思わなかったよ」ときみは驚きを隠せずにそう言った。

「久しぶりね。わたしもびっくりしたわ」

彼女と会うのは何年ぶりだろうか。もともと魅力的な女性だったが、年月がその魅力を、よりいっそう引き出すのに一役買っているように思えた。

「どうしてここに?」ときみは訊かずにはいられなかった。それはたぶん彼女も同じだったと思うが。

「度々来るのよ。商用でね」と彼女は答えた。

きみは彼女にいろいろなことを訊きたかったし、自分のこともいろいろと話したかったに違いない。でも何からどう訊いたり、話していいのかよくわからなくなっていた。それは彼女も同じだったのかもしれない。でも少なくともきみと彼女のあいだには、何か気まずくなるような出来事はなかったはずだ。ただ彼女が結婚してからは、きみは伯父に気を遣って連絡をとることをしなかったということくらいだった。

「商談はうまくいった?」

「まあね」と彼女は言った。そしてどこか憂いを帯びた表情を見せた。

きみは無意識にあの頃の彼女と、目の前にいる彼女とを比べていた。そして時間の経過とともに、失われてしまったものが、じつはたいしたものではなかったということに気づいたようだった。

そしてそれがぼくを、たまらなく悲しい気分にさせた。

「どうしてもあの家を出なくては、いけなかったのかい?」ときみは訊いた。

彼女はその質問がくることを、どこか予期しているような感じで、軽く頷いた。

「ほんとうのこと、話すね」

彼女はまっすぐにきみを見つめた。それはあの頃と少しも変わっていないように感じられた。

「わたしは父とは血が繋がっていないの。それと、父も祖父とは血が繋がってはいない」

彼女は繰り返す必要がないくらい、ゆっくりと丁寧に言った。

きみはそれについてとくに驚きもせず、告げられたことを淡々と受け入れたようだった。

「正統な血はすでに途絶えているわけだね」ときみは訊いた。

彼女はそれには何も答えなかった。

「どうしてそれを?」

「詳しいことは訊かないで。でもこのことを知っているのは、父とわたしと……あとは、あなただけね。少なくとも」

「僕はどうなんだろう?」

「父とは繋がりはないわ。でも祖父とは繋がりはあるはずよ。たぶん」

それがどういうことを意味するのか、きみにはわかっていたはずだった。でもどこか遠い惑星で起こっていることのように思えてならなかった。

「ほんとうならあの家は、あなたのお父様が継ぐはずだった。そしていずれはあなたが……」

「僕には荷が重すぎるよ。きっとこうなって良かったんだと思う」

「わたしにも荷が重すぎた」

彼女ときみは、黄金色のあの追憶のなかにいた。そしてそれは、すぐに届きそうなところにあった。でも手を伸ばすには何かが足りなかった。

「もうひとつ」と言って彼女は指をひとつ立てた。

きみは頷く。

「あなたに好意以上の想いをもってた。ずっと……でも、あなたはわたしに気がないことも知っていた」

きみは再び頷く。

「今さらこんなこと言ってもしょうがないけどね。でも苦しかった。何もかも、どうにでもなれって思ってた。縁談の話がきた時は、あなたとふたりきりであそこから逃げて、どこか遠くで静かに暮らしていければって、本気で考えた。でもあなたには、付き合っている人がいて……わたしはそのひとのことをとても羨ましく思っていたし、すごく憎んだ」

「恋愛結婚じゃなかったの？」ときみは尋ねた。

「そう言うしかなかったのよ。あの縁談に父はもともと反対だったし」

きみは何と言っていいのかわからず、ただ彼女の美しい顔を見ていた。

「でもね、けっきょくこれで良かったのよ。わたしは今の生活に不満はないし、それにもう苦しまなくてもいいから」

「強いんだね」ときみは言った。

彼女の笑顔は今日見たなかで誰よりも眩しく見えた。

「ひとつ訊いてもいい？」

「どうぞ」

「父は元気？」

「うん、とても元気だよ」ときみはそう答えておいた。

別れ際にきみは、彼女からあるものを渡された。

「あなたにお願いがあるの」と彼女は言った。

「これはあの家で見つけたものなんだけど、とても気になってね。あなたがよく行っていた国の紋章が付いているの」

なぜ彼女が、そんなものを持っているのか、きみにはわからなかったと思う。でもぼくにはわかるような気がした。彼女は偶然ここにいたわけではなかった。

彼女はきみが来るのを知っていて、わざわざそれを用意していたのだ。そして真実を語り、きみにあることを託した。それは伯父から譲り受けたあの書物に、深く関わることでもあった。

ぼくは最後まで見届けようと思う。どうやらそれが、ぼくに課せられた使命のようだった。


それは何の飾り気もない木製の箱だった。

おそらく中には、きみの旅路を導くものが入っているはずだ。

悪魔を憐れむ歌

夢のなかで悪魔に会った

悪魔は自分でそう名乗っていた。

光沢のあるパリッとした清潔なシャツに、見るからに上等なジャケットを羽織っていた。ネクタイはしていなかった。細身のパンツはひとつの皺もなく、一本の折り目が彼方の地平線のように、綺麗な直線を描いていた。

悪魔に会えるなんて、そうそうあることでもないから、これは夢なんだろうと僕は勝手に思うことにした。そんな僕の心情を察したかどうかはわからないが、悪魔はそのことについては何も触れず、単刀直入に取引を持ちかけてきた。

それは僕の眠りを買い取るというものだった。

「報酬は一度の眠りにつき、おまえの月給と同じ額を払おう。悪くないだろう？」

悪魔はそう言った。

確かに悪くはなかった。でもそれは、何だかとても怪しい話で、かつ、とても危険なにおいが漂っていた。なんといっても相手は悪魔なのだから。

「それは現金ですか？」と僕は訊いた。

「振りこみでもいい」と悪魔は簡単に答えた。

「身体はだいじょうぶなんですか？　生きていくには睡眠は必要です」

「それは心配ない。ただ夢は見られなくなるだろう」

「昼寝でもいいんですか？」

「いつでもかまわないが、ある程度のまとまった睡眠時間は必要だ」

「それって時給いくらって話になりませんか？」

「なんなら契約書を用意するか？」

悪魔はそう言ったが、契約書なんてものは存在しなかった。そして、僕に明確な答えも求めず、彼にふさわしい、まさに悪魔の微笑みを浮かべて、手品師が瞬間移動するみたいに、パッと消えてしまった。

左の親指の爪に、うっすらと押された刻印のようなものを見つけたのは、しばらくしてからのことだった。

彼女がカニを食べたいと言った

テレビで情報番組か何かを観ていたら、無性に食べたくなったみたいだった。僕にもそんな気持ちになる時くらいはあるが、たいていは我慢ができる。でも、彼女の場合は違っていて、いったん何かが彼女を捉え始めると、恐ろしいまでの執着を見せることがあった。

「せっかくだから本場に行って食べよう」と僕は提案してみた。僕も何だかそれが乗り移ったみたいに、無性にカニが食べたくなってきていた。

「本場って、北海道とか？」

「いいね」と僕は頷いた。

「今から？　だいじょうぶなの？」と彼女はやや不安げに言った。

僕が臨時収入があったことを告げると、彼女のその眼差しは、一瞬にして希望で満ち溢れたものに変わっていった。

「ついでにジンギスカン食べて、ビール飲んで、時計台と赤レンガ倉庫へ行って、温泉入って……それから夜景も見よう」

「ラーメンも食べたいな」と彼女は付け加えた。

悪魔は突然、僕の前に現れる

「眠りにつく前に、ここを押すことだ」

そう言って悪魔は、手のひらから少しばかりはみ出るくらいの箱を見せた。

それは何の飾り気もない、ただの木製の箱のように見えた。側面に小さなボタンがあって、それが悪魔の言うところの「眠りのスイッチ」だった。

「僕の眠りを集めてどうする気なんですか？」と僕は尋ねてみた。

「知りたいか？」

「知らないほうが幸せなら、そのほうがいいのかもしれません」

悪魔は安楽椅子で足を組みながら、肘掛けの部分を指先で軽く叩いた。そして、とても不敵な笑みを浮かべていた。

　彼に会った瞬間から、ある種の身の危険を感じずにはいられなかったわけだが、それと同時に、説明ができそうもないくらい、不思議な陶酔感に捉えられてしまっているような気がした。

「人類の歴史は、人殺しの繰り返しだ」と悪魔は言った。

「戦争のことですか?」と僕は言った。それが眠りと関係があるのかは訊かなかった。

　悪魔はその質問には答えず、軽く首を横に振った。

「カエサルが殺されたのは、たんに共和制を守るためではない。事実その後、帝政に移行している」

　僕は黙って頷いた。

「人間は原則的に大きな変革というものを恐れている。なるべくなら現状を維持したいと考える。そしてまれに現れる改革者が、世の中を変えようとすると、それを全力で阻止しようとする。時に抹殺もする」

　悪魔はいったい僕に、何を伝えようとしているのか、その意図が読めなかった。でも、しょせん悪魔と人間とでは、決定的に何かが違っていた。それをうまく表現することは、そう困難なことに思えないでもなかったけれど、それは軽々しく口に出してはいけない種類の話のように思えた。

「それはもしかしたら、社会の意思みたいなものですか？」と僕は訊いた。

悪魔は薄い唇を舐めながら、僕の問いかけに答えてくれた。

「社会の、というより、それは俺の意思だ」


念願のカニに辿り着いたのは、あれから三日後だった

そのあいだカニのことはとりあえず、禁欲の洞窟のなかに閉じ込めておいた。

「食欲は三日後に復活する」と僕は意味もなく言った。

「わたしは、ずっと我慢してたよ」と彼女は意味ありげにそう言った。

「耐え忍ぶ者たちは、幸いなり」

僕たちは地元で有名なカニ料理専門店で、思うがままにカニづくしを堪能した。彼らは、じつに様々な姿形で、僕たちの前に運ばれてきた。

最初に色鮮やかに茹で上がったカニを食べ、次に刺身を食べた。それから茶碗蒸し、カ

ニ味噌、天ぷらを食べた。そして炭火でじっくり焼いたカニと、カニしゃぶを味わった。締めにカニクリームコロッケとカニ雑炊が登場した。

食事が済むと、僕はテーブルの上に散らばったカニの殻を、ひとつの大皿に集めて、一番上にアカシアの枝を載せた。それから少量の塩を振りかけた。

「タラバガニとズワイガニ、どっちが好き？」と彼女は言った。

「そんなの気にして食べたことないよ」と僕は答えた。

「わたしは、だんぜんズワイガニだけどね」

「そういえば、かに座のカニって、ヘラクレスがヒドラ退治に行く途中に出てきたんだけど、あっという間に踏み潰されてしまったらしいね」

「完全に雑魚キャラね」

「あまりにもかわいそうだから、神様かだれかが星座にしてあげたんだ」

彼女はなるほど、といった感じで頷いた。

「でもこれからカニ食べる時に、それを思い出して、ちょっと同情しちゃうかもね」

「僕もズワイのほうが好きかもしれない」

僕たちはその店を後にすると、予約を入れたホテルへと向かった。日没までは、まだだいぶ時間があったが、外気は思っていたほど冷たくはなかった。

ふだん見慣れた街並みと、そんなにたいした違いは感じられないけれど、やはり知らない土地に踏み込んでいるという高揚感はあった。焦点をぼかして街全体を眺めると、潜んでいた探求心がくすぐられるような気がした。

「明日はどうしようか？」と僕は彼女に尋ねてみた。

「この辺、ぶらぶらするのもいいかも」

「目的は達成できたからね」

「うん」

「ついでにヒドラ退治でも行こうか」

彼女は僕に寄り添うようにして歩いていた。ジンギスカンを食べることになったら、牡羊座の話も必要なのかもしれないと思った。

「ねぇ、さっきから気になってたんだけど」と言って彼女は僕の手を取った。

「これ、なに？」

彼女が爪の刻印を見つける

まったく気にしていなかったというわけでもないが、僕はその刻印をそんなに重要視していなかった。悪魔のことも、ただの悪い冗談のように思っている自分がいた。たんに現実から目を逸らしたいだけなのかもしれない。でもそれは確かにそこにあった。現実は見つめるだけでは変わらなかった。変えるのは強い意志とそれにともなった行動だけだった。

「信じてくれないかもしれないけど」と僕は告白した。「僕は悪魔と契約している」

彼女は僕の顔をまじまじと見つめた。そして今にも笑い出すんじゃないかと思った。でも彼女は笑わなかった。

「どんな?」

「それについては言わないほうがいいのかもしれない。悪魔のことを話した時点で同じだけど、これ以上言うと、何かよくないことが起こりそうな気がする」

彼女はしばらく真剣な表情で考えこんでいた。差し込んだ光が、顔の輪郭をやわらかく浮かび上がらせていた。そしていくつかの思慮を含んだ陰影を作っていた。

僕はそれをとても美しいと思った。

「わたしにできることがあったら、なんでも言ってね。わたしはあなたを助けたいの」

「ありがとう」と僕は礼を言った。

ホテルの部屋は六階の六号室だった。落ち着いた雰囲気のツインルームで、駅に近くて立地も良かったため、それなりに値も張ったが、金額に見合った部屋だった。何より僕はお金を持っていた。これほどお金を持っていたということは、過去になかったくらいに。それが今の僕にとって、いいことなのか、それとも悪いことなのかよくわからなかった。ただ、正しいことをしているようには思えなかった。でもそれは行為自体のことではなく、お金を持っていることにたいしてだったのかもしれない。たとえ正当な報酬を得て、結果的にお金持ちになれたとしても、それが自分にとって正しいこととは、どうしても思えなかった。

僕たちはそのホテルの部屋で、とくに何をすることもなく、くつろいでいた。ふたりとも、何百光年先の超新星のごとく、重たい腹を抱えていたからだ。

「すっごく、おいしかった」と彼女は言った。

「けっこう食べられるもんなんだね」

「食欲って怖いね」

「あなたの咽喉に短刀をあてよ」と僕は、誰かに向かって静かに言った。

幼少期に繰り返し見た夢

日が暮れても、僕たちは部屋でだらだらと過ごしていた。どこかに出かけようという気が起こらなかった。テレビをつけると、僕の好きだった少し古めの映画をやっていた。旅先でのその遭遇に、僕はわずかながら感動を覚えた。

時計の針が二十一時を知らせてくれた時、部屋のドアが、三連符のメロディを奏でるように、三回ノックされた。

僕はソファから身を起こして応対した。背筋がピンと伸びたボーイが、うやうやしく木箱を渡してくれた。それからしばらくして部屋の電話が鳴った。悪魔からだった。

「旅行は楽しいか?」と悪魔は訊いた。

「たまにはいいもんです」と僕は答えた。

「箱を届けさせておいた。旅先でも眠りをもらおう」

「ちょっと聞きたいことが……」

少し間があって悪魔は言った。「何だ?」

「いや、何でもないです」

僕は受話器を置いて、しばらくそれを見つめていた。ついさっきまで電話を使っていたことが、にわかに信じられなかった。

「だれと話してたの?」

「悪魔からだよ。箱を届けたって」

彼女は物書き机に置いてある木箱を眺めた。

「これなのね」

「僕はそんなにお金に困ってるわけじゃないんだ」

「知ってるよ」

「でも実際に、お金を持っているというのは、へんなものだね」

「なんか欲しいものはないの?」

「あんまり物欲がないのかもしれない」

「わたしも」

「いろんな場所に行こう」

「うん」

僕は冷蔵庫を開け、ミネラルウォーターをゴクゴクと飲んだ。咽喉がカラカラに渇いていたからだ。

「だいじょうぶ?」

「小さい頃よく夢を見たんだ」と僕は言った。

テレビでたまたまやっていた、オカルトまがいの番組を観たその晩に、僕はその夢を見ることになる。最初は、とくにこれといった印象を残すことなく、すぐに忘れるたぐいの夢だと思っていたが、そのうちに黒い人影がいつも出てくることに気づいた。

「眠るのが怖かったんだ」と僕は言った。「その人影は知らないうちに忍び寄ってきて、いつでも僕を殺そうと狙っていたんだ」

彼女は黙って聞いていた。僕は、もうひとくち水を口に含んだ。

「眠れなくて天井を眺めていると、そこにもやつはいるんだ。暗闇のなかで僕を見ている。それで目を閉じると、瞼の裏側までやつは追ってくるんだ」

当時の僕は、当たり前のように睡眠不足に陥り、食欲不振と精神的不安定を抱えていた。

「だれかに相談はしなかったの？」

「しなかった。なぜだかわからないけど、信じてもらえないかもしれなかったし、急に自分の内側を知られるのが怖くなったんだ」

「でもまわりは様子がおかしいって、気づくんじゃないの？」

「それはよくわからなかったけど、そのことを誰にも悟られないように、僕はできるだけふつうに振舞おうと頑張った。とても苦しかったけど」

「信じるよ」と言って、彼女は手のひらを重ねてきた。それはわずかに湿っていて温かかった。

「どのくらいの期間だったかは、よく覚えてないけど、そのあいだ誰にも助けを求めなかった。今思うと、ただひたすらに耐え続けることで、ぼくはそれに打ち勝ったんだと思う」

彼女は僕の爪に浮かび上がった、悪魔の刻印を見つめながら、独り言のように呟いた。

「呪いを解かないと……」

街で評判の占い師を訪ねる

地下へ階段を下っていく。ロウソクの炎で照らし出された石の壁は、じめじめと陰湿で、恐ろしいまでに強靭なものだった。

部屋の扉では神秘の目が怪しく光っていた。

星や三日月、太陽のシンボルを配した宇宙を思わせる壁一面と、幾何学的な模様の床、中央奥には、カール大帝のそれを思わせる玉座が鎮座ましましていた。そしていくつかの燭台には、それぞれ数本のロウソクが、ゆらゆらと小さな炎を揺らせていた。

僕は闇を彷徨う哀れな旅人だった。危機や困難に遭遇した時に頼るものは、神様か、あるいは評判の良い占い師か。

左手を胸の高さまで上げる。目隠しをされているので、何も見えないが、胸のあたり……心臓の先には冷たい金属の感触があった。

僕は言葉を並べ、誓いを立てる。

その占い師は若く美しい女性だった。僕は驚いたが、しばらくは声を出すことも、息をすることもできなかった。ただ、彼女は表情には表さなかったが、驚かなかったのか、平然としているようだった。

　僕たちはそれぞれ誕生日を告げた。八月十七日と七月十八日。その数字と組み合わせにどんな秘密があるのか、僕たちには何もわからない。

「呪いは解けるんですか？」と彼女は尋ねた。

　美しい占い師は水晶玉のなかをじっと覗き込んでいた。

「わたしには呪いを解く力はありません。ただ、あなたたちの運命を導くことができるだけです」

「教えて下さい」

「預言を授けます」

　占い師は紙に図形を描いた。

「これがその、しるしです」

　僕はそれを脳裏に刻み込んだ。

「それだけ？」と彼女は言った。

「これから行くべき場所を見せましょう」

　占い師は僕に水晶玉を覗くように指示した。

「神経を集中させて下さい。あなたには見えるはずです」

僕は言われた通りにした。生まれて初めての経験だったはずだが、過去にもそうしたことがあったかのように、すんなりと受け入れることができた。

「何か見えた？」と小さな声で彼女が訊いた。

「うん」

水晶に浮かび上がってきた光景は、海の向こうの、とある広場だった。


ヴェネツィアでイカスミのパスタとティラミスを食べる

「サンマルコ広場ってどこにあるの？」と彼女は訊いた。

「たぶん、ヴェネツィアだと思う」と僕は答えた。確かナポレオンがベタ褒めしていた場所のはずだ。

「ヴェネツィアって、イタリアの？」

「うん」

彼女はしばらく考えているふりをしている様子だった。彼女の答えはもう決まっていて、僕の決断を待っているだけだった。

「せっかくだから、イタリアツアーにしようか？」と僕はささやかな提案をした。

彼女は、今度はほんとうにしばらく考えてから言った。

「だいじょうぶなの？」

「そうするしか他に道がないような気がする」と僕は言った。突拍子もない問題は、突拍子もない方法でしか解決できないような気がしていた。

僕たちはデパートのなかにある旅行代理店に行って、ツアー日程を調べてもらった。直近で二週間も先だった。

「一度戻ったほうがいいかもしれない」と僕は彼女に言った。

「いろいろ準備もあるしね」

僕は念のためキャンセル状況を確認してもらった。すると成田からなら、明後日出発に空きがあるということだった。

「忙しいね、会社に連絡しとかないと」と彼女は言った。

その日のうちに僕たちは、多少の名残惜しさを感じつつも北海道を後にした。

その時は考えてもみなかったが、国内と海外旅行では準備するものが当然違っていた。

そしてふたりともパスポートをいつも所持しているわけではなかった。

慌ただしい出発だったけれど、その旅はびっくりするくらい順調だった。最初にローマに入り、いったん南下してナポリに行き、そこから北上してピサを通ってフィレンツェに向かった。そしてその後は、いよいよお待ちかねのヴェネツィアだった。

「ヴェネツィアって食べ物、何が有名なんだろ？」

「ダニエリとフローリアン」

「それおいしそうだけど、食べれるのかな？」

「ゴンドラのほうが食べやすいかもしれない」

僕たちはガイドに集合場所と時間を聞いて、別行動をとることにした。ツアーに組み込まれていた昼食もキャンセルしてもらった。僕たちの目的は観光ではなかった。

サンマルコ広場はすぐにわかったが、あの占い師に聞いた預言が、そこで具体的に何を示しているのかわからなかった。

「ねぇ」と彼女は言った。「お腹が空かない？」

運河沿いのレストランで食事をすることにした。前菜に生ガキを食べ、彼女はイカスミのパスタを、僕は手長エビのクリームパスタ、最後にティラミスを食べた。かなりのボリュームだった。

「残りのパンと魚は、集めると十二の籠いっぱいになった」

鐘楼から街を見下ろす

見上げたサンマルコ寺院には、黄金に輝く羽の生えた獅子像がいて、広げた分厚い本を前足で支えていた。そのすぐ上には守護聖人のマルコがいて、そのまわりには何人かの天使たちがいた。

「あのライオンが関係してるのかな?」と彼女は言った。

「わからない」と僕は言った。「確か、獅子座もヘラクレスに倒されてる」

「じゃあ、わたしたちは似た者同士ね」

寺院の入口は観光客の、例によって長い行列ができていた。僕たちはあっさりと、中に入るのを諦め、比較的空いている、近くの鐘楼に登ることにした。

そこからの展望は素晴らしいものだった。何かの映像で見たのと同じヴェネツィアの街だった。これがただの観光だったとしたら、どんなにかよかっただろう。僕はこころからそう思った。

「いい眺めね」

すぐ隣で、彼女はまるで新婚旅行中でもあるかのような、幸せの表情を浮かべ、街を見下ろしていた。その顔は、女神のような美しさのなかにも、天使のような無邪気さが垣間見えた。そしてその無邪気さが、女神の陰湿さを中和しているようにも思えた。もちろん、それは僕の勝手な妄想だった。僕は女神や天使を見たこともなければ、会ったこともなかった。

「なにか見つかった?」と彼女は訊いた。

「なにを見つければいいのだろう?」と僕は答えた。

「しるし、でしょ?」

実際、その「しるし」は至るところにあった。でも僕にはそれが、ほんとうにその「しるし」なのか確信が持てなかった。そしてそれが、どこかに導いてくれるということにたいしても、同様に思えた。

ヴェネツィアの街は、混沌とした美を装いながらも怪しげに微笑んでいた。かつて、プルーストやヘミングウェイといった文豪たちが、その魅力に引き込まれていったその場所に、いったい何をしに来たのだろうか。僕は上空を見上げた。陽光がとても眩しかった。軽く眩暈がした。頭がズキズキと痛み始め、視界がぼやけていった。寒気が全身を覆い、そして次第に息が苦しくなってきた。

「だいじょうぶ?」と彼女が心配そうに言った。

「もう、降りよう」と僕は言った。

地上に戻り腰を落ち着け、しばらく休憩することにした。僕たちは、大運河沿いに隣接するカフェのテラス席で、仲良くカプチーノを啜った。

「落ち着いた?」

「うん、だいぶよくなった」

彼女はとても心配そうな表情で、僕を見つめ返してきた。

「これから、どうしよう?」

気分はよくなったが、僕の身体にはまだ、微かな震えが残っていた。カップを持つ手が震え、なかの液体が揺れた。

「下から、何ものかが襲いかかってきそうな気がして」と僕は言った。

「すごい勢いで追ってくるんだ。それで、てっぺんで僕は追い詰められるんだ。逃げ場所はもうなくて、逃げるにはそこから飛び降りるしかないんだ」

彼女は首を横に振った。「だいじょうぶ。わたしが守ってあげる」

「ありがとう」と僕は礼を言った。

カプチーノはほろ苦かった。それでいて感動的なほどに、きめの細やかな泡が、まろやかに僕を慰めてくれた。

人通りは絶えなかった。そしてじつにいろんな人種で溢れていた。僕はとくに意味もなく、それらの国籍を想像してみた。それはワールドカップ出場国の数よりも多いのかもしれない。

彼女はまだ、あの新婚旅行的な微笑みを、失くしてはいなかった。それでも僕に気を遣うように、それを封印していた。僕は彼女の肩をぐっと引き寄せたかった。

運河の先には橋が架かっていた。それは有名な観光スポットでもあった。周囲には人々が溢れ、記念写真を撮ったりしていた。僕はそのなかに違う何かを見ていた。

僕の視線の先にその黒い人影はあった。まるで僕の存在を認識しているとでもいった独特の雰囲気を漂わせていた。それは向かい合って座っている彼女の遥か後方でもあった。

「どうしたの？」

「ここでしばらく待っててほしい」と僕は落ち着いて言った。

「わたしも一緒じゃダメなの？」

「よく聞いて」と僕は制した。「必ずここに戻って来る。危険なことはないと思う。でもこれは、僕ひとりで行かなくてはいけない。だから待っててほしい」

彼女はため息をひとつついた。「わかった」

僕は立ち上がり、急いで黒い人影を追った。距離はだいぶ離れていたが、見失うことはなかった。

通りを行き交う観光客に紛れて追跡は続いた。そのうちに人通りの少ない路地に出た。道は複雑に折れ曲がっていて、まるで迷路のようだった。

黒い人影は路地の突き当たりまで来ると、立ち止まって、しばらくあたりを見回した。先に進むには水路を使うしかなさそうだった。

僕はゆっくりと近づいていった。そしてその存在をはっきりと確かめようと思った。でも次の瞬間、黒い人影は消えてしまった。あらためて瞬きをする間もなく。

シャイロックは肉片一ポンドを要求した

その路地の突き当たりに、僕はひとり取り残されてしまった。水路を隔てた向こう側にも、同じような路地が続いていて、街ぐるみで見知らぬ侵入者を迷わせているように思えた。

周辺の建物は、かつて栄華を誇った時代の名残を、その石壁に宿していた。僕はそっと壁に触れてみた。ザラザラとした感触に、ジリジリとした焦りと、不安からくる苛立ちを覚えた。歴史の感傷に浸っている余裕は、とてもなかった。

僕はできるだけ、こころを鎮めることにした。頭のなかから、浮かんでくる雑念を丁寧に追い払った。静かに目を閉じ、いっさいの現実的なものを遮断した。広がる闇にわずかな光が差し込むまで、眉間の奥に意識を集中させた。

石壁のひとつが、僕を呼んでいるような気がした。それは微かな振動だった。僕はその波に導かれ、虚栄に満ちた派手な現実から巧妙に隠されていた、その狭き扉の前まで来ていた。

その扉には、預言の「しるし」があった。僕は扉を開けて中に入った。

建物のなかは薄暗く、ひんやりとしていた。まっすぐな長い廊下があり、ところどころに小さな明かり取りがあるだけの、殺風景な景色がずっと奥まで続いていた。

通路を何度か折れると、小さな扉が現れた。そこにも「しるし」があった。部屋に入ると、ひとりの中年の男が椅子に揺られて読書をしていた。

「こんにちは」と僕は声をかけた。

「福音書は読んだか？」と男は挨拶を無視して、いきなりそう言った。

「いえ、読んでません」と僕は答えた。

中年の男はそれにたいして何の反応も見せなかった。もしかしたら、今読んでいる物語が、ちょうど佳境に差しかかったところなのかもしれない。

「読んでみることにします」と僕は言った。

しばらく沈黙が続いた。それは神聖なものに属する沈黙だった。

やや大きめの窓から運河が見えた。その水面では幾重にも張り巡らせた、繊細で危険な罠が、光を反射して細かく揺らめいていた。

「ヴェニスの商人を読んだことがあるか？」

沈黙の後で男はそう言った。物語が一段落したのかもしれない。

「ええ、だいぶ昔ですけど」と僕は答えた。

「六回叩いて、一回、回る」

男は手に持った本に目を落としたままで、一度も僕を見なかった。

悪魔はその昔、天使だった

彼女は僕が無事に戻って来ると、安堵の表情を浮かべ、出迎えてくれた。

「おかえり」

「ただいま」

「なにかわかったの？」

「うん」と僕は頷いた。

「よかった」

彼女は微笑んだ。でもそれ以上は何も訊かなかった。

集合時間にはなんとか間に合うことができた。僕は現地のガイドスタッフに、少し多めのチップを渡し、お礼を言った。

水上バスで駅に戻る途中、僕はディズニーランドで乗った船は、確かマークトウェイン号だったなと思い出してみたが、それを声に出すことはなかった。

メストレのホテルに着くと、僕は札幌のホテルから持ってきた、文庫サイズの新約聖書を取り出した。部屋に置いてあるのを見た時、気になってそのまま鞄に入れっぱなしにしてあったのだ。

彼女は少し疲れたと言って、ソファで横になっていた。夕食まではまだ時間があった。自分はこんなところで、いったい何をやっているのだろうという思いと、これから先に待っている、とんでもなさそうなことを考えながら、僕はページをめくった。

彼女は食べたくないと言って、夕食をとらなかった。僕もあまり食欲がなかったが、ふたりとも顔を出さないのは悪いと思い、ひとりで食堂へ向かった。前菜はまあまあおいしかったが、あとはほとんど残してしまった。

部屋に戻ると、彼女はダブルベッドですでに寝息を立てていた。僕はルームサービスで一番安いワインを注文し、それをちびちびとやりながら、続きを読んだ。

箱はローテーブルの上にあった。それは静かだが、ただならぬ存在感をまとっていた。そして失われた聖櫃のように、神秘的で謎めいていた。それは神話や聖書の世界のものだった。でも今は、そこにあって、僕の眠りという、手に掴むことのできないものを、その小さく華奢な体内に取り込んでいた。

僕は眠らないでいることに、すっかり慣れてしまっていた。体調はとくに変わったところもなかったし、時々不安定になるが、ありがたいことに、精神に異常をきたすというところまではいっていなかった。

その時間を僕は仕事にあてることにした。最新の薄型のパソコンを新調して、どこでも仕事ができるようにした。今こうして旅先でも仕事ができるということは、仕事の進捗とは別に、社会に確実に繋がっているという実感がもてるという意味で、とても重要なことだった。

そんな僕の人生は、見方を変えると、とても奇妙ではあるけれど、ごく控えめに言っても順調であったかもしれない。悪魔はもしかしたら天使だったのかもしれないと思えたのは、きっと魔が差したからだろう。

でもそれは、ただの錯覚にすぎないとわかっていた。そしてその錯覚がもたらす幻想のなかに、なにか大切なものがあるように思えた。僕たちは、規模の大きさに違いはあるが、多かれ少なかれ現実を身にまとった錯覚のなかに暮らしているのだから。

イエスは荒野にて悪魔の試みを受けられた

「僕は悪魔と対決しなければならない」

一千年の歴史をも見守ってきた、その朝日が差し込むホテルの一室で、僕は決意表明をした。

彼女がどんな気持ちでそれを聞いていたかは、その表情からはうかがい知れなかった。ただ、その後の会話からすると、あまり快く思っていないのは確かだった。

「福音書に書いてあるんだ」と僕は言った。

彼女はしばらく黙って僕を見つめた後、小さく髪を揺らした。

「それが、ここに来た意味ね？」

「意味かどうかはわからないけど、僕は路地裏である人物に、そういう助言をもらったんだ」

「ふう」と彼女はため息交じりに言った。「わたしがあの時、どんな気持ちで待っていたと思う？」

「申し訳ない」と僕は謝った。

「それは聞いた」

彼女はその視線を、僕から窓越しに見える外の景色に移しながら話を続けた。

「カフェであなたを待っている時ね、わたし、とても不安だったの。あなたが戻って来ないんじゃないかとか、そういうんじゃなくて。もし仮にあなたが戻って来なくても、集合場所に行けば、わたしは少なくともひとりじゃない。でもね、わたしにはそれができないこと知ってるでしょ？　だからあなたは、あんなふうに言ったのよ。必ず戻って来るってね。本当はそんな確信なんて、なかったって思うけど。実際戻って来たじゃないかって言うかもしれないけど、それはたまたまであって、もしかしたらっていうか、今のあなたの状況からすると、戻って来れない確率のほうが高かったかもしれないでしょ？　なんでこんなこと言うのかというと、あの待ってる時間て、他になにもやることがないのよ、考えること以外に。だからいろいろなこと考えて不安になってしまったの」

僕は黙って彼女の話に耳を傾けていた。

「ごめんなさい」と彼女は言った。「自分でも、いったいなにが言いたいのか、よくわからないの」

「全部僕のせいだ」

「あなたは混乱してる」

「そうかもしれない。でもこうなった責任は自分にあるから」

「わたしは、あなたを助けることができないの？」

「きみを巻き込みたくはない」

「もう巻き込まれてるけどね」

僕は何も言えなかった。

それから彼女は、次の目的地を訊いた。僕はこのツアーを途中でキャンセルして、ここから目的地に向かうつもりだと言った。それにたいして彼女は反対しなかったが、自分は最後までツアーに参加すると言った。

僕たちはここでお別れすることになった。

「頑張ってね。今なら、あなたの無事を祈ることができそう」と彼女は言った。

「ありがとう」と僕は礼を言った。

彼女は天使の純真さのなかに、女神の叡智を具えていた。それはあいかわらず僕の妄想だとしても、それを止める権利は誰にもなかった。もう少し続けていれば、そのうち僕は神様に会えるかもしれない。

「ねぇ」

「ん？」

「昨日ね、あなたが食事に行ってる時に……」

彼女は、ローテーブルに置かれたままの箱を見た。

「……まさか」

「ううん、開けなかったよ」と彼女は首を横に振った。「何回も開けようかなって思ったけど」

僕はその箱をじっと見つめた。昔、プシュケの『美の箱』の神話を読んだことを思い出したが、結末がどうなったかはすっかり忘れてしまった。

「あれを開けたら、どうなるの？」と彼女は訊いた。

「わからない」と僕は答えた。

「ひとつ訊いてもいい？」

「うん」

「あなたにとって、わたしってなんなんだろう？」

僕は少し考えてから言った。

「天使」

「だといいけどね」

彼女はやさしく微笑んだ。

三つの宗教の聖地にて

僕は荒野へと向かった。キリストが四十日間、絶食していた後に、悪魔の誘惑に遭遇したといわれる場所だ。それは誘惑の山と呼ばれ、長いあいだ伝承されてきた。僕は金に糸目をつけずにガイドを雇い、その場所に案内させた。

その山は趣味で登山するぶんには、もの足りないくらいの高さだった。ガイドの話によると、中腹には修道院があるそうで、そこまではロープウェイで行くことができるそうだ。僕は観光客を装いながらも、それには従わず、ただ山頂を目指していた。

その足取りは、けして軽くはなかったが、かといって重くもなかった。それは自分のこれからの運命に、うすうす気づき始めている、誰かの影とも重なるような気がしていた。

すでに悪魔はそこにいた。艶のない黒い衣装に身を包んで、地面に座っていた。その表情は、僕が来るのをすでに知っていたかのようだった。

「これから、ここで過ごすつもりだったんですが」と僕は声をかけた。

「ずいぶん旅行が好きなんだな」

僕はその言葉に何の反応も示さなかった。悪魔の問いかけや誘いを、すべて無視するつもりだった。キリストのように機知に富んだ答えはいらない。必要なものは、幼い頃にそうしたように、しぶとく耐え抜く強い意志だった。

「用件を言おう」と悪魔は僕の決意など意に介さない様子で言った。「俺の弟子になれ、そうすればこの世界の半分くらいは、おまえにくれてやろう」

「…………」

僕の沈黙に悪魔は微笑で答えた。でもそれに長く付き合っている気はなさそうだった。

「リー・オズワルドを知っているか？」

僕はこころのなかで頷いた。たぶんケネディ暗殺の容疑者とされている、あのオズワルドのことだろう。

「すべての罪人と、すべての聖人は表裏一体だ」

「断ったらどうなる？」

「それは自分に訊いてみるんだな」

僕はここに留まっているところを想像した。何も食べずにどのくらい生きられるだろうか？　おそらく四十日は無理だろう。でもこの荒野で、孤独のうちに朽ち果てていくのも、そう悪くはないと思った。

悪魔は軽く腕組みをして、余裕の表情を浮かべていた。二千年前も同じ表情をしていたのだろうか。

僕は静かに目を閉じた。大きく息を吸って、少しずつ吐き出した。そして、片足で地面を六回叩き、身体を回転させた。そしてゆっくりと目を開けた。

その時、それは起こった。遠くで角笛の音が聞こえたかと思うと、突然、地面が揺れだした。それは周囲を取り囲む立派な城壁が崩れ落ちるのを、大地が受け止めているかのような揺れだった。そして、低く垂れこめた分厚い雲の隙間から、幾本かの光が矢のように注がれ、地面の揺れと呼応するかのように、あたりの空気を切り裂いた。

地上にあるすべての楽器が、いっせいに掻き鳴らされたみたいな轟音が響きわたり、上空が激しく揺れた。それは凄まじいまでのエネルギーの放出で、世界の崩壊の兆候を、十分に感じることができた。

やがて空が割れた。その一点から、いくつかの影がいっせいにこちらに向かってくるのが見て取れた。影は次第に大きくなり、その姿が徐々に明らかになっていった。それは翼を生やした一頭の獅子と、何人かの天使たちだった。ともに神々しいまでの栄光に包まれていた。

彼らは、ちょうど僕と悪魔とのあいだに降り立った。それはまるでフィクションの一場面のように、寸分の滞りもなく、流れるようにして起きた現象だった。

悪魔の表情はさほど変わらなかったが、その悪魔的なオーラが、ほんのわずかだが薄らいだように感じられた。でもそれで十分だった。

「また俺に会うようなことがあったら、そん時は丁重にしてくれ」

「断ったら？」

「おまえの魂をぶっ壊す」

そう言い残して悪魔は消えた。まるで、ふいに電源が切られた映像みたいに。そしてその残像も、残響も、嫌なにおいも、僕の体内から完全に消え去った。

僕は荒野を下り街に向かった。そのささやかな凱旋に出迎えはなかった。もちろん、乗馬用のロバも月桂樹の王冠もなかった。聖墳墓教会、塩のドーム、そして嘆きの壁。僕は聖地と呼ばれるその場所を後にした。

メコン川とチャオプラヤ川とエーヤワディー川と

僕はエジプトへと向かった。そこにはっきりした目的はなかった。それはたんなる好奇心からだった。

そしてアレキサンダー大王を真似て、その遠征路を辿ってインドに行こうと考えた。しかし、現代の街のことや交通手段などを調べているうちに、面倒くさくなってやめることにした。それに僕はそんなにアレキサンダーのことが好きなわけでもなかった。

飛行機でインドに飛び、そこから東南アジアの国々を巡り、最後は香港から日本へと帰った。それはけして、かつての若者が憧れる貧乏旅行ではなかった。僕は道中で何を気にすることもなく散財した。おかげで日本に着いた時には、銀行預金の残高がほぼ底をついていた。

あの箱はそのあいだ、ずっと側にあった。悪魔が消えてしまった後でも、箱は消えずにいた。どこかに置き忘れても、しばらくすると僕の手元に戻って来ていた。でもそれは、もう僕の眠りを奪うものではなくなっていた。

しかし僕は眠りを取り戻したわけではなかった。身体が眠ることを忘れてしまっているようだった。

「眠らないと夢さえ見れない」

僕の旅路は、決定戦後の消化試合のようだった。とくに急がなくてはいけない理由もなかった。時間は何も僕に語りかけなかったし、僕もそうしなかった。時間はただそこにあるだけで、時々、列車や飛行機の運行を教えてくれるだけだった。

日本に近づくにつれ、帰りたくないという思いが、胸のあたりに込み上げてきていた。でもそれを具現化することには、やはりためらいがあった。僕は本来の自分を取り戻すために、自分のいるべき場所に行かなくてはいけない。

立ち寄ったラオスのビエンチャンで、僕はある少年に出会った。

夜もだいぶ更けた頃だった。仕事の合間に、飲み物を取りに行こうと立ち上がった時ふと、人の気配を感じた。その少年は居間のソファに座っていた。

「何か飲むかい?」と僕は少年に声をかけた。

少年は首を横に振った。そして僕のことをじっと見つめていた。

僕も少年を見ていた。小さな照明の薄暗い光に照らされて、薄く伸びたふたつの影が、部屋の壁にくっきりと浮かび上がっていた。

その影はしばらくそのまま動かなかった。僕は少年の、少年は僕の、それぞれの目を通じて、それぞれのこころに語りかけていた。それは勝敗を決めるためのものではなかった。同意を得るための対話だった。

そして僕たちはお互いに、こころを通じ合わせることができた。その後は握手をすることもできたし、抱擁を交わすこともできたのかもしれない。でも僕たちがしたのは、笑顔を見せ合うことだった。それで十分だった。もはや言葉さえもいらなかった。

しばらくして少年とその影は消えた。

「これは夢ではないな」と僕は呟いていた。

それに対して、「夢見るばかりが人生ではない」と聞こえたが、それははたして僕が発した言葉だったのか、それともあの少年が言ったのか、どちらも確信はもてなかった。

帰還

日本を離れているあいだに新政権が誕生していた。衆議院が解散され、それを受けて行われた総選挙の結果は、思わぬ与党の大敗だった。それまで持っていた議席を大幅に減らし、野党へと転落した。それは国民の大多数が政権交代を選択したということだった。

新政権に対する期待感を、各メディアはこぞって煽っているように見えた。でもそれは僕の目にひどく滑稽に映った。なぜなら、彼らは少し前に、まだ野党側だった古参議員を散々叩いていたではないか。

あるいは僕が不在の時に起こったということで、それに対する妬みがあったのかもしれない。僕は選挙権を得てから、国政だけは欠かさず投票をしていた。

そんなこともあってか、僕は自分の住んでいる国に、少しずつ興味を失っていった。そして言いようのない居心地の悪さも同じく感じていた。

僕は真剣に海外への移住を考えた。旅の終盤に立ち寄った東南アジアの国々が思い起こされた。それらはいずれも魅力的だった。その人柄、食べ物、気候、煩雑としたなかにも、きらりと光る宝石が混じっていた。僕はほんとに勝手だけれど、彼らの国がいつまでも発展途上と呼ばれ続けられることを、せつに願っていた。

のろのろと数日が過ぎていった。それは無風の湖にボートを浮かべて、餌のついていない竿で釣りをしているようなものだった。僕に危害を加えようとする者はいなかったし、僕を必要とし、訪ねてくる者は誰もいなかった。

ある日、電車を乗り継いで科学センターへと向かった。僕はそこで、数十年ぶりにプラネタリウムを観た。題目は『春の星座と、その神話たち』だった。平日の昼間ということもあってか、座席はほとんどが空席だった。

スクリーンに浮かび上がる、隣り合ったふたつの星座を、時間をかけて丁寧にハサミで切り取って、あらかじめ用意してきた小瓶に閉じ込めた。僕は席を立ち、そこを離れた。館内では著名人のナレーションが、耳元で囁くような声で、感情豊かに神話を語り続けていた。

帰りに大きな川の河川敷に立ち寄った。その場所は取り立てて言うほどのところでもなかった。むしろ、そこはどこにでもありそうな景色が、ただ広がっている場所だった。川の水は濁っていたが、かの国々で見たそれとは、だいぶ違って見えた。

流れのなかに小瓶を投げ入れた。僕はしばらくそこに座って、それを見送った。日差しがとても心地よかった。

家に着くと、すぐにシャワーを浴びた。十分に泡を立て、時間をかけて丁寧に髪と身体を洗った。髭も綺麗に剃った。滅多に着ることのないスーツを着て、乳白色のネクタイを締めた。そしてグラスをふたつとワインを用意した。

それは誰にもらったのか忘れたが、上等なバルバレスコだった。そんな高級なものを譲り受けた相手が思い出せないのは、自分で買ったのを忘れていただけなのかもしれない。

グラスに注がれた液体は、ひどく淀んでいた。それは僕にいろんなものを連想させたが、感傷に捉えられる前に、ひと息で飲み干した。それから再びグラスにワインを注いだ。今度はもうひとつのグラスにも同じように注いだ。

ゆっくりとグラスを合わせると、鋭く高く音が鳴った。僕はそれを耳から体内の奥へと届けた。そしてベッドに横たわり、枕元に置いてあった箱を開けた。

眠り続ける僕に、彼女は接吻をする

文字通り満天の空だった。天の川と呼ばれる光の帯が、夜空に描き出されていた。その流れに沿って、神話の星たちは、遠い昔からはるばるやって来ていた。その眺めは圧倒的だった。これほどまでに見事な星空を、僕は今までに見たことがなかった。

見渡すかぎり続く草原で仰向けになっていた。澄みきった空気と肌に心地のよい風、微かに湿った草の匂いが、やさしく僕を包み込んでいた。

僕はいつでも眠ることができる。瞼を軽く瞑るだけで、その世界に簡単に足を踏み入れることができる――もしこの永い眠りから目が覚めるようなことがあればだが。

聞き覚えのある声だった。彼女は僕の耳元で、僕の名前を何度も呼んでいた。

目を開けた時、強烈な眩しさに痛みを覚えた。でもその痛みは、まだ生きているという確証を十分にともなっていた。

やがて視界が馴染んでくると、彼女の顔をはっきりと見ることができた。

それは以前と変わらない、僕のよく知っている彼女だった。

「泣いてるの？」

「目が痛い」

「わたしも」

彼女の涙が幾粒か零れ落ちてきた。

「キスしてほしい」と僕は言った。「もう一度キスして」

彼女の唇は乾いていた。そして僕の唇も同じように乾いていた。

「信じてもらえないかもしれないけど、わたし処女なの」と彼女は少し照れ臭そうに言った。

「きみは天使だよ」と僕は照れずに、そう言った。

ふたりのあいだに、あの懐かしい親密さが戻って来ていた。僕たちはワインで乾杯をした。

「どのくらい眠ってたの?」

「よくわからない」

彼女はそばにあった、何の飾り気もない木製の箱を手に取った。それは蓋が開いたままになっていた。

「パンドラの箱には、なにが残っていたんだっけ?」

彼女は箱を覗き込みながら、そう言った。

「なんだろう?」

「神話、好きじゃなかったの?」

「よく思い出せない」

「まぁ、いっか」

彼女は僕の手を取り、その指先を確認した。

あの刻印はうっすらとであったが、まだそこに残されていた。そして少し上のほうにずれていた。

エピローグ

後日譚を話すと、それから僕たちはしばらくして結婚した。そうすることが何だか自然の法則に反していないと思えたからだった。もちろん、彼女にはそんなことは言わなかった。

新居は僕の住んでいたところより、少し広めの部屋を借りることにした。旅行はもう当分できそうもなかったが、とくにそれを残念だとは思わなかった。

「ねぇ、新鮮なお刺身が食べたい」と彼女はテレビを観ながら言った。

「いいね。じゃぁ西口の居酒屋に行こうか」

僕は密かに東南アジアに移住する計画を温めているが、それは当分のあいだ実現しそうにない。

そして僕は今日も眠りにつく。夢を見るのが少し怖い気もするが。

月光

世界のどこかに、まだ手つかずの広々とした場所があって、いかにも未開の地らしく、荒れ放題の草地のあちこちに、どす黒い肌をした無表情な岩々が転がっていた。その殺伐とした風景は、見る者を憂鬱にさせ、胸に抱えた希望の灯を消し去ってしまいそうだった。その真ん中に、ぽっかりと穴が空いていた。その大きさも、深さも、また何のためにそこにあるのか、正確なところはわからない。ある人は自然現象によって偶然にできたのだろうと言うかもしれないし、またある人は、そこには創造主の明確な意図があると言うかもしれない。いや、我々のあずかり知らない知性が存在していて、その入口なのでは、という意見もあるのかもしれない。いずれにせよその奇妙な穴は、人々の関心を引くかどうかは別として、ともかくその場所に存在していた。

少しだけ想像力を働かせてみるなら、この惑星がその中心に向かって、大きな力を働かせているの場合には、穴に到達したものすべてが、そのなかにすっぽりと飲み込まれていってしまうことになる。それは、まだほんのりと生温かさが残る、忘れられようとしている光景であったり、出来立ての、とびきり上等な思い出や、行き場のない怒りや悲しみ、また、それにまつわる様々な品々だったりした。

そう考えると、その存在は見た目以上に重要なのかもしれない。もし世の中が不要なもので溢れかえっているとして、しかもその置き場所に困っているとしたのなら、それらを穴に放り込んでしまえば、綺麗さっぱりとすることだろう。内部がどのような構造になっているのか、気になるところではあるけれど、その謎の解明は、実際にその穴を通過した者たちに託すことにしよう。きっと彼らの叫びは、時の洗礼を受けて、形を変えながら、何世代も後に届けられていくことになる。

穴は、かつてそこに存在していた偉大なるものが、膨張しすぎて、その大きさに耐え切れなくなった時に、自らが作り出したものだった。そして、その偉大なるものは消失し、後に穴だけが残った。それは起こるべくして、起こったことだった。そこには壮大な物語があり、解明できない深い謎があった。そしていくつもの欺瞞と、終わりのない混沌、さらに大いなる矛盾があり、そのすべてを統《す》べる整合性など、必然性が生じる余地もないほどに、気にも留めていないことがうかがえた。

‡

昨日よりもいくぶん冷たい空気が、夕暮れ時の部屋中に染みわたっていた。それに抗うかのように、暖炉のなかの火の精霊は、ゆらゆらと軽妙に舞いながら、内部に宿る熱情を焦がしていった。新しくくべられた薪は、パチパチと派手な音とともに、仲間のやや手荒な歓迎を受けていた。

男はじっと耳を澄ませている様子だった。でもそれは目の前で行われているものにたいしてではなかった。もっと別なところから聞こえる、とても小さな声にたいしてだった。はたしてそれは耳に届いたのだろうか。彼はひと言呟いた後、ゆっくりとベッドへ戻っていった。

そこには女が待っていた。彼女はベッドの端に腰掛けて、何も持っていない両方の手に、これから持つことになるであろう願望を見ていた。両肩に届く髪は、やさしく波打っていて、穏やかな表情を包んでいた。

ふたりは見つめ合い、お互いの存在を確かめるようにして、ゆっくりと身体を寄せ合った。それは自分の身体の一部が、まるで相手の身体の一部になったかのような不思議な感覚だった。その腕に、肩に、胸に、頬に。そして触れ合う肌すべてに、これまで一緒に過ごした時の重みとともに、互いの感情がとろけるように融和していった。

保護者を失ったかのような夜の闇は、ふたりのあいだにも、そっと忍び込み、か細い光でさえ徐々に浸食して、まるで略奪者のように、すべての輝きを奪っていこうとしていた。——男と女、あるいは彼と彼女は——ただその空間と時間の流れに、身を任せているだけだった。

止まっているかのように、ゆっくりと移動する薄い雲の隙間から、わずかながら光が届いていた。それはふたりの行き先を照らすのには、十分ではなかったのかもしれない。それでも、分厚いガラス越しに何世代にもわたって、わたしはそんな光景を見続けていた。

‡

秋が深まり、冬の足音が、ゆっくりとだが確実に近づいてくるのが感じられた。色付いた薄っぺらの葉を、自らの意思ですべてそぎ落とし、何もまとうもののなくなった森の木々が、とても寒々しく、ひどく寂しげに思えた。冷たく乾いた地面のすぐ上では、行き場を失くした落葉が、慈しむように積み重なり合っていた。風が吹くたびに、それらは別の離れた場所に運ばれていった。また、その様子につられるようにして、森の小動物たちが、忙しなく動き回っていた。

冬の訪れを歓迎するために、ささやかではあるが、招待の準備を始めなければならなかった。それは彼にとって初めての経験だった。長い冬を過ごすためにはそれなりの覚悟とともに、必要な物品を揃える必要があった。たくさんの薪を割ったり、街に食料と日用品を買い出しに行ったりした。それから、吹雪に備えて建物の傷んだ箇所や弱い部分を、直したり、補強する作業もあった。街でどうしても手に入らないものは――主に動力源などだが――、森に住む長老と呼ばれる人物に分けてもらうことにしていた。

そんな慌ただしい日々のなかにも、時間的な余裕はだいぶあった。この家で冬を越すのは彼と彼女のふたりだけであって、必要とする物質的な量はそれほどでもなかったからだ。彼は彼女に、森の奥に出かけてくると告げていた。

「そんなに遅くはならないよ」と彼はやさしく言った。

「そう」と彼女は軽く頷いた。そこには予期していたことが現実に起きてしまったという、不安にも似た気持ちが込められていた。

「あまり遠くに行かないようにする。ただこのあたりのことを、もう少しよく知っておきたいだけなんだよ」と彼は、彼女のなかに芽生えた不安を、なるべく増幅させないように言った。

彼女はすぐに返事をせず、テーブルの上にある、飲み終えた一組のカップを持ってキッチンへと向かった。

「森の奥は、とても危険だって聞いたけど」と彼女の声が聞こえた。

(それはわかっている)

彼は胸のうちで頷いた。

「心配することはないよ」

そうは言ってみたが、その言葉に、たいした説得力があるわけでないことに彼は気づいていた。でも他に、どんな言葉がふさわしいのか思い浮かばなかった。

「私は今のままで十分なの」

そう言うと、彼女は新しいコーヒーを煎れたカップを持って、キッチンから戻って来た。

そして、それを彼の前に置くと、向かいの席に腰を下ろした。深いため息をつくくらいの時間が流れて、彼女は話を続けた。

「あなたがどう思うかは自由だけど……。ここはとてもいい場所なの。静かで、落ち着いていて。……前にいたところと違って、とてもゆっくりなの、すべてがね。急ぐことはなにもないし、なにも急がせることもないの。そう、何て言えばいいのかな……。小さい頃読んだ童話で、最後はハッピーエンドで、『それからみんなで、仲良く楽しく暮らしました』みたいなのあったでしょ。そんな感じなの。でね、私は主人公の女の子になったような気分なの。私の言ってることわかる?」

「なんとなくわかる」と言って、彼はコーヒーに口をつけた。

「この森のことは誰もよく知らないわ。でもね、それはそれでかまわないのよ。私たちの生活には何の影響もないの。森はただ、私たちの暮らしを見守ってるだけなのよ」

彼女は真剣な眼差しで彼を見つめていた。彼はそれを簡単には逸らすことができなかった。かといって、同じくらい真剣に受け止めることもできなかった。ただ、そのあいだに存在する小さな虚空を見つめているだけだった。

「よく眠れないんだ」と彼は言った。

「それは森と関係あるの？」

彼女の目線は彼を捉えたままだった。表情はいくらかこわばっていて、声には何かを問い詰めているような響きが含まれていた。

「たぶん」と彼は答え、カップの縁を指で軽く叩いた。その行為に、とくに意味はなかった。

この森に来てからというもの、彼は満足な睡眠というものをとったことがなかった。何かに怯えているかのように、常に周囲に気を配っている感じがして、なかなか寝付けなかった。目を閉じて無理にでも眠ろうとすると、余計に頭のなかが冴えて、覚醒したままになった。どんなに疲れていても、それは変わらなかった。

いつしか彼は眠ることを諦めていた。自分は今、眠っているんだという意識をもちつつ、深い眠りを演じることにした。そうすることによって、傾いた天秤は元の位置に戻っていった。肉体的にはとく支障はなかったし、精神的にはそのほうがだいぶ楽だった。

隣で眠りにつく彼女の体温を感じながら、うっすらと闇に浮かび上がる天井を眺めていた。彼の思考は迷いの森の迷宮を彷徨っていた。童話の世界では、そこを無事抜け出すことができれば幸福が待っていた。でもほんとうにそうなのだろうか？　そんな童話があったのかと記憶を辿ってみたが、彼は何ひとつ思い出せなかった。そして朝の光が満ちて、ふたりを包んでくれるのを静かに待った。

ある夜のこと、彼はふとベッドを抜け出していた。そしてあてもなく森のなかを歩き続けていた。行く手をくまなく巡らす林道は、裸木のおかげで遮るものも少なく、膨張したわたしの光を浴びて、ほのかに照らし出されていた。

道の幅はそんなに広くはなく、誰かと並んで歩くには多少窮屈に感じるほどだったが、彼の隣には、たとえ想像のなかだとしても、誰もいなかった。森のなかを歩いていると、彼は孤独であるということを、身に染みて感じることになった。だがとくに悪い感情は湧いてこなかった。ただ、すっかり孤独に慣れてしまった自分のことを思うと、言いようのない恐怖に身がすくんだ。

彼は確実に迷っていた。分かれ道は無数にあり、選択肢は無限にあると思われた。新しい分岐点に来るたびに、なかば強制的に決断を迫られた。色彩に欠ける変化の乏しい景観に、何度も同じ場所を巡っているのではないかという不安が、淡く浮かんだ消えない影のように、常につきまとっていた。

後戻りもできないくらい奥深いところまで、来てしまっているような気がしていた。冷気を帯びた地面はかたく乾いていて、そこに何らかの手がかりになるような目印も痕跡も、何も求められなかった。森は何も助けてくれなかった。そればかりか、それ以上の深部への侵入を拒んでいるかのように思えた。

彼は時折上空を見上げた。そこには秋の夜空を彩る天体がいくつも見られた。ただ、そこに馴染みのある配置を見つけることはできなかった。星たちはどこにも導いてはくれなかった。その無数の小さな輝きは、けして掴むことのできない、見果てぬ栄光でもあった。

気づくとベッドのなかだった。暖かく、やすらぎに満ちていた。隣では、彼女が規則正しい寝息をたてていた。

夢の中の出来事にしては、あまりにも、その輪郭がはっきりとしていた。しかも彼に眠っていたという実感は、まるでなかった。その代わりに、両足には疲労感と、それにともなう小さな痛みが残されていた。そして身体からはまだ、あの独特の、晩秋の森の匂いが微かにした。

‡

冷たい外気が、許可もなく当たり前のように侵入してきていた。開け放たれた扉や窓から、冬の気配は今日も届けられていた。彼が外出したり、家の外の用事をこなしているあいだも、彼女は家に残り家事をこなしていた。

毎日の掃除は、細かい場所まで、できるかぎり丁寧に行うようにして、いつも清潔であることを心がけていた。数こそ多くはないが、生活に必要な道具は、種類別にきちんと分類し、整理をして、それをいつも保てるようにしていた。古い型のペダル式のミシンで縫製作業をし、肌着やシャツ、羊毛で上着などを作った。また、ベッドカバーやシーツといった寝具も新調した。

料理も彼女の担当だった。その日は豆と肉のスープ、野菜の酢漬けを調理した。水は豊富に使えたが、食料は蓄えにかぎりがあった。そのなかで、なるべく最良の食事を提供できるように考えて調理をした。

それらは彼女にとって新鮮な日々だった。ひとつひとつの作業は、とても地味で単純だったかもしれないが、手を抜かずにやることで、その世界が少しずつではあるが、着実に自分の期待通りに変わっていくのを感じ取ることができた。そして彼女の胸のなかは、自分のいるべき場所を見つけたという思いと、その場所で、誰かに必要とされているという使命感とで満たされていった。

彼から「一緒に行こう」と誘われた時、彼女は期待よりも不安のほうが大きかった。もちろん、彼のことはとても信頼していたし、一緒にいたいという思いは強かった。それでも彼女は何かに怯えていた。身体を震わせ、なかなか部屋から出てこようとしなかった。これから自分にも、大きな変化が起こるのかもしれないと考えるだけで、胸が張り裂けそうになった。

彼女は、清廉で厳格な両親のもとに育てられた。代々伝わる家訓を守り、慎ましくも高邁な精神を、何よりも大切にする家柄だった。また、彼らは娘に対して過度の期待をかけ、その理想のために、ありとあらゆる情熱を注ぎこんでいた。

しかし、それは往々にしてあることだが、うまくいかなかった。もともと几帳面でおとなしい性格もあって、彼女は自己主張が苦手だった。不平も言わず、両親の言う通りに行動し、その期待に添うように努めた。

我慢の限界はとっくにきていた。でも彼女はそれすら気づかなかったようだった。もし気づいたとしても、その限界を乗り越える方法が、彼女には見つからなかった。

しばらく療養生活を続けた後、彼女は両親から離れて暮らすことになった。慈善団体の助けを借り、彼女に相応しい環境が整えられていった。そして職を得て、彼女が本来望んでいただろう平穏な生活を始めた。

それでも夜はやって来て暗闇に包まれる。分厚い雲に覆われ、いつ止むともわからない雨が降り始める。長く重々しい空気をまとった冬が訪れ、陰鬱な世界に変えていってしまう。

彼女は周囲からの期待に応えようと、必要以上のプレッシャーを自らに課してしまった。そしてそれは結果として以前と同じような状態に、彼女を追いこんでしまった。

「もう我慢をする必要はないよ」と彼は言った。

彼女にはその言葉の意味がうまく飲み込めなかった。

彼は彼女にとって、とても大切な存在だった。唯一自分を解放することができる相手だった。

「そういうことの起こらない場所に行こう」

「それはどこなの?」

彼は今の生活を捨てて、今までとは違った新しい生活を始めようと提案した。それは彼女にとって、得体の知れない、何かとても恐ろしいことの起こりうる未知の世界のように聞こえた。

それでもそれに抗うことはできなかった。出口のない迷宮に閉じ込められたみたいに、彼女は追い詰められていた。たとえ彼の言葉が偽りのものであったとしても、彼女にはもうそれしか残されていないような切実さがあった。これ以上我慢をしたくはなかった。

‡

森はあきれるくらいに静まりかえっていて、動乱に巻き込まれていく可能性は微塵も感じられなかった。この森が今の姿になるまで、またそうなってから、いったいどのくらいの時間が経過したのだろう。積み重ねられ、まだそこに残っているものと、もうすでに失われてしまったものとでは、どちらのほうが多いのだろうか。森は常に均衡を保とうとしていた。

空はどんよりと曇っていて、肌に触れる空気は刺すように冷たかった。彼は丈の長い厚手のコートを着て、耳まで覆う毛皮の帽子を被っていた。靴は防寒用のものではなく、歩きやすい実用的なものを選んでいた。

彼は地図を作っていた。道を書き込み、道標を作った。方位磁石は役に立たなかった。なぜか森のなかでは、針がくるくると回転し、方角を指し示すことがなかった。その作業は想像以上に困難だった。道は糸が縺《もつ》れるみたいに複雑に絡み合い、無数の分岐が待ち受けていた。それはどこかに導いてくれるというより、迷いのなかへ誘い込むように存在していると思われた。彼は地図を眺めながら途方に暮れる。こんなことをして何の意味があるのだろう。森は巨大で、あまりにも深く、どこにも辿り着けそうもない。帰路につくと、傾き始めた陽が、秋の終焉を告げるかのように、寂しげな表情を見せていた。

彼と彼女が住んでいた建物は、煉瓦小屋と呼ばれていた。そうはいっても煉瓦でできているわけではなく、また小屋と言われるほど小さなものではなかった。長老の話によると、前の家主は失脚した貴族だったらしい。家臣の裏切りにあったようだった。なぜ煉瓦小屋かはわからない。煉瓦にまつわるエピソードがあったのかもしれないが、記録にも記憶にも残っていないようだった。それはあまりにも遠い昔の出来事だった。

部屋に入ると、冷えた身体が徐々に温まるのが感じられた。彼女は食事の支度をしていた。

「おかえり」と彼女は笑顔で出迎えてくれた。

「ただいま」と彼は言った。

「どうだった？」

「そんなに進展はないかな。思ってたより大変だし、寒さも厳しくなってきてる」

「もうすぐ冬がくるのね」

「みたいだね」

「雪は降るの？」

「降るよ。たくさん」

彼女は料理を食卓に並べた。立ちこめるいい匂いと、やさしい湯気に、食欲が湧いてきた。

「私、雪が大好き」と彼女は言った。

「そうなの？」

「私は雪の降る夜に生まれたの。真っ白な雪がとっても綺麗に、空から落ちてきたの。実際に見てたわけじゃないけど、そういうのが記憶として残ってるのよ。ふとした時に、その光景が思い浮かぶの」

「実際に見られるね。もうすぐ」と彼は言った。

「うん」と彼女は頷いた。「ここでの暮らしも好き」

やわらかく煮込んだ肉料理はおいしかった。木の実と香草が素材の良さを引き出すのにひと役買っていた。

「私、今の自分がとっても好きなの。今までこんなふうに自分を好きになったことなんてなかったから。でもここに来てからそう思えたの。私、もう一度生まれたのよ。あの夜と同じように」

窓の外は闇の世界に覆われていた。まだ雪は降っていなかった。そしてその気配はもう少し先のほうにあった。

「雪って、教会の鐘なの」と彼女は言った。「雪が降ると何か新しいことが始まるの」

彼は彼女の話を聞きながら、他のことを考えていた。

「ねぇ、森にはなにかあったの?」と彼女は訊いた。

彼はその問いかけに、ややくぐもった声で答えた。

「なにもなかったよ」

「また行くの?」

「行くよ」

「私が行かないで、って言っても？」

彼の思考は、森のなかで迷っているのと同じようだった。でも正直に思っていることを伝えようとしていた。

「僕は知りたいんだ。ここがどんな場所か。世界の成り立ちのようなものを。そして僕たちがずっとここに居続けることが、可能かどうかを。ただ知りたいんだ。ここでは誰もそれを教えてくれない」

「ねぇ、森にはなにがあるの？」と彼女は寂しげな表情で言った。

「わからない」と彼は答えた。

「もしかしたら、なにもないのかもしれない。でもこの森はヘンだ。入口も出口もない。じゃあ、僕たちはいったいどこから来たんだろうってことになる。そしてこの先どこに向かって行くんだろう」

彼は自分の両方の指とそのあいだの空間を見つめていた。そこには何もなかった。

「私は……そういうことはいいの。どこから来たとか、どこへ向かうとか。ここにいられるうちはずっとここにいたいの。それじゃダメなの？」

「でも……」と彼は言いかけたが後が続かなかった。けして眠りに行き着くことのない、気だるい疲労感が体内に満ちてきていた。

瞼の裏側には暗闇が広がっていた。そこに淡い光の線で描かれた奇妙な形をした図形が、まるで花火のように、どこからともなく浮かんでは消えた。

目を開けると彼女の顔が見えた。小さく整った顔立ちだった。口もとにやさしい笑みを浮かべ、澄んだ瞳はまっすぐに彼を捉えていた。

「森になにがあるか知ってる」と彼女は独り言のように言った。「あそこは感情のたまり場なの。よくない感情の」

彼は黙って彼女を見ていた。

「恐れとか、迷いとか、悲しみとか、そういう感情。そしてそれは侵入者のなかに入り込んで、大事なものを奪っていってしまうの。……だから森に入るのはとっても危険なことなのよ」

「僕はここを離れないよ。きみをひとりにはしない」

彼には彼女がいた。そして彼女しかいなかった。それは彼女も同じだった。そんなふたりを、わたしはただ見守っていることしかできなかった。

‡

森の長老は煉瓦小屋からそう遠くないところに住んでいた。彼は度々、そこを訪れていた。

「ここでは疑問をもたないことだ」と長老はそう言った。「それがどんなに小さなものだとしてもだ」

「どうしてですか？」と彼は尋ねた。

「疑うことは自らを破滅に導く」

彼はその答えにさらなる疑問を抱いたが、黙っていることにした。

「すべてを受け入れることだ。そうすれば何も失わずに済む」

長老はとても小さかった。背丈は彼の腰にも届かないくらいだった。褐色の肌は色艶を失い、深い皺が幾本も彫り込まれていた。髪はほとんどなく、先端の尖った大きな耳が、ほぼ水平に突き出ていた。

「僕はただ知りたいだけなんです」

半分閉じた瞼から、長老は彼をじっと見つめていた。それは禁忌に触れたものを見るような視線だった。彼はそれを逸らさず受け止めた。

「食事をしていくといい。すぐに用意できる」

長老はそう言って、奥の部屋に行ってしまった。

その家は、だいたい煉瓦小屋と同じくらいの大きさだった。だが古さではこちらのほうが断然古かった。でもそこには憐れみを誘うようなみすぼらしさは微塵もなかった。むしろ幾世代も過ごしてきたという、伝統的な重みを感じさせるものが存在していた。内装は意匠を凝らしたもので、家具や調度品も骨董品的な価値のあるもののようだった。ただサイズは長老に合わせてか、どれも小さかった。

待っているあいだ、彼は落ち着かなかった。そこは彼が今まで過ごしてきた場所とは違う秩序があり、自分が異質な存在であることに、こころを乱されていた。壁にできた古い染みのようなものがそれを証明しているようにも感じられた。

「待ったか」

長老はシチューを盛った皿を持ってやって来た。スープ皿は彼の手のひらくらいの大きさで、ティースプーンが添えられていた。

彼は煉瓦小屋で待つ彼女のことを思いながら、そのシチューを食べた。量も少なかったし、味も悪くはなかった。それにもう食事を断る雰囲気ではなかった。

「ここの冬はどのくらい続くのでしょうか?」と食事を終えると彼は尋ねた。

長老は葉巻のようなものを咥え、ゆっくりと椅子を揺らしていた。

「長い時もあれば、短い時もある。年によってまちまちだ。今年の冬は長いかもしれんな」

「冬はいつ始まるんですか?」

「雪だ。最初に雪が降ると冬が始まる。最初に雪が融け出すと冬が終わる。それが一年の終わりで、新しい年の始まりだ」

「それじゃ、一年の長さがその年によって違うこともあるんですね?」

「かもしれんな。だが、そんなことはこの森では意味のないことだ」

「そのようですね」と彼は頷いてみせた。

――そしておそらく歳をとらずに生きていく。

「もし、この森から出て行こうと思ったら……」と彼は言いかけた。

「街にでも住もうと思っているのか?」と長老は言った。

「あの街には、なにもありません」

あるはずの世界で、彼は頑なにそれを拒んでいた。それまでにいろんなものを失ってきたのかもしれないが、何よりも自分自身を失うことを恐れているかのようだった。

ある日、彼はそれまでに見たことのない場所に辿り着いた。森の一部が開けて湖の畔に出た。その光景はまったく予期せぬものだった。彼のなかで驚きと不安が交錯していた。湖は濃い灰色に染まっていて、その湖面は風で小さく波立っていた。大きさは視界では捉えきれないほどだった。ただ向こうのほうに、島かあるいは陸地のようなものが霞んで見えた。

彼はしばらく考えた。それ以上は進むことができなかった。そして時間的にも引き返したほうがよさそうだった。それでもと、彼は思う。これで終わりなのか？　森の奥には大きな湖があって、ただそれを見つけただけだった。そんなものは彼の望んだものではなかったはずだ。少なくとも。

向こう側に行ければ……泳いで渡るには、水が冷たすぎて体力が持ちそうもなかった。かといって湖が凍るまで待つとすると、その頃はすでに雪に支配されているはずで、身動きはとれないだろう。せめて、湖を渡るもの、ボートか何かあれば、と彼はそう思った。

弱々しい陽光がまだ残っていたから、わたしの本格的な出番までには、まだ十分な時間が残されていた。

彼は湖岸沿いを歩いていて、その足取りはしっかりとしていた。そこに動揺はなかった。ただ前進しようとする強い意志が感じられた。それは寡黙な探究者のようだった。

――彼はやがてわたしを見つけるだろう。

しばらく行くと、一艘の手漕ぎボートが繋がれているのが見えた。それは古くて傷んでいるわけでもなかった。まるで何の飾り気もない木製の箱のようだった。それでも、十分にボートの機能は果たせそうだった。

彼は迷わずそれに乗り込むと、繋いであるロープを解き、ゆっくりと前へ漕ぎ出していった。水は澄んでいたが、それが集積されると濁った雨雲のようにも見えた。

――もうすぐ闇が世界を引き取る。今宵のわたしは大幅に欠けているにちがいない。

‡

その島に着いた時、彼は寒さで身体が震えているのに気づいた。ボートを漕いでいる時には、そう感じることはなかったが、冬は背後に迫り、その距離を確実に縮めていた。彼は両方の手をそれぞれ、コートのポケットで温めながら、門のところまで歩いて行った。そこまでの距離はさほどなかった。

門は両開きのがっしりとした鉄格子で、錠前はついていなかった。彼は片側を半分ほど開け、その隙間に身を潜らせた。あたりは薄暗く、風が少し強めに吹いていた。

そこから建物まではかなりの距離があるように思えた。それは領主の館といったふうに思えた。歩きながら、彼は足取りが急に重くなっているのを感じていた。今まで意識していなかったが、疲労はすでにピークに達し、残された気力だけで、かろうじて肉体を支えているようだった。

全身がだるかった。身体の内側が燃えるように熱かった。徐々に視界が狭まり、関節に鈍い痛みを感じた。朦朧とする頭のなかでは、不気味な雲のようなものが、嵐が来る前兆のようにぐるぐると渦巻いていた。

その建物の扉はかなり大きく、ひどく頑丈だった。そしてがっちりと施錠されていた。それは巨大な大砲でも撃ち込まないかぎり、びくともしなさそうだった。それはまるで、未知の領域への入口を象徴するもののように思われた。でもそれは彼にとって、やっと辿り着いた場所でもあった。

少しずつ薄れていく意識のなかで、彼はその扉を叩き続けていた。拳は固く握られ、両脚は強く地面を捉え、そこに踏み留まっていた。目は大きく見開かれ、胸には込み上げてくる激しい熱情があった。

もしかしたら、悪い夢を見ているのかもしれない。そう思っても不思議ではなかった。でもそれがたとえ夢の中でも、また仮に現実であったとしても、やはり彼はその扉を叩き続けていたのだろう。そうするほかなかったからだ。

扉の向こうに何があるのかはわからない。彼の探しているものが何なのかわからないように。でも、何かに導くものがあるとすれば、彼はそれを知る必要があった。彼はそのためにここまで来たのだ。たとえそこに、答えのない永遠の謎解きが待っているとしても。

夕闇が迫ってきていた。あたりを包む空気は、それまでとは違う緊張感に覆われていた。まるで世界の終わりが、すぐ近くにまできているかのようだった。そして扉を叩くその音は、低く重く悲痛な響きをともなっていた。彼は建物のなかに、明かりが灯ったのに気づかないほど、夢中で何かを叩き続けていた。

‡

最初に見えたのは真っ白な光だった。それと認識できたのは、あまりの眩しさからだった。目を開けているのがつらかった。染みるような痛みに目を閉じた。涙が止めどなく溢れ出てきて、それは涸れた土を潤すのに十分だと思えるほどだった。

彼は夢から覚めたのだろうか。それともまだまどろみのなかに、夢の道標を探しているのだろうか。

それは見慣れた煉瓦小屋のベッドではなかった。それよりもだいぶ上等なベッドだった。だからといって、見る夢の質も変わるのかというと、確信はもてないが、何か心地の良い夢が見られそうな、そう予感させるベッドだった。

そこに彼女はいなかった。また当然とも思われたが、その痕跡も残されてはいなかった。

視界が馴染んでくると、彼は部屋を見渡してみた。そこはどうやら立派な屋敷の客室のようだった。大きな鏡がついている洗面台。簡素な造りの書き物机と椅子。ゆったりとした大きめのソファ。中央には小さなテーブルがあり、その上には小さいが見事な燭台が載っていた。上壁には何枚かの肖像画が控えめに飾られていて、暖炉の火は、中型の生物が呼吸をするかのように、メラメラと燃え続けていた。

それらのものを呆然と眺めながら、彼はなぜか長老の家の壁にあった、あの鹿の角のこと思い出していた。やがて、小さな音を立て扉が開かれたと思うと、ひとりの見覚えのない女性が部屋に入ってきた。

その女性は、夜空にくっきりと映る満月のように美しかった。彼と目を合わせると、やさしく、そして優雅に微笑んでくれた。

引かれてきたワゴンには食事が載せられていた。それは彼のために用意されたものらしかった。

「僕には……」と言いかけて、声がうまく出せないことに気づいた。それと同時に咽喉が裂けるような痛みを感じた。

（今はゆっくりと休むことです）

目の前にいる女性はそう言っているようだった。でも彼にはよく聞き取れなかった。身体中が重く、あちこちに鉛が埋め込まれているような感じがした。そして自分がひどく空腹であることを知った。

（心配はいりません。きっと良くなります）

美しい女性はそう言うと、部屋を後にした。

‡

窓の外では雪が降っていた。

それは静かに、決められた手順に従って粛々と行われる宗教的な儀式を思わせた。彼はそれを窓越しに眺めながら、白く変わっていく世界を、漠然と受け入れるしかなかった。

身体の状態は徐々に良くなってきていた。底のほうに重く沈んでいたものが、浮き上がってきて、それまで押さえつけられていた部分が、かなり解放されていた。そして、彼は眠ることができた。もう、森のなかを彷徨うこともなかった。

そこでの生活は、それまで以上に隠遁的なものだった。彼はその建物から一歩も外に出ることはなく、建物内で目にするものがすべてだった。外部との接触はいっさいなく、身の回りを世話してくれる美しい女性が、唯一の繋がりだった。そして、季節は冬が始まったということしか教えてくれなかった。

「ここはどこなのだろう?」と彼は呟いた。その声ははっきりと彼の耳にも聞こえたが、それが自分の声だと気づくには、しばらくの時間を要した。

(ここはどこでもありません)

その女性は言った。

「どこでもない?」

(あえて言うのなら、ここもあなたの世界の一部なのです)

「僕の?」

(そうです)

「よくわからない」と言って彼は頭を抱えた。「僕は気づいたらここにいて、ベッドに寝かされていたんだ」

(あなたはこの建物の前で倒れていました。ひどい高熱で意識が朦朧としているようでした。わたしは付きっきりで看病しました。そうして何日か過ぎたある日、あなたは意識を取り戻したのです)

彼は暗闇のなかを、手探りで歩くように記憶を辿っていった。そこには微かにだが痕跡が残っている気がした。

「僕は森のなかにいたんだ。枯れ木ばかりの深い森に」

女性は微笑んだ。それはなぜか彼に、欠けていない月を思い起こさせた。

（具合はいかがですか？）

「だいぶよくなった気がする」

（あまり無理をなさらないことです）

「いろいろ訊きたいことがある」

（どうぞ）

「さっき言ってた、ここも僕の世界というのは、どういうことなんだろう？」

（あなたは、自分のなかに、いくつもの世界を持っているのでしょう）

その女性は彼の目をしっかりと捉え、その奥にあるものに向かって語りかけているようだった。

（その世界は、あなたが創り出したものかもしれません。あなたは自らの意思かどうかは別にして、その世界に入り込んできたのです。そしてまた違う世界に行こうとしているのです）

「まるで夢の中の出来事みたいだ」

（あるいは）

美しい女性は言った。

（そうかもしれません）

彼はその瞳を覗き込んだ。

波のない静かな湖面に、三日月のような形をしたボートが浮かんでいた。そこには誰も乗っていなかった。それでもそのボートは岸に向かって、ゆっくりと進み続けていた。まるで誰かの意思に導かれるように。

「彼女はどうなるんです？」と僕は訊いた。

（わたしにはわかりません）

「僕はどうすればいいんだろう？」

（あなたにとってほんとうに必要なのは、彼女ではなかったのですか？）

それには正確に答えられなかった。確かに彼女は大切な存在だったに違いない。でもそれ以上に何か大切なものがあるのではないかと、胸の奥で誰かがそう囁いているような気がした。

「僕は眠ることができる。どこかに行くこともできる。そして誰かを愛することもできる」

（あなたは失うことを恐れています。そして必死に守ろうとする。でもそうすることで、また違う何かを失っていくのです）

「失うことが平気な人間がいるんですか？」

（すべてを受け入れることです。たとえそれが、あなたにとって理不尽なことであっても、そこには、わたしたちの関与できない自然の摂理があるのです）

「僕は彼女を愛していなかったのですか？」

わたしはその質問には答えず、窓の外を見ながら言った。

（春になるまで待つことです。今はできることは、なにもないのです。冬の寒さにじっと耐えながら、春を待つしかないのです。それまでは、希望の灯を消さないようにして下さい。雪が解けて暖かくなれば、自然に道は開けてくるでしょう。それまで一緒に、ここで暮らしていくしかないのです）

‡

その景色は真ん中の、ある一点から、いろいろなものが周囲に広がっていくように見えた。そこには実際に手で掴み取ることのできるものから、抽象的な概念のように、手に触れられないものまで含まれていた。

見方を変えれば、それは真ん中に引き寄せられている、と言うこともできた。あらゆるものが、その中心に向かって収束しているようにも思えた。

宇宙の闇は、小さな胸のなかにも存在していた。そしてその闇は、無限の宇宙と繋がっていた。目を閉じると、闇のなかに無数の小さな光が浮かび上がってきた。そのひとつひとつは、とても弱々しく、今にも消えてしまいそうな儚い夢のようだった。

そこには、いったい何があるのだろう?

何もないということは、どういうことなのだろう?

その淵に立って、なかを覗いてみても、それはぽっかりと、漆黒の大きな口を開けているだけだった。その場所を埋めることも、満たすことも不可能なことのように思えた。

愛しさは憎しみに、憧憬は忌避に、賞賛は嫉妬に、勇気は臆病に。

喜びは悲しみに、興奮は鎮静に、尊敬は軽蔑に、そして、絶望は希望に。

不安は安心に、恐怖は快感に、失望は期待に、怒りは笑いに。

名誉は恥辱に、富裕は貧困に、欲望は虚無に、そして、夢は現に。

それは、すべてを創り出し、すべてを飲み込んでいった。その無限の力は、遥か彼方の遠い過去から、気の遠くなるような悠久の時を経て、向こう側の、まだ見ぬ小さな未来に向かって、留まることを知らずに注がれていた。

それは暗闇のなかにうっすらと浮かび上がっていた。目を凝らしてみないと、それが何かを認識するのは困難だった。宇宙には無数の光があったが、そのなかで手元まで届くのは、ほんのわずかな量だった。

いつでも大切なものは、ほんの少しで、とても小さいものだった。

でもそれは、向こう側にではなく、こちら側にあった。

暗闇が裂けて、その光がこの世界にやさしく降り注いでいる。

目を開ければ、そんな光景が広がっているような気がした。

著者プロフィール

山田 貴之（やまだ たかゆき）
栃木県在住
10代の頃から小説を書き始める
自然が好きで趣味は旅行とキャンプ

ゆめはこ

2025年3月15日　初版第1刷発行

著　者　山田 貴之
発行者　瓜谷 綱延
発行所　株式会社文芸社
〒160-0022 東京都新宿区新宿1-10-1
電話 03-5369-3060（代表）
03-5369-2299（販売）

印刷所　株式会社エーヴィスシステムズ

ISBN978-4-286-26319-9